1

AF136730

Janvier 1964

Sous la clarté de la lune qui traversait les vitres, la main glissa sur le bord du lit à la rencontre de l'autre. L'adolescente contemplait sa voisine de dortoir, elle semblait dormir.

Quand elle entendit un soupir, lorsqu'elle reconnut le mouvement de la couverture qui se plissait pour dévoiler un visage souriant, elle comprit que la main de la collégienne répondait à l'invitation de ses doigts prometteurs. La main d'Odette, depuis la couche toute proche, emprisonna celle de Pierrette. Ce fut bientôt une longue caresse qui s'aventura sur l'avant-bras, tout le bras, l'épaule. À force de tendresses lointaines, la collégienne audacieuse souleva la couverture, quitta sa couche et se glissa dans celle de Pierrette. Elle n'avait fait qu'un pas dans la petite allée pour sauter dans le lit d'à côté, le dos courbé comme si elle courait à la maraude.

Un pantalon et une veste de pyjama recouvraient les sous-vêtements d'Odette. Dans ce lit exigu, Pierrette, avec sa toilette de nuit identique, se serra contre le vêtement chaud de cette amie d'un soir. Odette caressa les cheveux blonds de Pierrette, observa les yeux clairs sous les rayons de lune.

Le poêle à bois s'éteignait doucement et le froid envahissait le dortoir. Sœur-Geôlière qui s'endormait dans son box n'avait pas cru nécessaire de saisir deux buches pour les glisser dans le fourneau afin de laisser courir un peu de chaleur dans la chambrée.

Des étoiles de givre scintillaient sur les carreaux sous le halo trouble de la lune. Dans le lit d'une personne, deux personnes s'enlaçaient comme pour se réchauffer, c'était une bonne excuse si par hasard il prenait envie à Sœur-Geôlière de se relever pour une ronde de nuit surprise. Drôle d'excuse quand on pense qu'après de longues caresses les pyjamas, hauts et bas, glissaient au fond des draps. La chaleur des corps remplaça bien vite la fraicheur du dortoir.

Ce mois de janvier 1964 courait sur les toits de la ville horlogère dans un hiver rarement vu depuis longtemps à Besançon. Mais les deux adolescentes de quatorze ans s'en balançaient comme de l'an 40, seul comptait l'instant présent, le temps qui file n'existe pas, le temps dehors ne compte pas. C'était la première fois que les deux filles osaient un peu de sexe à deux, audacieux pour l'époque, mais sans trop de risque toutefois de tomber enceintes.

Durant de longues minutes, elles abandonnèrent leurs mains un peu partout sur leurs peaux, oubliant les ronflements de leurs camarades du dortoir.

Comment avaient-elles osé ? Oser se caresser, perdre jusqu'à leurs sous-vêtements dans les plis des draps, chercher l'humidité tiède de leurs doigts, apprécier une sourde et agréable jouissance. Seules leurs bouches ne s'étaient pas défiées. N'y avait-il donc aucun amour, juste des sensations folles de la chair brûlante ? Mais après les désirs ardents, Pierrette hasarda un baiser sur les lèvres de sa chérie d'un soir. Elle aima, elle sut que cette collégienne aimait aussi, une fille qu'elle connaissait à peine, même pas une amie. Le baiser dura, il dura trop longtemps, car le faisceau d'une lampe électrique éclaira brusquement les deux visages.

— Mademoiselle Petitjacquet et mademoiselle Lunoir, que faites-vous donc là ?

Les deux jeunes filles, la couverture relevée sous les mentons, fixèrent les yeux creux au-dessus de la torche curieuse. Odette murmura :

— Nous avions froid.

— Suffit ! J'ai vu vos cochonneries. Ces saletés interdites par Dieu n'ont pas cours dans l'enceinte de Notre-Dame, ni même nulle part.

Sœur-Geôlière s'en retourna en bout du dortoir vers son box. Brusquement les néons éclairèrent l'ensemble de la chambrée où la plupart des quarante collégiennes remuaient sous leur édredon. Celles qui n'étaient pas encore endormies s'assirent dans leur lit, les autres ronchonnèrent sous les draps. Sœur-Geôlière s'approcha à nouveau d'un bon pas vers les fautives. Elle pointa son index vers les deux jeunes filles. Avant même qu'elle n'ouvrit la bouche, Odette sauta dans son lit sous le regard désolé de Pierrette. Le ton dur de Sœur-Geôlière gronda dans le silence du dortoir.

— Non, mademoiselle, vous ne dormirez pas là, un lit est libre à l'autre bout du couloir, prenez votre couverture et filez achever votre nuit de luxure loin de votre… votre… de cette dévergondée.

Le calme apparent de la chambrée se transforma en brouhaha lorsque Odette, en slip, son soutien-gorge et son pyjama sous un bras, une couverture sous l'autre, traversa l'allée principale pour rejoindre sa couche. Arrivée au pied du pilori, elle dut s'agenouiller sous les ordres de Sœur-

Geôlière. Son amie Pierrette dut en faire autant devant son lit. Les deux filles vêtues uniquement de leur slip cachaient leurs seins, les avant-bras en croix contre leur poitrine.

— Baissez vos bras, exigea Sœur-Geôlière, vos camarades ont le droit de voir également ce que vous semblez si bien apprécier.

Les rires et les remarques idiotes fusèrent dans toute la chambrée.

— Pour pénitence de ces infamies, mesdemoiselles Petitjacquet et Lunoir, vous réciterez à haute voix un chapelet complet avant de vous mettre dans vos lits. Je veux vous entendre prier depuis mon box, quant aux autres filles, vous vous endormirez en écoutant leurs prières. Vous comprendrez ainsi que Dieu et la Vierge Marie veillent à vos côtés dans la sainteté de notre église.

Odette rageait de n'avoir pas osé répondre à Sœur-Surveillante. Après ses prières convenues, elle connut une nuit chancelante dans un mélange de rêves et de cauchemars où les corps nus des anges se laissaient caresser par des sorcières maléfiques aux doigts rêches.

Au petit matin, elle se réveilla décidée. Ce n'étaient pas les envoyées de Dieu ou du Diable qui allaient dicter sa conduite. Elle ne croyait pas aux boniments du catéchisme, elle se cachait le dimanche dans les rues de Besançon pour éviter de grimper les marches de l'église Saint-Pierre. La messe n'était pas sa tasse de vin blanc ni l'hostie son pain quotidien. En se retournant dans son lit, elle se disait que Sœur-Geôlière était une sacrée conne, mais certainement pas une femme issue d'une quelconque consécration. Qu'elle fasse donc son travail pour aider les pauvres et non pas se porter au secours de Dieu pour éduquer les jeunes filles ! Et si le tout puissant existait, eh bien, puisqu'il nous a donné l'envie de chair, il ne doit pas être d'accord avec ses ouailles envoyées du ciel. Elles ressemblent à des pies fureteuses, des curieuses qui surveillent pour dérober l'or des corps et les cacher dans leurs nids, des nids très hauts, comme si elles voulaient tutoyer le ciel.

Mais Odette pouvait toujours bien aiguiser sa rancœur et sa vengeance, c'était sans compter avec la rigueur de la Sainte Église. Cette dernière convoqua les deux jeunes pestiférées dans le bureau du directeur.

Pierrette et Odette n'en menaient pas large, se tenaient debout devant un crâne chauve, un visage maigre et creux, de grands yeux sombres noyés sous des sourcils genre buisson d'épines. Le directeur, assis derrière sa table, leva la tête, dévoilant un regard inquisiteur. Pierrette et Odette, même si elles n'avaient sans doute jamais contemplé de films d'épouvante, imaginaient la séquence noire en regardant Sœur-Geôlière contourner le bureau. Elle se planta à côté du directeur, raide, fluette et anguleuse telle une pique sans cœur. Sœur-Moche aurait pu, avec son corps efflanqué, jouer aux osselets avec le petit homme maigrichon assis derrière sa table en chêne. Ils auraient pu se servir de leurs os pour jouer aux osselets ensemble. Mais, tous deux coincés du derche, jamais le dirlo, vieux gars célibataire, n'aurait su retrouver le creux de l'osselet de la dame. Quant à Sœur-Geôlière, dénicherait-elle seulement la bosse de l'osselet de monsieur ? C'est en pensant à cela qu'Odette ne put s'empêcher un sourire sur les lèvres. Derrière ses lunettes rondes, le dirlo s'opposa à l'insolente :

— Vous n'allez pas rire longtemps, mademoiselle Lunoir, sachez que je convoque aujourd'hui même vos parents, vous serez mise à pied huit jours dans l'attente d'une décision du conseil de discipline.

Il tourna la tête vers Pierrette.

— Même si vous ne semblez pas aussi impertinente que votre camarade, il en va de même pour vous, mademoiselle Petitjacquet. Les faits de cette nuit sont suffisamment graves, et votre figure de repentie n'y changera rien. En attendant que vos parents viennent vous chercher toutes deux, vous poursuivrez vos cours, et comme vous n'êtes pas dans la même classe, vous éviterez ainsi de succomber à la tentation d'un simple regard immoral.

— J'en ai rien à foutre de cette fille-là, c'est elle qui m'a aguichée, c'est elle qui m'a embrassée, lança Odette.

Cette réplique ne s'adressait pas aux représentants de Notre-Dame, mais à sa camarade Pierrette. N'empêche, on ne causait pas ainsi dans une institution religieuse de cette renommée.

Sœur-Geôlière se redressa sur son jeu d'osselet.

— Je vous suggère, monsieur le directeur, que ces deux petites saletés réconcilient leurs âmes autrement. À votre place, je les enverrais prier dans la chapelle durant toute cette sainte journée, à genoux devant Jésus et la Vierge Marie, chacune à chaque extrémité d'un banc.

— Qu'il en soit ainsi, ordonna le directeur.

Alors que Sœur-Geôlière poussait les deux ados vers la porte, Odette se retourna, le regard vers les yeux broussailleux :

— Vous croyez me punir en me renvoyant, mais mes parents seront heureux de m'accueillir. Sachez qu'ils ne sont pas d'accord avec vos méthodes du Moyen Âge, ils me soutiendront, bien fait !

— Si cela est vrai, pourquoi vous ont-ils scolarisée ici ?

— C'est à cause de mes grands-parents.

Sœur-Mauvaise ne put s'empêcher d'ajouter :

— Cette petite trainée n'en mènera pas si large lorsqu'elle aura posé les genoux sur le sol froid de la chapelle durant de longues heures face au Bon Dieu.

Le regard hargneux d'Odette perça les yeux noirs de Sœur-Mauvaise.

— Si Dieu est si bon, pourquoi envoie-t-il des ambassadrices aussi méchantes que vous sur terre ?

— Cela suffit… insolente !

Et Sœur-Claquante gifla la collégienne, bouscula les deux jeunes filles vers la sortie et referma la porte du bureau du directeur derrière elle.

À l'intérieur de la chapelle, c'était l'enfer devant les statues de Saint-Joseph et de Sainte-Marie-Madeleine. Les deux adolescentes, les genoux sur la terre cuite, récitaient d'augustes litanies à haute voix, surveillées par Sœur-Méfiante assise sur un banc en arrière. De temps à autre l'une des deux collégiennes toussotait, tournait négligemment la tête sur le côté pour essayer de distinguer la silhouette osseuse dans leur dos. Vers le milieu de la matinée, ce fut le retournement gagnant d'Odette, elle eut beau chercher derrière elle, la religieuse s'était discrètement éclipsée.

— La vipère est partie, souffla-t-elle depuis l'autre côté du banc.

À peine ses mots envolés vers Pierrette, Odette se rapprocha de sa camarade tout en restant à genoux. Sa voisine frissonnait.

— Tu ne devrais pas venir près de moi, si la sœur revient, nous sommes bonnes pour de nouvelles punitions.

— Que veux-tu qu'il nous arrive de pire ? D'ailleurs, ça me démange de planter Sœur-Sorcière ici. J'irai attendre mes parents devant l'entrée du collège. J'espère juste que ces gendarmettes mal coiffées n'ont pas fermé à double tour les grilles d'entrée. Viens avec moi, on va voir si l'on peut se barrer.

— Pis ce n'est pas raisonnable, nous avons commis une faute cette nuit, inutile d'aggraver notre cas.

Pierrette se releva, s'assit sur le banc, Odette quitta la position à genoux à son tour et s'installa à côté de sa camarade. Elle entoura l'épaule de sa drôle d'amie.

— Tu ne sais pas ce que tu veux, pauvre fille ! Tantôt tu m'aguiches pour que je me glisse dans ton lit, tantôt tu joues les filles sages.

— Je ne t'ai pas aguichée, c'est toi qui es venue dans mon lit cette nuit.

— Tu crois que je ne te voyais pas tourner autour de moi depuis quelque temps dans la cour de l'école. Avec ton côté Pierrette petite douce, tu crois que je ne remarquais rien. Tu n'assumes même pas. Moi, j'aime les garçons, d'ailleurs j'ai un petit ami. Je vois bien que tu me cherches depuis quelques jours. Et puisqu'il n'y a rien d'autre que des filles à se mettre sous la main dans ce collège débile, j'ai craqué pour quelques caresses, quoi de mal à ça ! Quant à toi, je vois que tu apprécies les filles,

8

cela me dégoûte. C'est toi seule qui aurais dû être punie pour ton côté malsain, moi, cette nuit, c'était juste un amusement.

Dans sa réplique cinglante, Odette avait retiré son bras de l'épaule de Pierrette. Elle se leva.

Sa collègue baissa la tête, ne trouvant pas le courage de répondre. Elle voulut prier à nouveau, assise sur le banc.

— Alors tu viens avant que la vipère ne revienne.

Pierrette souleva son visage, se tourna vers sa camarade.

— Non, je n'ai plus envie de ta compagnie, je croyais que tu me plaisais, mais ton caractère me déçoit.

Odette se planta devant Pierrette :

— N'aie crainte, je n'ai pas besoin de ta compagnie, petite conne.

— Petite conne toi-même.

Odette répondit par une baffe. Elle rejoignit ensuite d'un pas rapide la porte de la chapelle. Ce fut l'instant où Sœur-Coriace venait reprendre sa surveillance. Odette courut vers la sortie, frôlant de son épaule Sœur-Surprise. Quant à Pierrette, elle se frottait encore la joue endolorie. Avant de retrouver sa position à genoux sur la terre cuite, elle eut le temps de crier :

— Rattrapez-la, ma sœur, elle cherche à se sauver du collège.

Odette bondit hors de la chapelle, traversa la cour déserte, fila dans l'allée qui l'emmenait hors du collège. Par chance la grille n'était pas fermée à clé.

Sœur-Rapide s'élança derrière elle, criant des mots absurdes : « vous n'avez pas le droit... faut pas... faut revenir... vos parents ne seront pas contents... »

Vite l'air libre ! Ouf ! voici Odette dehors. Vite à ses trousses ! Et voici Sœur-Déception à la rue.

Pierrette sortit de la petite église et s'avança dans la cour, s'approcha de la grille. Plus personne. La copine d'une courte soirée avait disparu, Sœur-Geôlière aussi. Elle retourna à ses prières dans la chapelle ténébreuse. Derrière elle, le silence de la cour, les bruits de la cité, les moteurs, les klaxons, les sirènes des pompiers, bref, tout le brouhaha de la ville.

On ne revit pas la sœur de la journée, ni même d'ailleurs le directeur. En fin d'après-midi, ce fut la prof principale de la classe de Pierrette qui raccompagna celle-ci devant la grille du collège où ses parents l'attendaient. Premier mot du papa : une claque. Premier mot de la maman : un regard venimeux.

Après sa deuxième baffe du jour, Pierrette s'engouffra sur le siège arrière de la Peugeot 203, le père responsable au volant, la mère soumise à côté, direction la ferme d'Amondans.

2

Janvier 1964

Pierrette souleva un coin de rideau. Le blanc du ciel sous le soleil pâle de l'hiver apportait une lumière douce le long de la lisière de bois, loin là-bas, de l'autre côté de la route. La jeune fille posa son regard sur le chemin qui courait sous sa fenêtre. De sa chambre au premier étage, elle surplombait la maison basse du menuisier du village, laquelle s'écrasait dans le pré à l'herbe plate et rabougrie. Sortie de son sommeil agité, elle essuya du bout de ses doigts ses yeux collés pour mieux découvrir cette nouvelle journée qui, sans aucun doute, sera bien terne. Elle posa sur ses épaules un épais gilet par-dessus le haut de son pyjama. Une ombre passait en contrebas derrière le rideau, elle souleva à nouveau le voilage, simple curiosité. Sur la route, un jeune garçon qu'elle reconnaissait, mais qu'elle ne connaissait pas. C'était l'apprenti de la menuiserie d'en face. Il longeait le chemin, affublé d'une veste de cuir et de gros brodequins, puis il s'engagea dans l'atelier par une porte sur le côté. C'était l'image fugace de ce beau gosse de dix-neuf ans qu'elle n'avait pas le droit d'aborder. C'était un gars qui venait d'ailleurs, on devait donc se méfier, disait-on au pays, ce que confirmaient bien entendu les parents de Pierrette. Pire ! Il n'était pas français, il fallait rester d'autant plus vigilant. Pierrette ne connaissait pas la couleur des yeux du garçon, des yeux clairs pour sûr, bleus pas certain, brillants, oui, elle avait remarqué l'éclat du diamant, même de loin cela se voyait. Il montrait ses cheveux blonds lorsqu'il ne portait pas son chapeau de paille sur la tête. Malgré tout, une mèche sur le front dépassait du galurin, ce qui lui donnait un air de voyou, et Pierrette appréciait en cachette.

Elle descendit le vieil escalier en bois. Elle percevait des bruits de vaisselle, un raclement de gorge mâle, un cliquetis de chaine qui provenait de l'étable située sous la gauche des marches, c'était un mélange de vie animale et familiale. Elle poussa la porte de la cuisine en bas de l'escalier tout en gardant la tête basse, mais les yeux levés vers les visages familiers.

— Bonjour, dit-elle.

Ni le père, assis devant son bol de café au lait, ni la mère en train d'essuyer une tasse ne daignèrent lui répondre. Non pas parce que leur fille s'était mal comportée la nuit dernière au collège, mais il en était ainsi de la bienséance dans ce rude milieu paysan. Délicatesse inutile dans le cercle familial. On réservait la vraie politesse pour montrer son respect envers les autres. La famille est une seule et unique personne, et une chose unique ne peut afficher ni courbettes ni compliments à l'égard d'elle-même. On n'échange pas entre soi et soi, l'organisation domestique chrétienne est connue depuis des millénaires : le patriarche, la ménagère, et les enfants que l'on élève pour qu'ils renouvèlent la même existence. Pas d'introspection possible puisque tout est défini une bonne fois pour toutes par la religion.

Le père, un robuste gaillard à la moustache épaisse, posa son bol sur la table, releva le nez.

— La prochaine fois, tu te lèveras plus tôt. Ne crois pas que tu es en vacances parce que l'école t'a jetée dehors pour huit jours. Demain tu sortiras du lit à cinq heures et demie et tu viendras m'aider à la traite. Ta mère aura à faire à la cuisine, on a tué l'cochon hier et y a du boulot, aujourd'hui tu vas faire le pâté et les saucisses avec elle.

Pierrette s'installa timidement en face de son père. La mère posa un bol sur la table devant sa fille. Elle s'approcha de la cuisinière au feu de bois sur laquelle reposait une cafetière où trempait la traditionnelle chaussette à café. Elle s'en empara et versa le liquide chaud dans le bol de Pierrette. La jeune fille se souleva pour prendre le pot de lait encore tiède de la traite du matin et la verrine de miel posée de l'autre côté de la grande table de ferme. Elle mélangea, café, lait et miel. Elle n'avait pas faim, elle se força à grignoter une tartine de beurre trempée dans son bol, elle attendit la leçon de morale à venir. Le père observait tous les gestes de Pierrette, comme pour vérifier que sa fille était somme toute assez normale. Debout devant la cuisinière, le visage sévère, la mère se lança la première en posant ses mains sur ses hanches :

— Tu fais honte à la famille, pauvre gamine ! C'est Dieu pas possible de faire ce genre de cochonnerie !

Le père frappa du plat de sa main sur la table en fixant les nœuds de chêne qui vibraient sous le choc de sa grosse paluche.

— Qu'est-ce que tu racontes, la mère, la famille n'a pas à avoir honte puisque personne ne saura.

Grand silence.

— T'entends, personne, pas même sa sœur, pas même sa grand-mère. Et puis toi, Pierrette, ce que tu as fait, c'est… c'est interdit par la loi, c'est interdit par c'que c'est une bizarrerie qui dénature… qui dénature toute la famille. Et on pourrait même te faire voir au docteur parce que c'est une anomalie de ton corps, c'est une singerie dans ta tête.

La mère, appuyée contre la barre inox de la cuisinière, se permit de nuancer :

— Faudra que tu te confesses, Pierrette, c'est un affreux péché que tu as commis, si tu veux que Dieu te pardonne un jour.

— Personne ne doit savoir, j'ai dit, pas même le curé, t'entends, la mère !

— Mais notre fille ira en enfer !

— Avec ce qu'elle a fait, elle peut bien aller au diable, mais arrête un peu avec tes bondieuseries, la mère.

Pierrette fixait la boule à neige sur le buffet, la Vierge Marie flottant dans l'eau grasse, indifférente à l'incident. La statuette patientait depuis des semaines dans l'attente qu'une main amusée vienne retourner sa demeure de verre. La mère de Jésus vivrait ainsi quelques secondes parmi le monde, cueillerait les flocons de neige qui tomberaient doucement du ciel imaginaire. C'était un cadeau de Pierrette pour sa maman au soir d'un voyage scolaire à Notre-Dame-du chêne.

Elle les aimait bien, ses parents, autoritaires certes, mais ils lui apportaient la sécurité et la chaleur du foyer, ils invitaient les sourires des oncles et des tantes pour des repas de famille, ils partageaient quelques rares, mais bons moments avec sa sœur et ses cousines. Ils semblaient carrés, décidés à éduquer leurs filles dans la religion catholique, mais enclins à leur offrir le meilleur pour leur avenir. Ils se saignaient pour leurs enfants, et le compte en banque virait souvent au rouge pour régler les études des deux filles. Intelligentes, elles désiraient se cultiver, surtout Pierrette assidue de lecture, de musique, curieuse de tout, de trop peut-être. Paule, la grande sœur, courait derrière les vaches, s'occupait du cheval, nourrissait la basse-cour tout en suivant ses études secondaires au lycée Pasteur de Besançon. Depuis Amondans jusqu'à la ville, la route en vélosolex lui paraissait longue, le retour, plus pénible encore malgré le moteur. Il fallait en effet pédaler dans les côtes d'Arguel et de Fertans, puis donner un dernier coup de pédale pour rejoindre les hauteurs d'Amondans.

Pierrette, les yeux toujours fixés sur la vierge emprisonnée, attendit la fin de la leçon de morale tout en craignant le verdict.

— Si ta camarade reprend les cours à Notre-Dame comme toi la semaine prochaine, on te retire de l'école. Tu aideras à la ferme en attendant ton mariage.

Pierrette se leva, fit le tour de la grande table et s'approcha de son père, osa une main sur son épaule.

— Non, pas ça, papa.

Il tourna son visage sévère vers sa fille.

— Comment ça ? Ne me dis pas que tu veux revoir cette… cette petite…

— Non, j'ai compris, papa, ce que je ne veux pas, c'est que tu m'obliges à quitter l'école. Trouve-moi un autre collège, mais ne me laisse pas finir paysanne.

Elle regardait sa maman en même temps, espérant une planche de salut auprès de cette femme plus raisonnable que son mari.

— On verra, lâcha la mère, en attendant faut faire le pâté.

Pierrette ne pourra pas se consoler dans les bras de ses deux seules confidentes : sa grande sœur Paule suivait ses cours au lycée et ne rentrerait pas ce soir-là. Cette dernière dormirait à Besançon chez des amis de la famille, et la grand-mère passait les mois de janvier et février vers sa fille à Montbéliard. À défaut Pierrette caressera la viande hachée, les saucisses et la tête du cochon, elle chouchoutera les bocaux qu'elle rendra parfaitement propres, elle chauffera les terrines pur-porc dans la lessiveuse d'eau bouillante.

Entre les quatre murs vert sale de la cuisine, véritable pièce à vivre, Pierrette, entourée de ses parents, mangea peu au repas de midi, juste un petit morceau de boudin et deux cuillerées de purée de pommes de terre. Aucun mot échangé à table, seulement quelques gestes sonores entre grognements, mâchouilles et la plainte de l'eau bouillante de la lessiveuse sur le feu.

L'après-midi, les poignets de Pierrette s'échauffaient en tournant la manivelle du hachoir, puis se fatiguaient en retenant la viande qui glissait dans les boyaux. En fin de journée, les terrines reposaient sur les étagères de la cave, les saucisses de Morteau s'entassaient dans une corbeille, le père les accrocherait bientôt dans le fumoir au fond de la grange.

Exténuée, Pierrette avala une assiette de semoule sucrée qu'elle cuisina elle-même puis monta dans sa chambre. Elle devait se lever à cinq heures trente le lendemain matin, son papa ne l'appellerait pas deux fois.

Enfoncée dans son lit froid, Pierrette frottait ses mains sur ses cuisses cachées par le pyjama. Elle cherchait un peu de chaleur sous l'épais édredon. Elle pensa brièvement aux caresses de l'autre nuit, puis elle s'attarda sur les paroles piquantes de son père. Non, pas question de laisser tomber l'école, pas question ! Ensuite ses pensées traversèrent la route de l'autre côté de la ferme. La menuiserie sommeillait dans l'obscurité. Est-ce que l'apprenti dormait au village ? Aucune idée. Personne ne lui avait dit, elle n'avait jamais osé demander. Elle savait juste qu'il s'appelait Williams et qu'il venait au boulot à pied pour huit heures les matins d'hiver du lundi au samedi. Quoi qu'il en soit, elle ne pouvait pas le contempler souvent, hormis pendant les vacances scolaires. En semaine, elle restait à l'internat en ville, lui au travail à la campagne, et le weekend il courait on ne sait où. Bientôt le visage du beau blond musclé s'évanouit sur le traversin et Pierrette s'endormit dans les effluves du pâté et du boudin.

Les soirs de fin de semaine, elle s'autorisait une distraction des plus agréables : elle ouvrait la porte de la salle à manger où l'odeur de cire embaumait cet intérieur trop souvent désert. Malgré le froid, une couverture sur les épaules, elle avançait sur le parquet de sapin jusqu'au piano. Elle s'asseyait sur le tabouret, soulevait la planchette vernie puis effleurait les octaves de ses longs doigts blancs. De son oreille sûre, elle qui aimait tant les ballades romantiques, une mélodie charnelle glissait avec langueur, seulement pour son cœur à elle. Elle versait souvent des larmes sur l'ivoire sans trop savoir pourquoi. Elle disait que rien ne valait le piano pour jouer d'aussi belles romances, juste peut-être un timbre grave de saxophone qui viendrait se marier à la douceur de la musique de la pianiste.

Elle entrevit une fois encore Williams un soir de gel sous la nuit étoilée. Il sortait de la menuiserie tout en jetant un regard vers la fenêtre de la chambre, Pierrette laissa retomber le rideau et recula de la vitre pour ne pas montrer sa curiosité. Trop tard ! Le jeune apprenti l'avait remarquée puisqu'il se permit un signe de la main en direction de la fenêtre du premier étage. Était-ce un bonsoir ou un désir ? Les deux peut-être, un beau gosse comme lui reflétait certainement la courtoisie et la séduction, songeait Pierrette toujours cachée dans l'ombre de sa chambre.

La veille de son indécis retour au collège, son père lui annonça une bonne nouvelle.

— Prépare tes affaires d'école et ta valise pour l'internat, tu retournes à Notre-Dame demain matin. L'autre malade qui a voulu te pervertir ne rejoindra plus cette école religieuse.

3

Janvier 1964

La Peugeot 203 roulait doucement dans la descente de Fertans, la route semblait sèche, mais avec un tel gel, le conducteur devait rester prudent, une plaque de verglas pouvait se cacher au détour d'un virage. Malgré le soleil frais, les prairies affichaient leurs couleurs chagrines, un vert pâle entre terres dures et haies squelettiques. À l'intérieur, assise côté passager, Pierrette fébrile de sa rentrée prochaine, regardait l'hiver derrière le pare-brise tout en imaginant punitions et harcèlements à son arrivée à l'institution religieuse. Son père qui surveillait attentivement la route ouvrit la bouche à l'entrée du village de Cléron.

— J'espère que ta semaine de travaux agricoles à la ferme t'aura servi de leçon. Je présume que cet indicent de l'autre nuit au collège a été provoqué uniquement par cette camarade malade. J'ai confiance en toi. Jure-moi que c'était une erreur, que tu oublies toutes ces cochonneries pour toujours.

— Oui… je crois…

— Tu crois… tu crois… tu dois en être sûre !

— Oui, papa.

Le père n'insista pas, inutile d'enflammer l'échange, il suffira, à l'avenir, de surveiller sa fille. Quant à Pierrette, elle ne comprenait pas tout, elle devait mettre de l'ordre dans son cerveau d'ado, laisser venir la vie, naviguer entre ses désirs et son éducation, ne pas se rebeller.

La jalousie des mots

Tremblante de tous ses membres, un peu de froid, beaucoup d'inquiétude, Pierrette franchit les grilles de l'institution et rejoignit le dortoir pour se changer et passer sa blouse d'écolière. Ouf! la presque totalité de ses camarades de chambre avait regagné le réfectoire. Deux retardataires qui se chaussaient dévisagèrent la revenante d'un air faussement indifférent. Une fois seule, assise sur son lit, elle réfléchit à la meilleure façon de repousser le plus loin possible sa rencontre avec les collégiennes. Le lundi matin commençait par une messe. Alors que tous les élèves prenaient leur petit-déjeuner, elle courut la première à la chapelle, s'installa sur le banc le plus éloigné de l'autel. Lorsque les jeunes filles entrèrent dans la petite église, encadrées par quatre Sœurs-Surveillantes, Pierrette baissa la tête pour ne pas affronter le regard de ses camarades et s'agenouilla sans attendre l'ordre du curé.

Lorsqu'elle releva la tête, ce fut pour observer au loin, en haut, les dessins noirs des grilles qui séparaient l'ombre et la lumière des vitraux. Puis le cœur de chant, beau et langoureux s'engouffra dans le ventre de Pierrette. Elle ne savait pas si les plaintes et les supplications vocales des Sœurs-Chantantes invoquaient la paix éternelle dans ce temple sacré ou si les cantiques aux douces notes féminines flattaient sa tendresse et sa fragilité. Accompagnée de l'harmonium de Sœur-Sacristain, la pureté des voix résonnait sur les murs de pierres, le plafond de plâtre, les vitraux colorés. Dans la sérénité du lieu, Pierrette se mit à espérer qu'elle était aimée, aimée par Dieu, par ses parents, par les Sœurs-Educatrices, par ses camarades, par le monde entier.

Sortie du sanctuaire rassurant, Pierrette se confronta bien vite à la réalité. Dans la cour du collège, elle se sentit brusquement seule. Ses amies de classe n'étaient pas venues à sa rencontre. Elle s'appuya contre le mur du préau dans l'angle le plus tranquille. Elle savait qu'on l'observait, que beaucoup de filles du dortoir voulaient connaitre les dessous de l'affaire, mais qu'elles n'osaient pas encore l'approcher. Elle sentait bien que les plus hardies allaient l'aborder dans un avenir proche, au déjeuner peut-être, plus sûrement dans la chambrée ce soir. Ces saintes-nitouches dévoileraient bientôt une curiosité malsaine, une moquerie de gamines. Mais Pierrette attendrait les coups sans honte, même si ses parents ne lui avaient pas conseillé de parade. Son intelligence et son esprit de répartie sauraient renvoyer dans les cordes toutes remarques désagréables, tous regards vicieux, tous gestes équivoques. Non pas qu'elle appréhenda une quelconque atteinte à son corps, ces pétasses restaient trop prudes et trop lâches pour s'avouer un désir contre nature. Pierrette redoutait plutôt une gerbe de flèches dans son cœur, un outrage pour son âme.

Les mathématiques du matin l'ennuyèrent. À midi, assise en face d'une inconnue, le repas s'écoula trop lentement. L'après-midi, elle réveilla sa conscience lorsque la professeure de français organisa une composition écrite surprise : imaginez que vous rencontriez Dieu en personne à la sortie de l'école, comment réagiriez-vous ? Que lui demanderiez-vous ? Vous avez deux heures. Attention aux fautes d'orthographe.

« Je n'ai pas à imaginer Dieu à la sortie de l'école puisqu'il est toujours présent en moi, il sera donc forcément là devant les grilles du collège lorsque je passerai sous celles-ci. *Je n'aurai pas de réaction*

différente ce jour-là, tout comme les autres jours, tout comme à chaque instant de ma vie dès lors que Dieu est toujours en moi. C'est pourquoi d'ailleurs je n'ai pas besoin de l'influence de monsieur le curé pour me guider et des Bonnes Sœurs trop souvent présentes à mes côtés pour m'endoctriner. Certes, on va me rétorquer que c'est justement à la faveur de à mon éducation religieuse que j'ai découvert Dieu. Pas sûr. Pas sûr parce que j'ai trouvé Dieu par moi-même, par le curieux mélange de mon instinct et de mon âme. C'est aussi par l'éducation de mes parents que Dieu me nourrit, m'abrite, me réchauffe, m'apporte quelques plaisirs, c'est à la faveur de mon âme que je cherche ma voie, l'amour, l'intégrité. Certes, vous allez me rétorquer que Dieu est dans mon cœur, que Dieu est partout. C'est vrai, c'est là que l'on se rejoint, que nous sommes d'accord, c'est là que la religion et moi ne faisons qu'un. Ma religion c'est Dieu dans mon esprit. Que l'on m'autorise donc à prier entre moi et moi, et laissez-moi ainsi m'agenouiller devant mon âme divine.

Quant à savoir ce que je demande à Dieu... je lui demande tout. Il faut bien reconnaitre que jusqu'à ce jour il ne m'a pas apporté grand-chose. Certes, un toit, de la nourriture, une famille sécurisante, quelques amusements précaires, une nature environnante belle et saine, mais est-ce lui qui me fait rêver, chanter, danser, aimer ? Pas sûr une fois de plus. Si, malgré le doute, mes propres pensées ne cherchaient pas à me connaitre, alors je serais une poupée de pacotille naïve et ignorante. Lorsque j'écris que je lui demande tout, je demande à moi-même de donner un sens à ma vie, je demande de l'amour, je souhaite vivre dans une société sincère et fraternelle. Si le Dieu des Sœurs existe, il a encore du boulot sur cette terre. Il devrait

22

se remettre en cause, cesser les guerres, les famines, le mensonge, la vengeance, l'hypocrisie, la jalousie et mille autres défauts qui entrainent tant de péchés que lui-même nous demande d'expier.

Je n'ai donc pas besoin de deux heures pour réagir devant Dieu, ma composition écrite s'arrête ici. J'attends maintenant que la religion me convoque, me jette à la porte de son institution, non pas parce que je ne crois pas en son Dieu, mais parce que je défie ses ouailles qui ne savent pas m'aider dans ma quête spirituelle. »

La semaine suivante, Sœur-Professeure convoqua Pierrette, octroya un zéro à sa rédaction, deux jours d'isolement en prime et bien sûr un entretien musclé devant le directeur. Mais le patron de l'établissement ne renvoya pas Pierrette aux travaux des champs, prétextant que justement quelques années de plus dans son institution permettraient à son élève rebelle de se mouler dans la vérité. Il ne prévint même pas les parents de l'insolence de Pierrette, mieux, le directeur fit rectifier la note de la composition écrite, dix sur vingt semblait plus approprié. En effet, ce texte montrait une certaine recherche, une réflexion auxquelles objectivement l'institution devait répondre, et puis il n'y avait pas de fautes d'orthographe.

La jalousie des mots

4

Été 1964

En ce jour de fête nationale, Pierrette soufflait ses quatorze bougies avec ses parents et sa grande sœur Paule. Elle avait reçu la veille, comme chaque année, une lettre de sa grand-mère paternelle Suzanne.

« *Joyeux anniversaire, ma petite Pierrette. Te voilà grande maintenant, tu cours vers ta belle jeunesse et tu découvres beaucoup de choses de la vie. Ta maman me dit que tu travailles bien à l'école, et à la rentrée tu seras dans ton année de brevet élémentaire. Félicitations ! Mais j'ai appris que tu t'es dévergondée au mois de janvier dernier à l'internat. Que s'est-il passé ? Tes parents n'ont rien voulu me dire, juste ta mère qui m'en a soufflé deux mots, mais huit jours de mise à pied, ce devait être grave. Comme nous deux on se dit tout, quand j'irai à la ferme à Amondans au mois d'août, tu me raconteras tes déboires. Ici à Montbéliard, rien de nouveau, ton oncle et ta tante vont bien, ils te donnent le bonjour. J'ai accompagné cette lettre d'un petit billet de dix francs, vérifie qu'il est bien dans l'enveloppe. Je t'embrasse.* »

Pierrette glissa la lettre dans le tiroir à secrets, déposa le billet de dix francs dans la grenouille verte en porcelaine, une tirelire offerte par sa grand-mère lorsqu'elle avait quatre ans. Elle reçut ce cadeau parce que son parrain venait de disparaitre, un accident de tracteur. Dès lors, Suzanne enfilait deux casquettes, elle officiait comme parrain tout en restant la grand-maman de Pierrette. Ainsi l'enfant, puis maintenant l'adolescente, bénéficiait de l'amour débordant de Grand-mère-parrain, ce qui expliquait qu'elle seule continuait de recevoir un courrier d'anniversaire chaque année, accompagné d'un billet de dix francs. Grand-mère aimait tout de même ses autres petites-filles, quatre au total, Pierrette donc, mais sa grande sœur Paule et sa cousine Joëlle. Ces deux dernières étant nées au printemps, Suzanne profitait alors des ponts de l'Ascension et de Pentecôte pour célébrer les anniversaires en famille. Quant à la quatrième, Carmen, comme elle était née un premier janvier, Suzanne s'invitait ce jour-là à Besançon pour voir sa petite-fille souffler ses bougies. Grand-mère aurait aimé retrouver Pierrette au 14 juillet, mais cela tombait toujours mal, elle restait à Montbéliard pour garder la chienne et entretenir la maison de sa fille religieuse qui partait toujours en pèlerinage à Lourdes à cette période. Alors Suzanne se rattraperait au mois d'août et profiterait un maximum de sa Pierrette chérie à la ferme d'Amondans.

Suzanne courait sur ses soixante-neuf ans. Bien portante et alerte, elle se laissait toutefois choyer par ses enfants. Elle naviguait ainsi d'une maison à l'autre, elle vivait l'hiver chez ses filles soit à Montbéliard, soit à Besançon et la belle saison, hormis la semaine du 14 Juillet, vers son fils à Amondans.

Pierrette attendait toujours avec impatience le mois d'août où Grand-mère devenait son réconfort, son petit bonheur de l'année, sa confidente. N'empêche, Grand-mère avait des idées bien arrêtées ! Faudrait-il lui avouer son amourette d'un soir à l'internat avec une fille qu'elle connaissait à peine ? Pas sûr… Suzanne, bigote au possible, n'apprécierait certainement pas ce libertinage.

Nul besoin de soulever le rideau en cette belle soirée d'été. Par la fenêtre grande ouverte, la silhouette de Pierrette se dessinait dans l'encadrement de l'huisserie lorsque Williams sortit de la menuiserie. Il secoua sa main en direction de la croisée, et son sourire courut jusqu'aux joues rouges de Pierrette. Elle répondit timidement par un bref mouvement de son avant-bras puis elle se retira dans l'ombre de la chambre pour cacher son brin d'émotion. Lorsqu'elle devina que le jeune homme avait contourné la ferme, elle s'approcha de la fenêtre, se pencha pour espérer contempler le dos de l'apprenti menuisier qui allait s'évanouir dans le fond de la rue principale. Manque de pot ! Il se retourna au même instant, alors avec ironie il lui renvoya un nouveau salut en agitant la main avec frénésie. Elle rougit à nouveau, recula dans l'ombre, mais c'était trop tard. Sans le vouloir, elle avait donc encouragé l'audace de Williams, et le lendemain soir, il lança sous sa fenêtre :

— Bonsoir, belle enfant !

Mais la belle enfant, déjà dans l'ombre, recula encore jusqu'à buter son dos contre le mur opposé de la chambre. Elle se retourna machinalement comme si Williams courait dans l'escalier pour s'agripper à elle, à moins que ce ne fût Sœur-Punition qui la pistait.

Plus loin à la sortie du village se dressait la ferme des Vouillet, une grande bâtisse comtoise à deux pans, bourrée d'ouvertures face au sud, de beaucoup de pièces en bas, de nombreuses fenêtres à l'étage, des chambres pour plein d'enfants. Plus haut un immense pignon cachait la grange. Le foin s'empilait là pour l'hiver afin de nourrir les vingt vaches laitières, autant de génisses, quelques petits veaux.

Léon, un fils de cette grande bâtisse, passait fréquemment sous la fenêtre de Pierrette, fièrement assis sur son tracteur Pony d'un rouge rutilant. Si Pierrette se dressait devant l'ouverture, il levait le bras en l'air pendant que son autre main tenait le volant, un grand sourire accompagnant le geste, et Pierrette ne reculait jamais dans l'ombre. C'était un bon garçon du village, elle n'avait pas besoin de cacher son amitié. Elle lui répondait donc du même geste, l'autre main appuyée sur le chambranle de la fenêtre. Parfois, elle se trouvait dans le jardin devant la maison lorsqu'il passait, alors il s'arrêtait, ils bavardaient quelques instants, ils parlaient du temps, des foins, de rien.

Léon avait dix-sept ans, et Léon n'aimait pas Williams parce qu'il était trop beau, parce qu'il était étranger, parce qu'il regardait Pierrette d'un air coquin.

En cette matinée du 1er août, Grand-mère et sa petite-fille Joëlle de Besançon débarquèrent à la ferme d'Amondans. Joëlle, quatorze ans comme sa cousine Pierrette, embrassa celle-ci sur la joue dès son arrivée, puis tapa la bise à Paule, la sœur de Pierrette. Suzanne suivait, elle embrassa ses deux petites-filles. Seule Carmen, la quatrième petite-fille de Suzanne et grande sœur de Joëlle n'avait pas rejoint la ferme d'Amondans ce jour-là. Carmen aimait les rues de Besançon et l'appartement de ses parents au centre-ville, elle restait donc vers ses copines. Ses dix-sept ans lui permettaient ses premières sorties de jour, et un peu de nuit.

Les deux cousines du même âge s'entendaient si bien que Pierrette passa son avant-bras sous celui de Joëlle et les voilà vite fait au premier étage pour parler belles robes, maquillage et amourettes. Mais de flirts, Joëlle n'en avait jamais connus, elle avait le temps, confiait-elle. Quant à Pierrette, elle rougissait dès qu'on avait l'audace d'évoquer l'amour.

Joëlle, blonde comme Pierrette, dévoilait de longs cheveux lisses, ceux de sa cousine glissaient aussi jusqu'au milieu de son dos, agrémentés de boucles légères. Les yeux bleus de Joëlle, peut-être un peu trop surlignés de mascara, semblaient encore plus grands que ceux de Pierrette. Toutes les deux affichaient une silhouette svelte, un visage souriant, une joie de vivre, presque deux sœurs jumelles, une différence cependant, Joëlle montrait une claudication, un accident, parait-il.

L'après-midi les deux jeunes filles descendirent au bord de La Loue en contrebas du village. Quelle surprise en parvenant dans un coude de la rivière ! Elles découvrirent Grand-mère, à demi couchée dans l'herbe sous un saule, les avant-bras sur la terre, sa robe de deuil relevée. Dans un même réflexe, Pierrette et Joëlle se cachèrent derrière le premier arbre. Les têtes penchées, elles surveillaient leur mamie. Suzanne semblait tâter le bout de sa longue robe et ses lèvres remuaient dans le vide, la vieillesse paraissait gamberger. Brusquement un éclat doré jaillit du tissu. La grand-mère palpa le lingot d'or entre ses doigts puis le remisa dans la doublure. Elle s'empara d'une boite à épingles posée dans l'herbe à côté d'elle et se décida à coudre l'ourlet qui cacherait cette richesse dans les fronces de sa robe noire. Elle retroussa encore plus haut son vêtement de deuil alourdi du lingot, exhibant aux petits oiseaux et aux poissons son ventre gras et plissé. Elle contrôla sa cicatrice sur le côté, la caressa comme pour vérifier que c'était bien la sienne, puis recouvrit de sa robe ses mollets parsemés de varices. Elle se leva et s'en retourna en direction de la ferme telle une vieille femme en balade. Comme Grand-mère s'éloignait sans avoir aperçu ses petites-filles, les deux adolescentes éclatèrent de rire.

— Dis donc, tu crois qu'un jour nous aurons des jambes et un ventre aussi laids ?

— N'y pensons pas, répondit Pierrette, puis elle s'allongea là où Suzanne se cachait quelques minutes plus tôt.

— Penses-tu qu'elle en a beaucoup, de ces lingots, cachés au bas de sa robe ? Ça doit être lourd à trainer pour une vieille femme.

— Vielle… vieille… n'exagérons rien, elle n'a que soixante-neuf ans. Pis un ou deux kilos à trainer, c'est rien, d'autant qu'elle ne marche guère. Et pis, ce sont peut-être ses seuls vrais amis, ces lingots d'or.

— Dis donc Pierrette, lui répondit sa cousine allongée à ses côtés, je lui connais une amie bien plus proche, vois-tu de qui je veux parler ?

Le large sourire de Pierrette semblait un aveu :

— À qui penses-tu ? Peut-être à moi, petite jalouse !

— Oui, c'est ça, je suis un peu jalouse. Pourquoi est-ce toi sa préférée ?

— Parce que je suis sa filleule en même temps que sa petite-fille. Et pis aussi parce que je suis la plus gentille.

Joëlle pinça le côté du ventre de Pierrette.

— Dis donc, t'aurais pas les chevilles qui enflent, par hasard ?

— Pis il est vrai que grand-mère et moi, nous nous entendons bien, mais je me sens bien également avec toi.

Ne rien dire, juste laisser courir les yeux couleur de la rivière, sur le flot de l'eau.

— J'ai envie de t'avouer quelque chose, Joëlle, mais c'est… c'est délicat.

Le sourire de Joëlle se fit sévère, celui de Pierrette disparut carrément.

Encore un long silence, seulement le clapotis de la rivière et les pépiements des oiseaux.

Joëlle s'impatientait :

— Alors, t'accouches… c'est quoi cette cachotterie ? Ta grand-mère est enceinte, ta sœur va se marier, t'as un bon ami dix ans plus vieux que toi, c'est quoi ?

— C'est pire. J'ai… j'ai fait des… une bêtise à l'internat.

Joëlle se redressa sur ses avant-bras, posa sa tête contre le tronc du saule. Pierrette s'approcha, les chevelures se frôlèrent.

— Je te le dis à toi parce que tu es ma cousine bien aimée et que tu pourras garder un secret.

— Bien sûr, ma chérie.

— Ne m'appelle pas chérie. Lorsque tu sauras tout, tu risques d'être gênée.

— C'est une histoire d'amour ?

— En quelque sorte.

Les doigts de Joëlle tripotaient un brin d'herbe, les mains de Pierrette froissaient nerveusement sa robe à fleurs.

— Sœur-Geôlière m'a surprise dans mon lit d'internat avec une autre fille.

L'étonnement de Joëlle fut si brutal que d'instinct elle retira sa tête du tronc du saule et s'écarta de sa cousine, puis elle se releva. Face à Pierrette, les poings sur les hanches, elle exposait ses fins mollets et ses genoux sous son visage.

Un instant plus tard, son sourire détendit quelque peu sa cousine. Pierrette tendit son bras.

— Pis aide-moi à me relever, et surtout ne dis rien si c'est pour me juger comme m'ont jugé mes parents.

— Ben oui, dis donc, tu vois bien que je ne dis rien.

Joëlle tendit la main à Pierrette pour l'aider à se soulever. Les visages se séparaient de quelques centimètres et le parfum chèvrefeuille de l'une se mélangeait à l'eau de Cologne de l'autre.

— Pourquoi ne dis-tu rien ? C'est mal ce que j'ai fait ?

— Non, je m'en fiche, c'est ton histoire.

Puis Joëlle embrassa sa cousine sur la joue et rebroussa chemin, direction le village. Les deux filles se tenaient la main en remontant la côte sur le chemin caillouteux bordé de coquelicots et de marguerites.

— Pis grand-mère veut me causer à ce sujet, faut-il lui avouer ?

— Ah non, surtout pas ! Moins de personnes savent, mieux c'est. Dis donc, pourquoi veut-elle te causer ? Que sait-elle ?

— Je pense que mes parents lui ont dit que j'avais été mise à pied de l'école pendant huit jours en janvier, mais elle ne sait pas pourquoi.

— Raconte-lui un bobard, dis-lui que tu n'as pas voulu te rendre à la chapelle pour la messe du matin, un truc comme ça. Ou bien dis-lui que tu as répliqué au directeur au sujet de la religion, elle te croira, toi qui rejettes l'existence du Bon Dieu.

Pierrette lâcha la main de sa cousine.

— Je ne rejette pas l'existence de Dieu, je conteste la façon dont les religieux nous présentent Dieu.

— Là n'est pas le sujet, surtout ne dis pas la vérité à grand-mère, elle va te faire la morale, te surveiller, elle ne t'aimera plus. Tu as vu comme ils sont tous dans la famille, faut pas parler de sexe, surtout de sexe pas normal, ils nous enverraient presque à la galère.

Pierrette éclata de rire :

— Pis ils me passeraient une ceinture de chasteté et jetteraient la clé dans la Loue !

— Ah, non, dis donc ! Ce serait dommage, tu es trop belle pour ne pas connaitre l'amour.

— Il parait que je te ressemble, répondit Pierrette en souriant.

La jalousie des mots

5

Été 1965

« *Joyeux anniversaire, ma petite Pierrette. Petite…
petite, façon de parler, te voilà grande maintenant, grande
par la taille et grande par ton âge. Quoique, à quinze ans,
il faut rester prudente. Je sais que les choses de la vie
commencent à te titiller, mais il ne faut pas songer à cela.
Dieu veille, et tu ne dois toucher un garçon seulement le
soir de ton mariage. L'été dernier tu es restée cachotière
au sujet de ta mise à pied de l'école Notre-Dame. Ton
histoire de composition écrite où tu as offusqué ta
professeure et le directeur ne correspond pas à la bonne
date. Tu m'as menti, tes parents m'ont montré ta rédaction
qui datait d'après ta mise à pied, du coup ils m'ont dit une
partie de la vérité. Je dis bien une partie de la vérité, je
suis sûre qu'eux aussi me cachent quelque chose. Il paraît
que tu as embrassé une camarade de ton âge sur les lèvres
dans la cour de récréation, mais cela ne justifie pas un
renvoi de l'école, j'ai bien vu l'attitude de tes parents, mon
fils épiait mon regard comme si j'étais une étrangère. Je
te pardonne ton mensonge à la condition que tu me dises
toute la vérité lorsque je me rendrai à la ferme d'ici quinze
jours. J'ai joint un billet de dix francs dans l'enveloppe,
vérifie qu'il est bien à l'intérieur. Embrasse tout le monde.
À bientôt et surveille ton comportement, Dieu te regarde.* »

Pierrette rangea l'enveloppe dans son tiroir à
secrets, glissa le billet de dix francs dans la gueule de la
grenouille de porcelaine.

La jalousie des mots

Le lendemain 14 juillet, par un temps orageux, on fêta l'anniversaire en toute simplicité autour de la table de la grande cuisine, au frais derrière les murs épais de la ferme. Paule agitait sa longue chevelure brune qui contrastait avec la toison dorée de sa jeune sœur Pierrette assise à ses côtés.

— On ne secoue pas ses cheveux à table, c'est pas propre, dit la mère.

— Mais maman, ils tombent devant mes yeux.

— T'as qu'à les attacher.

Les grands yeux beiges sous de longs cils noirs fixèrent la mère, mais Paule ne répondit rien, c'était inutile, les parents ayant toujours le dernier mot, c'était la règle. On dégusta un plat de nouilles assorti de petits salés d'un cochon de l'hiver précédent, puis des framboises sauvages agrémentées de crème fouettée pour finir sur un café. Pas de gâteau d'anniversaire, nulle bougie, à quoi bon ! Toute la famille savait que Pierrette célébrait ses quinze ans, qu'importe ! C'était un âge comme un autre, pas de cadeau non plus, changer d'année n'était pas un exploit. La mère de famille se permit même une réflexion :

— Ce n'est pas parce que tu as quinze ans aujourd'hui et que tu viens de réussir ton brevet qu'il faut te croire une adulte. Méfie-toi des garçons et des... (elle toussota), ils vont essayer de t'approcher, mais leurs intentions ne sont pas bonnes, surtout ce Williams, c'est pas grand-chose, un vaurien venu dont on ne sait pas où. Parait qu'il a volé du bois chez son patron pour le donner au Jules.

— Qui t'a dit ça ? demanda le père, la tête dans ses nouilles.

— La voisine au Jules. Y parait que le Jules y refait la pièce du gosse avec ce bois.

Le Jules, comme le dit si bien la mère, était un pauvre bougre retraité de l'agriculture, pas riche pour un sou, mais propriétaire d'une ferme délabrée où il hébergeait pour pas cher l'apprenti menuisier.

Les deux sœurs souriaient sous cape dans leurs robes légères, heureuses de savoir le beau Williams au centre de la discussion familiale. Et puis ce côté voyou lui allait si bien, sa casquette toujours un peu de travers qu'il dévissait dès qu'il rencontrait les deux sœurs Petitjacquet, surtout la petite blonde. Un jour il s'était arrêté sous la fenêtre de Pierrette et avait osé lui parler alors que l'adolescente n'avait pas eu le temps de se reculer au fond de sa chambre. « Tu es belle, Pierrette, belle comme une fleur dorée ». La jeune fille était passée de la couleur dorée au rouge vif puis s'était retirée dans l'ombre sans rien répondre.

Le dimanche après-midi suivant, le curé, monté en chaire pendant la messe, avait donné l'autorisation de faire les foins aux paysans du village en ce jour ensoleillé, jour normalement interdit de travail. Toute la famille Petitjacquet se retrouva à charger le fourrage sur la plate-forme derrière le tracteur. Pierrette tirait le grand râteau le long de la haie. Sa cousine Joëlle venue de Besançon et sa sœur Carmen suivaient en papotant, se baissant parfois pour choper un brin de paille négligé par le râteau pour poser celle-ci dans l'andin d'à côté. Paule, fière sur le siège du tracteur, manœuvrait celui-ci au pas d'escargot, laissant le temps au père de soulever du bout de sa fourche de grosses brassées de foin.

Un chapeau de paille ombrait le visage brûlant de la mère. La paysanne cahotait sur le fourrage entassé sur la plate-forme, rangeait celui-ci du mieux possible. D'un signe de la main elle ordonnait à sa fille d'arrêter le tracteur, puis de reprendre son cheminement le long de l'andin, de ralentir à nouveau pour permettre au père d'envoyer les fournées de foin sec à ses pieds.

L'oncle et la tante de Besançon, pas paysans pour un sou, faisaient semblant d'aider, pantalon de toile blanc pour lui, jupe légère pour elle. La tante poussait de temps à autre une brindille de paille qui dépassait de la plate-forme ou souriait à sa nièce assise sur le tracteur.

— Allez ! descend, la mère, faut mettre la perche, la plate-forme est assez chargée, lança brusquement le père de famille.

Pendant que les quatre adultes s'affairaient à bien ficeler la charrette de foin, Carmen s'en alla promener. Fille gaie, mince, presque maigre, cheveux noirs et yeux noirs, l'inverse de sa sœur Joëlle, elle écoutait les oiseaux silencieux sous le soleil torride, cueillait marguerites et coquelicots, rêvait sous le vent chaud, courait vers la rivière.

Sa sœur Joëlle décida de s'allonger dans l'herbe à l'ombre de la haie. Sa jambe bancale lui faisait mal d'avoir trop marché. Pierrette vint s'asseoir à ses côtés. Un brin de foin entre les lèvres, elle cracha celui-ci à ses pieds, une salive verte accompagna la verdure. Adossée à un frêne, le regard vers le ciel bleu, elle murmura :

— J'ai tout avoué à Grand-mère, faut-dire qu'elle a tellement insisté.

Joëlle se souleva sur ses avant-bras.

La jalousie des mots

— Dis donc, merci pour ta confiance, tu m'avais juré de ne rien dire.

— J'aime trop Grand-mère pour lui mentir, et pis, c'est pas un crime non plus, d'autant que je n'ai jamais recommencé

— Bien sûr que tu n'as jamais recommencé, tu n'as jamais revu ton Odette.

Le regard de Pierrette croisa celui de sa cousine.

— Je m'en contrefiche d'Odette, c'était juste comme ça, parce que j'avais envie.

— Envie de quoi ?

— Envie de caresses, d'aimer un peu, je sais pas, moi, ça ne s'explique pas.

— Et maintenant, dis donc, tu en es où dans tes amours ?

— Nul, nul, nul ! Les mots « embrasser un garçon » suffisent pour faire dresser les poils du père et de la mère. Les connaissant, ils voudront que je marie un paysan du coin et en attendant, eh bien… à moi de patienter à ma façon.

— C'est quoi, à ta façon ?

— Tu veux un dessin ?

Pierrette embrassa Joëlle sur la joue pas très loin des lèvres et se releva.

— Viens, on retourne vers le tracteur. Si les parents me voient, ils vont me réprimander par ce que je n'ai pas le droit non plus d'approcher les filles.

— Mais je suis ta cousine !

— Justement, ils voient bien comme je te regarde.

Joëlle se leva à son tour, épousseta l'arrière de sa robe à fleurs.

— Je ne comprends pas, Pierrette.

La blonde aux cheveux bouclés prit la main de sa cousine.

— Je vais t'aider à marcher, tu m'as l'air fatiguée.

Elles s'en allèrent jusqu'à la voiture de foin et vers le reste de la famille sans rien se dire.

— Ce soir on ira voir Pomme, il est aux champs Marcau.

Pomme était l'étalon rouge couleur d'une pomme du paradis que Pierrette et sa sœur Paule bichonnaient. Le cheval ne servant plus à la ferme, l'une et l'autre revendiquaient le droit de le monter, ce que refusaient bien entendu les parents. Les deux sœurs étaient néanmoins autorisées à le nourrir, l'entretenir, le changer de pâture, lui apporter un minimum de pain sec et un peu de fruits abimés. Elles aimaient Pomme, et la cousine Joëlle elle aussi aimait ce bel étalon. C'est pourquoi elle s'émerveilla de la proposition de sa cousine.

Le soir venu, avec l'autorisation des parents, elles descendirent les champs Marcau. Pomme les attendait. Le cheval comtois, lourd, mais vigoureux, s'approcha des deux filles en trottinant sur ses grosses pattes musclées. La Loue en bas du pré frémissait sans bruit comme pour laisser la paix de la nature envelopper les deux adolescentes.

Joëlle clopina jusqu'à la barrière, caressa l'échine de l'étalon.

— Dis donc, qu'il est beau ton cheval ! Quel âge ça lui fait ?

— Dix ans.

— Dix ans, ça va, c'est encore un bel âge.

Pierrette jeta un coup d'œil sous le ventre du cheval.

— Pis t'as qu'à regarder son truc… Pomme est en pleine forme.

Les deux filles poufflèrent en détournant rapidement leurs regards du sexe de l'étalon plutôt bien disposé.

— Est-ce que les garçons ont le même ? ironisa Pierrette.

Et les voilà à rire de plus belle sans donner de réponses.

— Pis, s'il est comme ça, j'ai pas envie d'avoir des enfants.

Elles éclatèrent à nouveau de rire.

— Et lui, Pomme, est-ce qu'il a eu des bébés ? demanda Joëlle alors qu'elle caressait toujours l'animal.

— Non, papa n'a jamais voulu l'emmener voir une jument.

— Le pauvre, toute une vie sans connaitre le… le… l'am…

— L'amour tu veux dire ? Tu parles, il s'en fiche ! Son amour il le donne à ma sœur et à moi, et aussi à toi bien sûr. Un peu comme moi.

Joëlle s'appuya contre un piquet de la pâture au risque de déchirer le dos de son gilet et sa robe à fleurs sur les fils de fer barbelés.

— Je ne comprends rien à tes allusions, Pierrette.

— Y a rien à comprendre, parce que moi non plus je ne comprends rien.

Joëlle voulut s'écarter de la barrière, mais une poignée de longs cheveux blonds resta accrochée aux pics du fil barbelé. Gauche de son pied gauche, elle n'osa bouger de crainte de tomber, soit sur la barrière, soit sur le côté, au mieux, dans les bras de sa cousine. Pierrette s'approcha, ses petits seins touchaient ceux de Joëlle lorsqu'elle pencha la tête derrière la nuque de sa cousine pour essayer de tout démêler. Et cela dura, et cela sembla plaire aux deux jeunes filles. Les parfums du dimanche, chèvrefeuille et eau de Cologne se mélangeaient à l'odeur de Pomme qui reniflait la chevelure de Joëlle. Pierrette, maître d'œuvre, trop bien dans l'intimité des deux corps, comprit que le dénouement était proche, dès lors elle fit semblant de poursuivre sa tâche. Joëlle, qui sentait pourtant que ses cheveux se libéraient, laissa sa cousine s'amuser avec sa chevelure. Puis ses longs cheveux lisses s'écartèrent sur le côté, aidés par une main douce, alors elle accepta le baiser sur sa nuque. Elle perçut une sensation inconnue jusqu'alors, ses bras nus frissonnèrent sous le vent tiède, ses genoux et ses mollets aussi, même sa cheville diminuée.

Le baiser dura exactement quatre secondes. C'est long quatre secondes pour un baiser d'amitié. Les deux adolescentes osèrent se défier dans les yeux, regardèrent encore une fois le sexe de Pomme puis remontèrent les champs Marcau en pouffant.

Depuis trois saisons, les deux cousines s'entendaient à merveille, Joëlle avait donc l'autorisation de passer tout l'été à la ferme de son oncle et de sa tante. Malgré sa jambe bancale, elle aimait aider aux travaux agricoles, nourrir les poules, les lapins, les petits veaux et bien sûr Pomme. Cet été-là elle endossa fièrement ses quinze ans en se maquillant chaque dimanche. Ce n'était pas du goût du tonton qui ne pouvait s'empêcher une remarque en haussant les épaules devant l'évier lorsqu'il se débarbouillait avant d'aller à la messe :

— T'es trop jeune, Joëlle, pis c'est moche, on dirait une… une aguicheuse.

La nièce ne répondait rien, c'était inutile, de toute façon, tonton pouvait bien lui faire des reproches, ses parents la soutenaient, il pouvait toujours bien cafter auprès de son père ou sa mère, c'est lui qui aurait l'air idiot.

Pour Joëlle, l'été se déroula ainsi, entre les quolibets superflus de l'oncle et la relative gentillesse de sa tante, entre les semblants de drague des garçons du village et l'attitude étrange de sa charmante cousine Pierrette. Les deux adolescentes s'asseyaient souvent sur le pont de grange à l'ombre du toit avancé. Elles attendaient on ne sait quoi, un garçon peut-être. Elles humaient l'air du purin d'à côté, elles s'en fichaient, c'était l'odeur de la campagne. Elles observaient le coq qui se dressait sur une longue planche cui faisait office de route à brouettes au milieu du tas de fumier. Le volatile se redressait encore plus haut comme s'il narguait son compère en acier perché au sommet du clocher de l'église. Elles rigolaient de sa crête rouge, à quoi cela servait-il donc ? Elles s'étonnaient de son œil sévère, comme s'il fallait le craindre. Et Joëlle le craignait puisque c'était à cause de lui qu'elle boitait. Alors qu'elle avait quatre ans, le coq, un autre, avait osé la courser parce qu'elle s'approchait de son harem. Alors Joëlle paniqua, grimpa sur le pont de grange, le même qu'aujourd'hui, elle glissa, tomba dans le vide et son pied gauche s'enferra dans la crémaillère de la déchargeuse. L'hôpital coupa un bout d'os broyé. De belle gamine pleine de vie, elle devint jolie handicapée pleine de vie.

Deux jours avant la rentrée scolaire, Joëlle se préparait pour son prochain retour chez elle à Besançon, son père viendrait la chercher avec sa Citroën 2 CV d'ici quelques heures. Alors qu'elle bouclait sa valise, Pierrette frappa et entra dans sa chambre.

— Je t'emmène chez Léon Vouillet, comme ça tu pourras lui dire au revoir.

— Mais tes parents sont d'accord ?

— Bien sûr que non, mais on s'en fiche, on sort par derrière et on court à la ferme de Léon. Si jamais ils venaient à le savoir, ce n'est pas grave, mes parents ils aiment bien les Vouillet et pis leurs deux enfants.

— Comment ça, deux enfants ? Je ne connais que Léon, il a donc un frère.

— Oui, Francis, il est plus jeune que Léon et il a un an de plus que moi.

— Dis donc, on ne l'a pas vu de l'été ! Où est-il ?

— C'est un bosseur, il n'a que seize ans, mais il est parti tout le mois de juillet cueillir les cassis en Bourgogne, et ce mois d'août il conduit une moissonneuse-batteuse dans la vallée du Doubs.

Joëlle qui fatiguait de son pied gauche s'assit sur son lit.

— Il est beau ?

Pierrette haussa les épaules.

— Moyen !

— Moyen comment ?

— Pis il porte des lunettes rondes, il a des cheveux noirs comme son frère Léon, mais il est plus petit, je l'aime bien parce que c'est un comique, mais bon… pis on ne se voit pas souvent, les parents n'aiment pas quand je fréquente les garçons, même s'ils les trouvent gentils, parait que je suis trop jeune… pfft ! Ils m'énervent !

— T'inquiètes, Pierrette, tu approches doucement de l'âge où tu pourras te marier.

Pierrette vint s'assoir près de sa cousine.

— Je ne suis pas certaine de vouloir me marier. Y a qu'un garçon qui me plait au village, c'est Williams, et les parents ne voudront jamais l'accepter.

— Et lui, tu lui plais au moins ?

— Évidemment ! il n'arrête pas de tourner autour de moi, je sais pas comment m'en défaire.

— Dis donc, faudrait savoir ! S'il te plait, essayez alors de vous rencontrer, de causer.

— J'ai peur à cause des parents.

— Tant pis pour toi, continue de pleurnicher sur ton sort.

Pierrette posa sa main sur l'épaule de Joëlle.

— Quinze ans, c'est l'âge le plus nul. Nous ne sommes plus des enfants, on ne sait plus jouer avec nos peluches, nos dinettes et tout ce qui nous faisait rêver, pis nous ne sommes pas encore des adultes, nous n'avons pas le droit de profiter de… de toutes les bonnes choses des grands.

— On dit que nous sommes dans l'âge con, tu crois que c'est vrai ?

Pierrette posa sa tête sur l'épaule de sa cousine.

— Parfois je me demande si ce ne sont pas les adultes qui vivent dans l'âge con.

Joëlle emprisonna le visage de sa cousine, la fixa dans les yeux.

— Dit donc, toi, tu m'as l'air toute chose, toute déprimée, ne serais-tu pas amoureuse ?

Pierrette rougit, baissa la tête, saisit la main de Joëlle, serra très fort.

6

Été 1966

Ce 14 juillet, le temps tourna à l'orage en soirée, quant au souper, il vira lui aussi à l'orage.

— Chez le tonton Paul, y a toujours un gâteau pour l'anniversaire de Joëlle ou de Carmen, chez nous, il n'y a ni cadeaux, ni gâteaux, c'est pas juste.

Le père se racla la gorge sans lever la tête de son plat de patates.

— Tes oncles et tantes, y font ce qu'ils veulent, nous, on a pas les moyens, les anniversaires ça sert à rien, c'est un jour comme les autres.

— Pis j'en ai marre ! On n'a pas le droit de fêter notre anniversaire, on n'a pas le droit de causer aux garçons, on n'a même pas le droit de regarder une fille, on a juste le droit de travailler aux champs, d'aller à la messe et de toujours dire Amen !

Pierrette appuya si fort sur les cinq derniers mots qu'elle en fut toute surprise elle-même. Elle gicla de sa chaise, jeta un œil vers sa sœur Paule qui toussotait, grimpa dans sa chambre sans laisser le temps d'une réplique.

— Elle est dans l'âge bête, souffla la mère.

Paule leva ses yeux marron vers ses parents.

— Vous êtes trop durs avec elle, Pierrette est malheureuse, essayez plutôt de savoir pourquoi.

La sœur ainée, par sa sagesse, était quelque peu écoutée. Âgée de dix-huit ans, elle se permettait de donner son avis tout en restant prudente. Cette grande brune à l'air joliment assuré soutenait les parents dès qu'elle croyait la cause juste, elle défendait cependant sa jeune sœur lorsqu'elle pensait Pierrette dans le vrai.

Au petit matin les orages s'étaient dissipés. Le facteur poussa la grille du jardinet devant l'entrée de la ferme. Pierrette, souriante, s'avança à la rencontre du messager dans l'allée de pierres plates chauffée par le soleil de juillet. Ce dernier lui tendit l'enveloppe rose.

— Tiens, Pierrette, ta grand-mère ne t'oublie toujours pas à ce que je vois.

— Merci, facteur, vous êtes mon porte-bonheur.

— Profite… profite, mon enfant ! Tu as bien le temps de recevoir des factures ou du courrier de monsieur le fisc.

Pierrette courut dans sa chambre, son nid douillet, cet endroit relativement respecté par ses parents et les autres. Seule sa grande sœur Paule se permettait parfois un petit toc-toc à la porte. Alors s'engageait un échange de confidences entre les deux sœurs, l'une assise sur le bord du grand lit, l'autre enfoncée dans le fauteuil Voltaire à moitié défoncé. Ce matin-là, elle s'isola entre ses quatre murs au papier peint parsemé de fleurs aux pétales colorés et d'oiseaux aux plumages mordorés. Pierrette ouvrit son enveloppe rose, sortit le billet de 10 francs qu'elle glissa dans la gueule de la grenouille et déplia la feuille blanche où courait une belle écriture serrée et penchée :

« *Joyeux anniversaire, ma petite Pierrette* », *te voilà grande maintenant. Seize ans, tu seras bientôt bonne à marier. J'ai d'ailleurs remarqué l'été dernier que le jeune paysan Léon te regardait d'un air quelque peu coquin, ne serait-il pas amoureux de toi ? Je suis contente qu'il te fasse la cour, c'est un beau garçon, vigoureux et travailleur, vous iriez bien ensemble. J'ai tellement envie que ses sentiments soient partagés. Enfin, cela te regarde, mais commence donc à réfléchir à ton avenir. À ton âge je me souviens que je lorgnais déjà ton grand-père défunt, et quatre ans plus tard nous étions mariés. Je te souhaite le même parcours. Surtout, évite le regard de ce drôle de gaillard Williams, c'est un étranger que l'on connait mal, et vu son attitude culotée, il ne m'inspire rien de bon. De chercher l'amour auprès d'un être aussi singulier serait plus que risqué. Dans la vie il faut savoir faire les bons choix, et les bons choix, c'est de te laisser faire la cour par des jeunes garçons honnêtes et bien intentionnés, c'est la seule façon pour préparer une vie familiale heureuse. On en reparlera ce mois d'août lorsque je serai à la ferme. Je n'ai pas oublié ta confession concernant ta cochonnerie du dortoir de Notre-Dame et je me méfie de ton attitude à venir parce qu'il parait, d'après tes parents, que tu t'émancipes un peu trop, tu leur répliques, tu fais des allusions. Soit prudente, ma petite Pierrette, et tâche de te bien conduire sous la bienveillance de notre Seigneur Dieu qui surveille tes agissements.*

Je suis en bonne santé, ma grosse bronchite de l'hiver dernier n'est plus qu'un mauvais souvenir et il me tarde de te prendre dans mes bras. Je t'embrasse.

PS Vérifie que le billet de 10 francs est bien à l'intérieur de l'enveloppe.

Après la lecture de sa lettre d'anniversaire, Pierrette rangea le courrier dans son tiroir à secrets et sourit amèrement. Elle l'aimait bien cette grand-mère, mais plus elle vieillissait et plus elle devenait sotte, songeait-elle. « Ai-je besoin de ses conseils d'un autre âge ? Si j'ai envie d'aimer Williams, ça me regarde. Du reste c'est peut-être quelqu'un de bien. Ben oui quoi, tant qu'on ne cause pas avec lui, on ne sait rien de lui. Entre les parents et Grand-mère, ça commence à peser, vivement que je grandisse, et sûr, bientôt je n'en ferai qu'à ma tête. Et puis, si je trouve que ma cousine Joëlle a de beaux yeux, là aussi, ça me regarde. »

Pierrette, habillée d'une robe légère bleu ciel, se recroquevilla sur son lit, la tête sur l'oreiller baigné d'un rayon de soleil. Elle poursuivit sa méditation : « Oui ça me regarde, mais qu'en penseraient la famille et les autres gens si j'affichais mes vrais désirs ? Et puis les autres, tu crois qu'ils sont nickel ? Pas sûr, sauf qu'ils sont hypocrites, et puis zut, je sais plus. J'ai envie d'être aimée et je veux aimer pour vivre de belles choses, c'est ça une vie heureuse. »

Elle rumina ainsi de longues minutes puis se tourna sur le dos, regarda le plafond de poutres et de lambris peints à la chaux blanche. « Et toi, Seigneur Dieu, t'en penses quoi ? Tu t'en fiches, t'as pas le temps de surveiller tout le monde, moi je ne suis qu'une pauvre bougresse un peu paysanne, un peu rebelle, pas de quoi en faire un fromage. D'abord t'es pas fromager, t'es même pas curé, parait que t'es berger, alors me prends-tu donc pour une brebis ? »

Elle se mit à crier :

« Hein… alors, réponds-moi, bon sang, répond-moi, arrête de jouer à cache-cache, est-ce que je suis une brebis ? Tu vois, tu réponds pas, t'existes pas ! »

Elle se calma et poursuivit son monologue :

La jalousie des mots

« Dimanche à la messe, je ne regarderai pas les garçons de l'autre côté de la grande nef, d'ailleurs il n'y a jamais Williams. Alors pour une fois je prierai vraiment, mais en contrepartie, je t'en conjure, avant la sortie de l'église je veux que tu m'aies répondu, sinon je ne te causerai plus jamais. Et tu sais ce que ça veut dire si je ne te cause plus, ça veut dire que je m'écouterai moi seule. Ainsi, je sais que je me répondrai, je me dirai de faire ce que je veux, ce sera bien fait pour toi. »

En ce dernier dimanche de juillet, à la ferme d'Amondans, on attendait Grand-mère pour midi, accompagnée de sa petite fille Joëlle. À la messe, comme le Seigneur Dieu n'avait pas répondu à Pierrette lors de ses dernières prières de l'autre dimanche, l'adolescente décida de ne plus l'implorer. Elle bougea juste les lèvres pour faire croire, et regarda les garçons de l'autre côté de la grande nef. Léon, le paysan vigoureux, montrait de plus en plus son intérêt pour la jeune fille. Lui non plus ne devait pas beaucoup prier. Même s'il bougeait ses lèvres au rythme des cantiques, il zieutait souvent la belle blonde, et cela devenait gênant. Il semblait à Pierrette que l'assemblée entière n'avait d'yeux que pour eux deux. Elle baissait la tête si souvent qu'elle connaissait par cœur la couleur de ses chaussures vernies, la légère tâche grisâtre vers l'orteil droit, la rayure blanche à la naissance du talon gauche. Elle souriait intérieurement, appréciait d'être regardée par ce jeune homme tant désiré par d'autres filles du village, puis elle osa afficher son sourire en plein office. Même tête baissée, ça se voyait puisque ses épaules bougeaient de joie. Du coup, elle reçut un coup de coude de sa sœur debout à côté d'elle. C'était l'heure de l'élévation du corps et du sang du Christ, il fallut s'agenouiller, ainsi Pierrette se cacha encore mieux. L'enfant de chœur joua de sa clochette sacrée et tout le monde baissa la tête en signe de respect puisqu'il était interdit de voir le Christ s'élever au-dessus de l'autel. Alors Pierrette se pencha toujours plus jusqu'à presque toucher le sol, elle pouffa carrément et reçut un autre coup de coude de Paule. Elle releva aussitôt la tête, ne trouva pas le Christ dans les airs, mais juste le calice au-dessus du curé qui retombait bien vite sur les lèvres de l'ecclésiastique. Ce dernier dégusta le sang blanc du Christ, se lécha les lèvres derrière sa serviette sacrée à peine humide du bon vin de Bourgogne. Pierrette souriait toujours. Nouveau coup de coude. Elle évita le regard sévère de sa sœur et pencha la tête à droite, de l'autre côté de l'allée, Léon lui souriait.

À la sortie de l'église, elle se fit réprimander par sa grande sœur, mais reconnut le sourire de Léon qui s'approchait d'elle.

— Cet après-midi il y a la fête au village à Fertans. Je t'emmène sur mon Pony, il est tout propre, je l'ai lavé ce matin.

— Si tu veux, enfin… si mes parents sont d'accord. Mais je crois qu'ils seront d'accord, ils t'aiment bien.

— Pourquoi n'es-tu pas venue au bal hier soir à Fertans ?

Pierrette se tortillait sur ses chaussures vernies en jetant un regard de biais vers les greluches du village qui la jalousaient de sa conversation avec cet homme de bonne famille.

— Pis si les parents me laissent faire de l'auto-tamponneuse cet après-midi, ce sera déjà bien, mais pour le bal d'hier soir, il n'en était pas question. Au fait, il y avait du monde ?

— Oui, beaucoup de monde, on jouait du coude dans le bal. J'ai même cru que tu étais parmi la foule. J'ai passé la soirée à te chercher pour te faire danser.

— Est-ce qu'il y avait Williams ?

— Oui il était là ce zigoto, c'est d'ailleurs lui qui a déclenché la bagarre.

— Ça s'est battu ?

— Ben… oui, et ce sont toujours les mêmes qui commencent. Comme d'habitude l'autre crétin de Williams était bourré et il a cherché des histoires. Il s'est pris une bonne beigne par le gros Charles, je crois bien qu'il lui a cassé le nez, c'est bien fait.

— Pourquoi vous ne l'aimez pas, Williams, moi je trouve qu'il est sympa ?

— Tu dis ça parce qu'il est mignon. Mais crois-moi, y va pas se montrer de sitôt avec son pif énorme et sa balafre au coin des lèvres. Il n'est pas à la veille d'embrasser les filles comme il l'a fait hier soir.

Pierrette lui sourit amèrement et le quitta, prétextant qu'elle devait vite rentrer à la ferme pour aider sa mère en cuisine, sa grand-mère arrivait avec Joëlle pour le repas de midi.

Vers quinze heures Pierrette monta sur le tracteur et resta debout sur la barre arrière du Pony. Léon dut accepter la présence de Joëlle à côté de sa cousine.

— Roule doucement, Léon, Joëlle a le pied fragile.

Fertans était à deux pas de là, ils furent donc largement à l'heure pour quelques tours d'auto-tamponneuses. Dans les allées de la petite place du village, les deux filles et le garçon piétinèrent jusqu'à la buvette du coin. Léon commanda trois blancs limés. Ce fut la première gorgée d'alcool de Pierrette. Quant à Joëlle elle avoua avoir déjà gouté de la bière et même un verre de blanc du jura à la terrasse d'un café de Besançon.

— Ah ! ces gens de la ville, ils ont toujours de l'avance sur nous, c'est comme les Américains avec les Français.

L'intervention de Léon fit sourire Joëlle, et Pierrette renchérit après avoir posé ses lèvres sur le bord de son verre et gouté le raisin défendu.

— Pis comment fais-tu pour boire de l'alcool, Joëlle, c'est dégueulasse ?

Elle reposa son verre sur le bar.

— Tu le finiras, Léon.

— Bien sûr que je vais le boire. Comme tu as posé tes lèvres dessus, j'aurai l'impression de te les toucher.

— Oh, le garnement ! s'exclama Joëlle.

Pierrette se contenta de sourire.

Ils ne restèrent que deux heures ensemble à la fête parce que Léon, jeune paysan, devait rentrer à Amondans pour la traite des montbéliardes.

Le retour fut gai. Les deux filles, debout sur l'arrière du Pony, chantaient sous le soleil un air de Sheila, devant elles Léon reprenait un refrain inventé. Tout le monde descendit du tracteur de bonne humeur devant la ferme des Petitjacquet.

Les mains de Pierrette et de Joëlle envoyèrent un au revoir depuis la route au conducteur du tracteur par des battements de doigts. Elles traversèrent l'allée du jardinet pour entrer à la ferme. Léon eut juste le temps de se retourner pour interpeler les filles.

La jalousie des mots

— On se revoit dimanche prochain, d'accord ?

Le lendemain matin, Joëlle qui dormait dans sa chambre à côté de celle de sa cousine souleva le rideau de sa fenêtre. Elle reconnut Williams qui se glissait par la porte sur le côté de la menuiserie, affublé d'un énorme pansement sur le nez. Elle ne put s'empêcher de rire, songeant au gros Charles et à son poing énorme. Il fallait vite raconter « le gros nez » à Pierrette.

Sans sous-vêtements, mais habillée d'un pantalon de pyjama court et d'une chemisette, elle frappa à la porte voisine. Pas de réponse. Elle ouvrit doucement la porte, Pierrette dormait. Elle se glissa avec précaution sous les draps de sa cousine et la chatouilla sur le ventre. Pierrette s'éveilla en douceur, s'étira, demanda à Joëlle si celle-ci était là depuis longtemps.

— Dis donc, j'ai passé la nuit à côté de toi, t'as rien vu ?

Puis elle éclata de rire et ajouta :

— Mais non, andouille ! J'arrive à l'instant. Je viens de guetter par la fenêtre de ma chambre. Ton chéri le menuisier vient d'arriver au boulot, tu verrais le pif ! Énorme qu'il est, à cause du pansement. Toute la sciure de bois va s'accrocher au coton. Observe-le à la sortie de son travail, tu vas voir, son pif ressemblera à une branche de bois, ah… ah !

— C'est pas marrant, peut-être que son nez, il sera tout déformé après ça. Il est con ce gros Charles, il ne sent pas sa force.

Joëlle se colla au corps de sa cousine, lui passa une main dans les cheveux.

— Dis donc toi, t'es vraiment amoureuse de « branche de bois ».

Pierrette, mi-agacée, mi-joueuse, repoussa Joëlle du bout de ses pieds et la fit tomber du lit. Elles éclatèrent de rire, et Joëlle resta étalée à terre, faussement boudeuse, la lèvre inférieure retroussée. Pierrette se décida à tirer sa cousine par les bras pour qu'elle reprenne place à ses côtés sous les draps. Ce fut le tour de Pierrette de coller son corps contre celui de Joëlle. Elle ne caressa pas la chevelure blonde, mais se permit de laisser courir son index sur le sein de sa cousine. Celui-ci dépassait avec outrage de la chemise de nuit.

— Tu dors sans soutien-gorge ? Est-ce l'habitude des gens de la ville ?

Joëlle repoussa délicatement la main baladeuse et sourit à Pierrette :

— Ce n'est pas parce que ton chéri a le pif pas beau qu'il faut te rabattre sur moi.

— D'abord ce n'est pas mon chéri, les parents veulent pas, et pis ma main, c'était juste pour voir.

Elles éclatèrent de rire une nouvelle fois.

— Pour voir quoi ?

— Pour voir comment tu allais réagir. Et puis…

On frappa à la porte, laquelle s'ouvrit dans la foulée.

La mère dans l'encadrement montrait deux gros yeux sévères.

— Me semblait bien que vous étiez toutes les deux ici, je vous entendais rire. Que faites-vous ensemble dans ce lit ?

— On fait rien de mal, maman.

— Allez, ouste, Joëlle, file dans ta chambre et habille-toi. Et toi, Pierrette, lève-toi et habille-toi aussi, le père vous trouvera du boulot pour la journée.

Joëlle courut dans sa chambre en boitillant. La mère referma la porte de chambre derrière elle et s'approcha du lit de sa fille toujours sous les draps.

— J'espère que tu ne recommences pas tes cochonneries, surtout avec ta cousine.

— Je te dis que l'on ne faisait rien de mal, on rigolait à cause de Williams et de son nez blessé.

— Ah ça ! parler des garçons, vous savez faire ! Williams, c'est bien fait pour lui, l'avait qu'à pas se battre, c'est un voyou. Au risque de me répéter, ni toi ni ta cousine, je ne veux que vous lui causiez.

Pierrette sortit du lit, quelque peu énervée.

— Pis, au risque de me répéter aussi, à part le boulot et la messe, on n'a rien le droit de faire dans ce village.

— Petite insolente !

Et paf ! Une baffe.

Francis, le frère de Léon, passa une partie de l'été au village. Il n'avait pas voulu reprendre son travail à la moissonneuse-batteuse. À dix-sept ans, il suivait des études dans l'industrie laitière et passait un examen professionnel de rattrapage à Mamirolle à l'automne. Garçon sérieux, il voulait réviser ses leçons. Il profita néanmoins de ses moments de détente entre devoirs de chimie et de géographie pour accompagner Léon aux bals du samedi soir, pour partir en balade le dimanche après-midi avec Pierrette et Joëlle. Beau jeune homme, il affichait une fine élégance, lunettes presque rondes cassées aux angles, les cheveux épais, mais courts sur la tête, et même très courts sur les côtés. Ses yeux noisette brillaient d'intelligence. Et comme il était intelligent, il comprit vite qu'il ne fallait pas insister dans une drague perdue d'avance avec Pierrette. D'abord, elle ne le regardait pas, et puis son frère Léon trop entreprenant ne laisserait aucune place à son petit frère. Fallait pas faire le malin, la force musculaire gagnerait face à l'intellect.

Alors ses yeux rieurs se tournèrent vers la douce et virevoltante Joëlle, deux qualificatifs plutôt équivoques qui s'associaient admirablement chez cette jeune fille tendre et audacieuse. Là se situait tout le charme de Joëlle, elle savait jouer de sa douceur avec les autres, mais semblait offrir son exubérance pour elle-même. On devait donc l'approcher avec délicatesse pour entrer ainsi en harmonie avec elle, mais c'est alors que Joëlle surgissait de son corps comme pour se protéger, parlait vite et fort, dansait sur une jambe, boitait sur l'autre. Dès lors sa timidité se transformait en hardiesse inattendue, et ce contraste plaisait aux garçons, comblait Pierrette.

La grande sœur de Joëlle, Carmen, vint retrouver tout ce petit monde pour le long weekend du 15 août. Toute la famille se rendit à la messe de l'Assomption à Notre-Dame du Chêne. Les litanies se poursuivirent l'après-midi avec une procession à la gloire de la Vierge Marie, ce qui amusa les deux cousines de Besançon, ce qui parut normal à Paule, ce qui énerva passablement Pierrette. L'après-midi, les vêpres et le défilé eurent lieu sous les chênes et le long des buis. Tant mieux pour Pierrette qui préférait écouter le chant des oiseaux et le clapotis de l'eau de la rivière en contrebas plutôt que les cantiques des sœurs du couvent.

La jalousie des mots

Dès la fin de la procession, les quatre cousines coururent au bord de la Loue à ceux cents pas de là sans demander la permission aux parents. Sous la chaleur de ce 15 août, elles voulaient tremper les pieds dans l'eau fraiche. Quel ne fut pas leur étonnement en chevauchant le talus qui tombait au bord de la rivière ? Williams sur son séant, la tête contre un bouleau, souriait aux quatre filles qui approchaient. Son nez avait repris sa place, sa couleur pâle, sa beauté. Il se leva, frotta de ses deux mains le derrière de son short puis s'inclina devant les demoiselles.

— Quelle divine surprise ! Ce serait donc la Vierge Marie qui m'envoie toutes ces beautés pour fêter le 15 août ?

Pierrette baissa la tête et rougit, Joëlle se cacha derrière sa douceur, Paule dévisagea l'intrus d'un œil sévère. Quant à Carmen, elle s'approcha de lui, serra sa main et engagea la conversation, puis le couple s'assit dans l'herbe face à la rivière sans plus s'occuper des trois autres filles.

— Pis quel culot, ta sœur, ils se connaissent à peine et elle minaude déjà devant lui !

Joëlle claudiqua jusque vers Pierrette et lui fit face en souriant.

— Ma sœur est assez grande pour faire ce qu'elle veut, quant à toi, cousine, tu me sembles un brin jalouse.

— Non, je ne suis pas jalouse, c'est juste que ça ne se fait pas.

— Dis donc, il faudrait que tu viennes plus souvent en ville, tu verrais la vie autrement.

— Je n'aime pas la ville, pis je n'aime pas ces gens-là, ils sont trop dévergondés.

— Oh là, jolie cousine, t'es à cran, t'es vraiment jalouse !

Paule qui s'ennuyait se décida à faire demi-tour et s'en retourna au sanctuaire de Notre-Dame du chêne.

— Ne trainez pas trop, les filles, papa et maman risquent de s'impatienter.

Pierrette et Joëlle hochèrent la tête, et main dans la main, elles s'approchèrent de la rivière après avoir frôlé le couple qui causait tout bas, assis sur le talus qui surplombait la Loue. Elles retirèrent leurs chaussures, avancèrent timidement dans l'eau.

— Ouh ! c'est froid.

Le courant glissait entre leurs jambes, et les truites à peine affolées s'écartaient à quelques pas d'elles dans leurs déhanchés de danseuses créoles. Leurs pieds nus marchaient sur les galets irréguliers, Joëlle buta sur une grosse pierre de sa cheville malade et tomba dans l'eau. Pierrette l'aida à se relever. Trempée de la tête aux pieds, les cheveux lisses collés à la chemise, Joëlle ressemblait à une sirène, il manquait cependant le chant magique sorti de sa gorge, mais ce furent juste des lèvres tremblantes et muettes. Pierrette enveloppa sa cousine de ses bras fins et l'emmena jusque sur la berge dans un coin de soleil, entre deux ombres de bouleaux.

— Avec tes habits qui te collent, on dirait que tu es presque nue. Tu es belle.

Joëlle grelottait, mais trouva l'envie de répondre.

— Je m'en fiche d'être nue, surtout devant toi.

— Parce qu'on est cousines ?

— Non, parce que tu es belle aussi.

Pierrette posa ses lèvres sur les lèvres mouillées. Les bras s'enlacèrent sur les nuques.

Elles apprécièrent ce câlin inédit, un câlin dont elles avaient tant besoin depuis que leurs sens demandaient un sens à leur vie.

Les deux cousines coquines se croyaient bien cachées, mais l'on est insouciant lorsque l'on commet une imprudence.

Brusquement, une intuition commune, elles savaient qu'on les observait. Elles se retournèrent. Non, personne. Pourtant :

— Pierrette, Joëlle, remontez vite, les parents attendent.

C'était la voix de grand-mère. Puis ce fut celle de Paule presque aussitôt :

— Hé ho ! les filles ? Faut rentrer, on s'en va.

Carmen et Williams qui surplombaient la berge se levèrent d'un bond.

Pierrette et Joëlle regagnèrent la Peugeot 203, mouillées de la rivière, humides d'amour.

La jalousie des mots

7

Hiver 1966/1967

Noël blanc, Noël heureux. La petite famille regardait tomber la neige derrière les carreaux de la salle à manger. De gros flocons papillonnaient sous la lampe de rue devant la ferme et s'évanouissaient sur le sol déjà blanc. Le poêle à bois ronflait dans leur dos. La mère s'approcha de la table pour apprécier encore une fois le décor : cinq assiettes de porcelaine, des verres pourpres, des serviettes blanches, des couverts écarlates. Elle avait souhaité le rouge, couleur de l'amour, pour le petit Jésus qui allait naitre cette nuit, et le blanc, couleur de la pureté, pour que ses filles ressemblent à la Sainte-Vierge.

Grand-mère Suzanne endossa un long manteau de fourrure, sa belle-fille aussi. Pierrette et Paule passèrent d'élégants lainages rouge sombre, fallait pas trop de couleurs vives, Noël devait rester une fête qui ne tombe pas dans le flamboyant. Le père n'irait pas à la messe de minuit, il fallait bien guider le père Noël qui passerait par la cheminée.

À la sortie de l'église, les quatre femmes marchèrent dans la neige sur les deux cents mètres les séparant de la ferme. Dans la chaleur de la salle à manger, leurs pas crissaient sur le parquet de sapin. Des guirlandes rouges et blanches dégringolaient depuis les poutres de chêne du plafond pour s'arrêter juste au-dessus des têtes des gens. Des boules fragiles et multicolores trônaient sur le rebord de la fenêtre et s'emmêlaient avec d'autres guirlandes nacrées. À l'angle opposé du poêle à bois, un grand sapin touchait le plafond, surchargé de guirlandes pailletées aux couleurs chatoyantes et d'étoiles de carton rouge. Des bougies blanches s'enfonçaient dans les porte-bougies en fine tôle argentée pincés dans les branches de sapin. La crèche enfouie dans le papier rocher, façon grotte, dévoilait l'âne et le beauf, Marie et Joseph et le petit-jésus, les jambes en l'air dans son auge, il semblait gigoter, pressé de faire des miracles. Du coup, on ne savait plus trop bien si Jésus était né dans une grotte ou dans une étable. Une bonne odeur de cire et d'épicéa embaumait la salle à manger.

Avant même de s'installer à table, on déballa les cadeaux déposés par le père Noël durant la messe, aidé par les bras vigoureux du père de famille. Un seul homme à table, qu'importe, il avait l'habitude et il passait toujours les fêtes de fin d'année entouré de sa mère Suzanne, de sa femme et de ses deux filles. Tout le monde s'enthousiasma devant les couleurs rutilantes des papiers cadeaux. Les filles s'empressèrent d'ouvrir leurs paquets. Paule admira son pull à col roulé, Pierrette remercia le père Noël pour la raquette de tennis premier prix. Elle pourrait enfin s'adonner à son passe-temps favori qu'elle connaissait grâce à Léon et ses cours de l'été précédent. La grand-mère Suzanne reçut un châle bleu, couleur de ses yeux, la mère, une robe marron aussi intense que son regard foncé. Quant au père qui avait patienté pour contempler les sourires de la famille, il déballa enfin son cadeau, une cartouchière en cuir. Il pourrait désormais redoubler ses coups de fusil sans perdre son temps à fouiller dans sa veste de chasse. Il remercia sa femme et ses filles. La mère avait puisé dans les économies de la famille, Paule dans son petit cochon et Pierrette dans le ventre de la grenouille.

La jalousie des mots

Minuit. Ce n'était plus l'heure de la messe de minuit, mais l'heure de passer à table. La bonne humeur et une ambiance chaleureuse envahissaient la pièce. D'habitude on parlait plutôt de travaux agricoles, du prix du lait, des gens du village tous égoïstes qui ne pensaient qu'à leur ferme, qu'il fallait s'accaparer toujours plus de champs, louer encore plus de fermages, acheter un beau Massey Fergusson. Cette nuit de Noël, autour de la table des Petitjacquet, on parlait plutôt religion. « Mon Dieu, encore et toujours ! » soupira Pierrette. Cette nuit de Noël semblait néanmoins légère, et l'on se prit à plaisanter, à se raconter des histoires drôles, mais comme c'était une nuit sacrée, l'atmosphère s'imprégna des perles du Bon Dieu :

— Pierrette, dit la mère entre croûte aux morilles et civet de lièvre, j'espère que l'année à venir te rendra plus sage, tu vas vers tes dix-sept ans. Comme tu as eu d'excellentes notes ce trimestre au collège et que tu es première de ta classe, ton père et moi t'avons fait un deuxième cadeau pour Noël. Oh, c'est pas qu'il nous a coûté bien cher, mais je sais que ça te fera plaisir.

La mère prit son temps avant de poursuivre, guettant la réaction de la fille cadette. Paule se tournait vers sa sœur en souriant, elle savait.

— C'est quoi ?

La mère se prêtait au jeu du suspens. Elle patienta, le temps de pousser d'une main des miettes de pain au-delà de la table.

— Alors, c'est quoi ?

— Tu es autorisée à sortir pour la soirée de la Saint-Sylvestre. Tu accompagneras ta sœur. Paule sera chargée de te surveiller. Il y a un repas pour les jeunes des communes de Fertans et d'Amoncans au café du village à

Fertans. Il y aura un tourne-disque et vous pourrez danser toute la nuit. Léon et son frère Francis seront également au repas, tu es contente ?

Pierrette se leva de table, embrassa son père, sa mère et les remercia. Elle était heureuse, bien sûr, toute une nuit libre, ou presque, autorisée à s'approcher des garçons, à se laisser draguer. Pourvu que Williams soit là ! Quant à Léon, c'était le dernier de ses soucis, maintes fois elle avait repoussé ses avances durant les deux années précédentes, maintenant elle pourrait faire son choix, s'abandonner aux tentations de mecs qui lui plairaient, chouette alors !

Ce fut seulement entre le café et l'anisette, vers deux heures du matin qu'un silence de plomb s'installa dans la salle juste après une simple petite phrase de Paule lancée discrètement aux oreilles de la famille, l'air de rien.

— Je fréquente Léon depuis bientôt quatre mois.

Le père ressemblait à un Gaulois, le ciel venait de lui tomber sur la tête. Comment ça ? Paule et Léon ensemble ! Ce gosse raisonnable allait si bien à Pierrette, ce gentil paysan aurait su la ramener dans le droit chemin. Paule avait la sagesse d'élire qui elle voulait, elle ferait toujours le bon choix, alors pourquoi empêcher cette liaison entre Léon et Pierrette ? La mère, elle, soupesa un quelconque avantage. Une belle aventure qui unirait cette riche famille paysanne à la leur, c'était cela l'important, on avait encore le temps de trouver un autre bon parti pour Pierrette. La grand-mère ruminait au bout de la table, n'osant imaginer l'avenir de Pierrette, heureuse toutefois de reconnaitre la sagesse de Paule quant à son choix. Pour la sœur cadette, ce n'était pas le ciel qui lui tombait sur la tête, mais un coup de matraque sur son cœur. Comment sa grande sœur avait-elle osé ? Tout s'embrouillait dans sa tête. Jamais une seconde elle n'avait envisagé flirter avec Léon, jamais elle n'aurait accepté un tel mariage arrangé par ses parents, mais de là à ce que Paule s'en mêle, ah non ! Pour qui se prenait-elle ? Ce Léon l'aimait, elle, et pas sa sœur, alors pourquoi venait-elle s'immiscer entre eux deux ? Faut vraiment qu'elle se mêle de tout dans cette famille ! Ah non, elle ne laisserait pas les choses ainsi !

Après le coup de massue où l'écho rebondissait entre les quatre murs et la crèche, entre le sapin de Noël et les papiers cadeaux, la jalousie de Pierrette éclata :

— Léon, c'est moi qu'il aime, pas toi.

La réplique de Paule fut cinglante :

— Bien fait pour toi, tu n'avais qu'à pas l'ignorer, il en a eu marre.

— Et tu en as profité pour lui sauter dessus.

— Ça suffit, intervint la mère, c'est Noël, on est pas là pour s'enguirlander.

— Ben si, justement, y a plein de guirlandes.

Comme à son habitude lors de ses coups de colère, Pierrette gicla de table et courut dans sa chambre. En montant l'escalier, elle entendit la sentence de sa mère.

— Oublie ta soirée de Saint-Sylvestre, tu es punie.

Autour de la table, le père intervint en se tournant vers sa fille Paule :

— C'est quoi ce Léon ? Sait-il vraiment ce qu'il veut ? Une fois, il fait les yeux doux à Pierrette, une fois à toi. Es-tu sûre qu'il t'aime ? Et toi, tu savais pourtant que tu décevrais ta sœur.

— Pierrette se fout complètement de ce garçon, elle est tout bêtement jalouse. Léon, je l'ai toujours aimé en cachette, je me suis toujours effacée devant ses avances incessantes envers Pierrette, j'étais presque heureuse pour elle. Mais puisqu'elle ne veut pas de Léon, personne n'y peut rien.

— L'attitude de ta sœur est tout de même étonnante. Peut-être l'aime-t-elle et elle n'a jamais osé le lui avouer ? À force d'avoir voulu l'empêcher de voir des garçons, elle en a peur.

En achevant sa phrase, le père lorgna sa femme, mais ce fut Paule qui répondit :

— Tu prends sa défense, papa, mais je vais te dire pourquoi Pierrette réagit ainsi. C'est pour donner le change, faire croire qu'elle est attirée par les garçons, mais elle n'aimera jamais un garçon, elle…

— Tais-toi, intima la grand-mère qui se levait pour aller rejoindre Pierrette à l'étage.

— Non je ne me tairai pas, c'est trop grave de m'empêcher d'aimer Léon. Pierrette est une petite gouine malade qui est jalouse des gens normaux comme nous.

Grand-mère qui commençait à grimper l'escalier haussa les épaules, la mère montra un regard sévère, mais bientôt elle ne put éviter de verser des larmes. Pourtant c'était le joyeux anniversaire de Jésus, elle aurait dû être heureuse. Le père se racla la gorge et se tourna vers sa fille ainée :

— On dirait donc que tu es au courant des cochonneries de Pierrette au dortoir de Notre-Dame, mais c'est de l'histoire ancienne, ne remuons pas le couteau dans la plaie.

— Non, papa, ce n'est pas si ancien, elle a recommencé cet été.

La mère pleura de plus belle, le père éleva la voix :

— Avec qui ?

— Je ne sais pas, c'était au bord de la rivière, sa copine me tournait le dos, j'étais trop loin, mentit Paule.

La soirée festive vira donc en eau de boudin. Paule partit au lit sans un mot de plus et sans trouver le sommeil, ne restaient autour de la table de fête que les parents. Puisqu'ils étaient seuls, ils pouvaient évoquer la maladie de Pierrette, car oui, elle était malade, il fallait la faire voir au docteur et si besoin l'envoyer dans un établissement de soins psychiatriques. Personne ne saurait rien des tendances démentes de leur fille cadette, ils diraient aux gens qu'elle fait une dépression, qu'il faut qu'elle se soigne, que tout finirait par s'arranger.

— Oui, mais Grand-mère et Paule, elles savent la vérité.

— Quelle vérité ? tonna le père.

Puis il baissa d'un ton, sachant le reste de la famille à l'étage :

— Notre fille est vraiment malade et c'est psychique, oui psychique ? De toute façon ma mère ne dira jamais rien, elle a bien trop honte pour la famille. Et Paule, c'est une fille raisonnable, elle doit rester discrète, on peut lui faire confiance.

Grand-mère avait frappé à la porte de Pierrette et s'était permise d'entrer dans la chambre sans attendre de réponse. Sa petite-fille sanglotait sur son lit, couchée sur le ventre, la tête dans l'oreiller. La vieille s'assit sur le bord du lit et caressa les cheveux blonds.

— Tu m'inquiètes, Pierrette, pourquoi en vouloir à ta sœur puisque tu n'es pas attirée par Léon ?

Pour toute réponse, ce furent de nouveaux sanglots étouffés dans l'oreiller.

— Tu n'aimes pas Léon, mais je crois savoir aussi que tu n'aimes pas les garçons en général.

Pierrette se retourna d'un bond et se posa sur son séant :

— C'est pas vrai, j'aime Williams.

— Tiens donc ! Et voilà pourquoi tu embrasses des filles. Je t'ai vu l'autre jour à Notre-Dame du Chêne, au bord de la rivière.

Pierrette haussa des épaules :

— N'importe quoi !

— Tu fais fausse route, il faut que tu te ressaisisses. Dans la famille on ne te laissera jamais agir comme la dernière des dévergondées. Ce que tu fais est interdit par la loi, interdit aussi par Dieu. C'est un péché mortel et Dieu te punira par l'intermédiaire des hommes de loi qui t'enverront en prison ou à l'hôpital.

— Parce que tu veux me dénoncer ? renifla Pierrette.

— Non, ma chérie, je ne suis pas d'accord du tout avec tes agissements, mais tu restes ma petite-fille chérie, il faut juste que tu te ressaisisses. Promets-moi que tu vas t'efforcer de te tourner vers les garçons, comme toute fille normalement constituée.

— J'essaierai, Grand-mère.

— Peut-être as-tu vraiment perdu Léon, et c'est vrai que Paule l'aime beaucoup, c'est la vie et il faut l'accepter. Dommage que tu ne puisses pas aller à la fête de la Saint-Sylvestre, tu aurais pu faire connaissance avec le jeune frère de Léon, Francis. C'est un garçon encore plus joli que son frère. Il est distingué, toujours bien habillé, il veut poursuivre ses études pour devenir biologiste, il cause bien. C'est vraiment un garçon qui a de la classe. En plus, il est à peu près de ton âge.

— Pis Francis ne m'intéresse pas, je veux juste qu'on me laisse discuter avec Williams, juste lui causer, ainsi je verrai par moi-même si c'est un vaurien ou pas.

La grand-mère se leva et s'apprêtait à quitter la chambre, toute fâchée. Devant la porte, elle se retourna vers sa petite-fille :

— Tu m'agaces, sache que je suis de l'avis de tes parents, sache que jamais on ne te laissera approcher Williams, cet étranger de malheur ne pense qu'à faire des âneries. Sais-tu qu'il est souvent absent à son travail et que son patron va bientôt le mettre à la porte ? Ainsi, il quittera le village et tu n'entendras plus parler de lui.

Elle s'approcha à nouveau du lit, moins virulente, la voix plus douce :

— Si tu me promets de faire un effort, si tu te décides à rencontrer Francis, à l'écouter, si tu apprends à l'aimer, si tu laisses tomber ce Williams, je plaide ta cause dès demain matin auprès de tes parents. Je suis certaine qu'ils te laisseront sortir à Fertans pour la Saint-Sylvestre.

Pierrette se leva, embrassa sa grand-mère.

— Promis, grand-mère, je serai sage.

Cette nuit-là, Pierrette ne trouva pas le sommeil facilement, sa soirée de Noël tournait en boucle dans sa tête. Comment ce grand crétin de Léon avait-il pu changer d'avis ainsi ? « Ces garçons, tous des hypocrites, ils ne savent pas ce qu'ils veulent, ils mentent, ils trichent, et le bouquet final, ce sont des lâches. Et moi, ne suis-je pas un peu pareille, quelque part ? Non, je ne suis ni lâche ni hypocrite, je suis juste paumée, c'est la faute aux parents, un peu aussi la faute à Grand-mère. Devons-nous toujours écouter ce discours idiot qui veut que ce soit Dieu qu'il faille d'abord aimer ? Et lui, m'aime-t-il vraiment ? M'écoute-t-il seulement, et s'il m'entend, alors il n'est pas sympa puisqu'il ne me répond jamais. Comment aimer quelqu'un qui te fait la gueule ? Si tu m'entends vraiment, seigneur Dieu, alors fais-moi comprendre que ce n'est pas bien d'avoir des envies... euh, des envies étranges là au bas du ventre, des envies jusqu'à tomber amoureuse de n'importe qui, d'un vaurien ou de ma cousine par exemple. Ah, mon Dieu, je deviens folle ! Aide-moi, mon Dieu ! Bon d'accord, je veux bien écouter les adultes, j'essaierai de rencontrer Francis à la Saint-Sylvestre et j'apprendrai à le connaitre. Il est beau et intelligent, mais le hic... est-ce qu'il m'aime ? Parce que, jusqu'à ce jour, il ne m'a pas beaucoup regardée ».

La grand-mère avait su convaincre son fils et sa belle-fille. Pierrette, accompagnée de Léon et Francis, put donc courir au café de Fertans. La petite salle accueillait une quinzaine de jeunes des deux villages, on mangea des escargots et du sanglier, un gâteau au chocolat, on but beaucoup. À minuit, on s'embrassa sous les confettis, on souffla dans les trompettes en carton multicolores, on rit beaucoup, puis on dansa. Lors des slows, on lisait l'amour dans les yeux de Paule et de Léon. Pierrette en était jalouse, alors elle posa sa tête sur la poitrine de Francis puisqu'ils se dandinaient ensemble, collés-serrés. Elle refusa le baiser du beau Francis, elle ne savait pas embrasser, il ne fallait pas qu'il remarque son inexpérience, on verrait plus tard... ou pas. Les yeux humides sous la chaleur du corps de Francis, sous les petits pas de la danse langoureuse, Pierrette songeait à la conversation du mec de Fertans assis sur sa droite à table juste avant la danse. Alors qu'il achevait de boire son vin et reposait le verre sur la table, il venait de lancer à son voisin d'en face :

— Alors, ça y est, le grand Joseph a foutu dehors son apprenti de malheur, ce Williams, cet étranger qui se bat tout le temps dans les bals. Tout fier de se faire virer, cet imbécile chantait sur tous les toits qu'il arroserait sa liberté la nuit de la Saint-Sylvestre dans un beau restaurant de Besac. Il dit qu'il connait les filles Pugin, Joëlle et Carmen, qu'il a déjà sauté l'ainée. Il dit même que bientôt il se tapera la plus jeune, tant pis si elle boite. Au lit, ça se verra pas, qu'il dit, ah ! ah !

Ce fut là que Pierrette se leva et se jeta dans les bras de Francis pour se laisser entrainer sur la piste de danse. En fin de slow, elle pleurait sur la chemise blanche de Francis.

La jalousie des mots

8

Été 1967

Tu as dix-sept ans, tu es grande maintenant. Joyeux anniversaire. Il me tarde de te revoir dans quinze jours. J'ai appris que tout se passait bien entre Francis et toi depuis le Nouvel An. Ce serait magnifique si tu pouvais flirter avec ce beau jeune homme, il te va si bien. Te rends-tu compte ? Ta sœur Paule se mariant avec Léon et toi avec son frère, on ferait une noce mémorable parce que les familles s'arrangeraient pour que les deux couples passent à la mairie et à l'église le même jour. Deux belles familles d'Amondans unies par les deux plus beaux mariages de toute la région. Ah, comme j'espère que tu sauras aimer Francis ! Parce que lui, mon petit doigt me dit qu'il en pince pour toi.

Tes parents ont donc su par Paule que tu avais gravement fauté avec une fille, mais ils n'ont jamais su avec qui. Ils m'ont interrogée, je n'ai pas soufflé mot. Figure-toi qu'ils envisageaient de te mettre dans une maison de santé. J'ai encore une fois plaidé ta cause, je leur ai demandé de te laisser une dernière chance, que désormais tu te conduirais mieux et que tu fréquenterais bientôt un garçon bien sous tous rapports. Le seul souci, comme ils n'imaginent pas une seconde que tu as commis cette imprudence, que dis-je, cette saleté avec ta cousine, ils ont accueilli Joëlle à la ferme comme tous les autres étés. Alors, ne me déçois pas et comporte-toi en adulte responsable. Profite des grandes vacances pour te laisser désirer par Francis, je sais qu'il sera à Amondans tout l'été, et surtout pas de sottises avec Joëlle. Si j'apprends quoi que ce soit à ce sujet, je ne te couvre plus et au contraire j'aiderai tes parents à t'envoyer dans une maison de santé pour soigner cette maladie mentale. Je t'embrasse et à très bientôt.

PS : *Je t'ai glissé un billet de 10 francs, vérifie dans l'enveloppe.*

« Malade… malade, ce sont eux les malades, les parents font une crise de religiosité aigüe et c'est contagieux : Paule, Grand-mère, pourvu que Joëlle ne soit pas atteinte. Non, je ne crois pas, elle est comme moi, elle est immunisée. Pourquoi d'ailleurs Grand-mère me donne des leçons de morale et que Joëlle soit épargnée ? Pourquoi deux poids deux mesures ? Bon d'accord c'est moi qui l'ai embrassée en premier, mais elle s'est bien laissée faire et elle a aimé, hein… cousine coquine ! »

Elle glissa l'enveloppe dans le tiroir à secrets, le billet de dix francs dans la gueule de la grenouille.

Ça sentait bon le foin coupé. En descendant vers la rivière, les deux cousines croisèrent Léon sur son tracteur, Francis assis à ses côtés sur un siège de fortune. Deux voitures de foin bien accrochées suivaient. La mère Vouillet, assise en haut du fourrage de la plate-forme, s'affichait fièrement à côté du sapin planté dans le tas de foin, symbole de la fin de la fenaison. Ouf ! Un peu de repos à venir pour les paysans dans l'attente des moissons d'ici trois à quatre semaines. Les deux jeunes filles envoyèrent un petit coucou de la main aux travailleurs puis poursuivirent leur chemin sur l'étroite route qui emmenait vers la Loue.

— Donne-moi la main, Pierrette, je fatigue un peu avec ma cheville folle.

Pierrette se retourna pour vérifier que les dernières maisons du village se cachaient enfin. Elle prit la main de sa cousine, celle-ci serra très fort les doigts de Pierrette qui frissonna dans un mélange de mal-être et de plaisir. Parvenues au bord de l'eau, elles se déchaussèrent et tâtèrent la tiédeur du bain de pieds. Brrr ! Trop froid. Elles retournèrent s'allonger dans l'herbe fauchée qu'on dirait une pelouse, une moquette où les doigts de pieds humides se tortillaient entre trèfle et vulpin. Joëlle se tourna vers sa cousine.

— Tu te souviens de notre baiser l'été dernier à Notre Dame du chêne ?

— Justement, parlons-en. Comment se fait-il que grand-mère m'en fasse tout un plat ? Et toi ? Elle ne parle jamais de toi, elle ne te met pas en cause, pourquoi ? Pourquoi toujours moi la fautive ?

— Mais qu'est-ce que tu crois, elle m'a fait la morale à moi aussi. C'est elle qui nous a guettées, là-bas, au chêne. Mais je m'en fiche de sa morale, on n'a pas fait grand-chose, t'es d'accord ? Et puis… Je suis gênée de te dire cela, mais Grand-mère dit que c'est surtout toi la fautive, que tu as ça dans le sang, que tu avais déjà fugué lorsque tu avais quatorze ans. Elle a surtout voulu me mettre en garde et que je ne tombe pas dans ce genre de démence comme toi.

— La garce ! Est-ce qu'elle avait besoin de te raconter tout ça ? C'était juste un petit désir, comme ça, une nuit dans le dortoir, juste une caresse ou deux, un baiser volé, rien de plus.

— Dis donc, tu aimes les filles ?

Le regard bleu de Pierrette s'enfonça dans les yeux bleus de sa cousine.

— Pis ce n'est pas de ma faute, et je ne suis pas malade. À force de passer toute mon enfance et mon adolescence au milieu des bonnes sœurs et de ne voir que des filles, ben, c'est comme qui dirait… on ne m'a pas laissé le choix.

Elle éclata de rire. Joëlle s'empressa de rire à son tour et reprit la main de sa cousine. Pierrette se laissa caresser le creux de la main par les doigts fins de sa cousine et ajouta :

— Pis maintenant que mes parents m'autorisent enfin à approcher les garçons, peut-être que je tomberai amoureuse d'un mec.

— Tu penses à Williams ? À ta place je laisserais tomber ce connard, on est sortis ensemble à la Saint-Sylvestre, il a tout de suite essayé de me… me… me prendre.

Pierrette lâcha la main de sa cousine.

— Et alors, tu es passée à la casserole ?

— Ça va pas ! Je l'ai envoyé balader, je veux plus le revoir, c'est vraiment un connard. À être définitivement dégoutée des mecs, et toi, tu as déjà embrassé un mec ?

Pierrette rougit d'aborder ce sujet. Sa cousine Joëlle, fille de la ville, semblait plus à l'aise. Elle sortit un paquet de cigarettes d'un sac à main qui reposait sur ses genoux.

— Tu fumes ?

— Pis je veux bien essayer, ça au moins ce n'est pas interdit par la loi.

— Tu n'es pas majeure.

— Je m'en fiche de la majorité, de tout ça. Pis, qu'a-t-on le droit de faire ? À part nos études, manger, dormir, prier à l'église et tremper les pieds dans la rivière froide.

Joëlle reprit la main de sa cousine.

— Tu es belle, Pierrette, si tu savais comme j'aimerais encore t'embrasser.

Pierrette retira à nouveau sa main.

— Non, il ne faut pas. On a fait une erreur l'été dernier. J'ai promis à Grand-mère de ne plus recommencer. Francis tourne autour de moi, et j'ai envie de me laisser séduire.

À ces derniers mots, on n'entendit plus que le bruit du ressac à deux pas des jeunes filles. Le cri d'un épervier dans les airs déchira le cœur de Joëlle, comme le signal d'un chagrin à venir. Les aboiements d'un chien au loin rompirent le charme du bruissement des feuilles et du chant d'un pinson au-dessus de leurs têtes. Mais le ronronnement d'un tracteur et d'autres bruits du village au loin rappelèrent aux deux cousines qu'elles n'étaient pas seules sur terre, que leurs questionnements, leurs sentiments désordonnés, leurs faiblesses et leurs regrets ne changeraient rien à l'existence qu'elles menaient, à leurs avenirs incertains, ce n'étaient ni le silence paisible de la nature ni leurs pensées troubles qui aideraient à leurs destinées.

Joëlle se décida, se souleva péniblement. Comme à chaque fois qu'elle stressait, une douleur furtive réveillait sa demi-cheville.

— On rentre, j'ai froid.

— Comment ça, froid ? Il fait trente degrés à l'ombre.

— J'ai des frissons. Peut-être à cause des pieds dans l'eau tout à l'heure.

Pierrette ne répondit rien, elle savait d'où venait le mal, cela lui pinçait le cœur, mais elle tint bon, elle avait fait la promesse à grand-mère. Elles remontèrent jusqu'au village, Joëlle boitait plus que d'habitude, trainait derrière sa cousine, elle ne demanda pas à lui prendre la main. À l'entrée du village, un bel homme aux lunettes moitié rondes moitié carrées venait à leur rencontre, il souriait, il s'arrêta vers les filles. Joëlle trop fatiguée continua seule jusqu'à la ferme Petitjacquet alors que Pierrette retourna à la rivière avec Francis.

Le soleil rougeoyait derrière le feuillage des saules, Pierrette savait qu'elle se ferait enguirlander en rentrant à la ferme. Passé vingt heures, tout le monde aurait soupé, une absence à table, c'était un affront. Tant pis, elle préféra rester au bord de la rivière, assise près d'un garçon, c'était si exceptionnel. Les lunettes hexagonales ressemblaient à deux France, le nez représentait la Bretagne, l'appendice pointu exhibait la pointe du Finistère. Alors Francis posa ses binocles dans l'herbe entre Pierrette et lui. Il était myope, mais pas trop, il pouvait très bien se passer de celles-ci quelques heures. Et là, il avait juste à regarder, de coin et de près, le doux visage de la villageoise. Tous deux timides, ils discutèrent banalités. De temps à autre Francis ramassait des petits cailloux sans même soulever son derrière de l'herbe et les jetait à la rivière à ses pieds. Les deux jeunes gens laissaient glisser leurs regards sur les ronds dans l'eau, regardaient les cercles friser à la surface, observaient les vaguelettes à l'agonie qui s'en allaient mourir dans leur lit.

Après ce jeu dans l'eau, après avoir surpris une truite gobant une mouche, après quelques fadaises suivies d'un long silence, le couple timide et discret se releva. Francis amorça un mouvement volontaire en se penchant vers Pierrette pour se soulever. Un léger bruit angoissant s'éleva de dessous son coude. Les deux France n'étaient que miettes de verre sur la terre comtoise, seule la Bretagne fut sauvée. La maladresse assombrit les visages, mais le moment de stupeur passé, ils éclatèrent de rire. L'incident enterré, ils remontèrent le chemin, lui avec juste les frontières argentées de la France à la main, le Finistère bien à sa place sur son visage. La vieille route emmena le garçon chez lui à la ferme à l'entrée du village et la fille chez elle où l'attendait toute la famille, à table devant une saucisse de Morteau, un plat de nouilles, une salade verte du jardin.

— Alors, ce garçon, est-il gentil ? Interrogea la grand-mère dès que Pierrette entra dans la grande cuisine.

Pierrette rougit, acquiesça d'un simple signe de tête et s'installa à table, confuse.

Les parents n'étaient pas décidés à la gronder, on lui sourit même, surtout Grand-mère, mais aussi Paule. Puis ce fut le silence, c'était mieux ainsi.

Le crépuscule n'en finissait pas de mourir, mais Pierrette grimpa à l'étage de bonne heure. Elle s'allongea dans la pénombre de sa chambre, encore habillée de sa robe trop courte au goût de la famille. Elle médita sur le ventre, la tête dans l'oreiller, une position qui lui plaisait. « C'était une soirée magique, j'ai pu approcher un garçon, j'ai pu lui causer, je me sentais bien à ses côtés, c'était encore improbable il y a seulement quelques semaines, faut croire que je grandis, oui, c'est ça, je deviens adulte, je vais peut-être aimer vraiment. Moi et un garçon, c'est tout de même mieux, ça va dans le sens de la vie. Mes parents, Grand-mère, et même Paule ont raison, il faut que je rentre dans le rang. Williams, c'était un rêve de gamine, Odette, une bêtise, Joëlle… Joëlle, elle est douce, elle est gentille, elle me fait rire, elle est belle… mais c'est une fille et c'est ma cousine. » Pierrette sur cette dernière pensée soupira profondément. On frappa à la porte. La voix de Suzanne :

— Je peux entrer ?

Pierrette se redressa sur son séant, les jambes demi-nues allongées sur la couverture, la tête contre le bois de lit.

— Bien sûr, entre, Grand-mère.

Suzanne approcha et s'assit sur le bord du lit. Elle sourit longuement à sa petite-fille :

— Alors, il te plait ce Francis ?

— Il est sympa et mignon, mais il est timide, et comme je suis un peu craintive, on ne s'est pas dit grand-chose. On a juste bien rigolé lorsqu'il a écrasé ses lunettes avec son coude. Il a l'air aussi étourdi que moi, on a au moins ça en commun.

— Tes parents tolèrent mieux tes sorties, je vois aussi que tu y mets de la bonne volonté, tu sembles ne pas répéter tes erreurs passées. Je suis heureuse pour toi. Apprends à mieux connaitre Francis, c'est un garçon adorable, vous feriez un couple formidable.

— Tu as vraiment envie de me caser, Grand-mère, mais il me semble que je suis encore un peu jeune, non ?

— Tu dois apprendre à connaitre ce jeune homme, lui laisser le temps de te faire la cour et que tout cela débouche sur un beau mariage. Cela peut prendre deux à trois ans, alors ça te fera dix-neuf ou vingt ans, l'âge parfait pour qu'une fille se marie.

Souvent lorsqu'elle conversait, Suzanne penchait la tête en fin de phrase, comme pour attendrir son interlocuteur.

— J'ai autre chose à te dire. Je commence à me faire vieille. Je voudrais profiter des quelques années qui me restent pour profiter d'une retraite telle que j'en rêve. J'en ai assez de vivre tantôt chez une de mes filles, tantôt chez mon fils. Je n'ai plus envie d'être ballotée ainsi. J'ai suffisamment d'argent, un bel héritage, une bonne pension de veuvage, je veux retourner à Paris, la ville de mon enfance et de ma jeunesse, et j'y passerai l'été. L'hiver je rejoindrai la Côte d'Azur où je pense m'acheter un petit appartement au bord de la Méditerranée. Ainsi j'apprécierai la mauvaise saison sous une température plus agréable. Mais ne t'inquiète pas, je reviendrai de temps en temps vers la famille en Franche-Comté.

Pierrette enlaça sa grand-mère.

— Tu as raison, profite. Et quand penses-tu partir ?

— Après ton mariage.

Pierrette, surprise par la réponse, sourit de toutes ses dents.

— Et pourquoi attendre mon mariage ? Pis je ne me marierai peut-être pas de sitôt, qui sait ?

— Mais si, mais si, je sens que tu seras mariée avant ta majorité. Et sais-tu pourquoi je patienterai jusque-là ?

Suzanne chatouilla le cou de sa petite-fille.

— Parce que j'attends que tu sois parfaitement éduquée. Te laisser seule sans mari, tu serais capable de faire des bêtises, et de te laisser sous la coupe de tes parents, ce n'est pas mieux, ils sont si prudes qu'ils te pousseront à faire des bêtises sans le vouloir.

— Toi aussi, Grand-mère, tu es puritaine.

— C'est vrai, ma petite chérie, mais je t'aime tellement que j'apprends à ménager la chèvre et le chou.

Léon, heureux d'avoir achevé la saison des foins, passa ce soir-là à la ferme des Petitjacquet. Il emmenait sa chérie Paule pour une balade en 2 CV jusqu'au café du pêcheur à Ornans.

Les parents se retrouvèrent seuls à table. Le père venait de se servir un verre de kirch, la mère tournait les pages du « chasseur français ».

— J'espère que ça marchera entre Francis et Pierrette, comme ça elle oubliera vite ce drôle de Williams ainsi que ses idées de... de... enfin, quoi, sa maladie.

Le père tapa du poing sur la table :

— Arrête avec ça, femme, c'est du passé, je ne veux plus qu'on en parle.

Lors d'une sale grippe en plein été, le docteur d'Amancey était passé à la ferme pour soigner la mère. Ce jour-là, le père en avait profité pour poser une question délicate :

— Notre fille Pierrette... comment dire... elle est... elle a fait des choses avec une autre fille à l'internat quand elle avait quatorze ans. L'an passé elle a recommencé avec une autre, c'est grave, docteur ?

Le vieux médecin qui en avait vu d'autres sourit au brave couple.

— Pas de quoi interner votre fille. Dès qu'elle rencontrera des garçons, cela ne sera qu'un mauvais souvenir. À quatorze ans, ça commence à titiller en bas du ventre, et votre fille, peut-être un peu faible, s'est laissée aller à des instincts somme toute bien naturels. Ah ! Si cela se poursuivait à l'âge adulte, il faudrait alors s'en inquiéter, mais là, croyez-moi, c'est de la gaminerie, pas de quoi s'affoler. Vous voulez une ordonnance pour sa maladie ? La voici : laissez là fréquenter les garçons.

Voilà sûrement pourquoi Pierrette fut autorisée à approcher Francis et que le couple put s'isoler un soir d'été au bord de l'eau. Même pas besoin de la surveillance de la grande sœur Paule.

La jalousie des mots

9

Été et automne 1968

Joyeux anniversaire, Pierrette. Dix-huit ans, tu es grande maintenant. Lorsque l'on s'est vues durant les fêtes de fin d'année, je t'ai sentie toute chose comme tu me parlais de Francis, il semblerait donc que tu sois tombée amoureuse. Si tu savais comme je m'en réjouis ! J'espère que vous flirtez tous les deux et je vous souhaite plein de bonnes choses et surtout un futur mariage à venir. Tout va bien aussi du côté de Paule qui fréquente toujours Léon. Prends exemple sur ta grande sœur, elle reste sage avec son chéri. Il n'est pas question de faire la chose avant ton mariage, c'est puni par Dieu, et je sais que tes parents t'ont mise en garde à ce sujet. S'ils apprenaient quoi que ce soit, pire, que tu tombes enceinte avant ton mariage, tu serais la risée de tout le village, tes parents ne te le pardonneraient pas, et tu encourrais les foudres du ciel. J'ose donc te faire confiance. Sois patiente, tu découvriras la chose le soir de tes noces et ton mari sera digne de dépuceler une aussi belle vierge que toi.

Je commence à m'intéresser à mes investissements à venir. En ce qui concerne Paris, ça ne presse pas puisque ce sera une simple location. Par contre je pense me tourner du côté du Languedoc-Roussillon pour acheter un pied à terre au bord de la mer. La Côte d'Azur me parait chère et puis c'est trop rupin. Dieu me conseille de rester modeste, alors une petite demeure pas très loin de l'Espagne me tente. Lorsque j'habiterai là-bas, je t'inviterai, je t'offrirai le voyage et vous viendrez me retrouver par le train, toi et ton mari. Ma santé va bien, je n'ai pas eu de bronchite cette année, le docteur dit que je vivrai très longtemps, que j'ai des artères de gamine. Il est comme ça, mon médecin, il n'arrête pas de me complimenter, tu crois qu'il me fait la cour ? Non je plaisante.

Porte-toi bien et sois heureuse avec ton amoureux, on se revoit bientôt.

PS : Vérifie *que le billet de 10* francs est *bien dans l'enveloppe.*

Pierrette rangea la lettre dans le tiroir à secrets, glissa le billet de banque dans la gueule de la grenouille verte.

« Pas faire la chose ! C'est quoi, pas faire la chose ? Faut-il être pudique à ce point pour laisser les mots dans le vague, faire croire qu'ils sont décents ? Enfin, elle essaie au moins d'expliquer à sa façon, c'est mieux que les parents, les non-dits sont plus cruels. Je préfère les bêtises lancées par Grand-mère que le silence sur le sexe. Et pis, coucher avant le mariage, ce qui doit arriver arrivera, tant pis, ce sera suivant l'audace de Francis, juste faire gaffe qu'il ne me fasse pas d'enfant. Mais comment saurai-je, comment faire pour l'éviter ? Est-ce que Francis sait mieux que moi ? »

L'audace de Francis resta au fond de sa culotte tout l'été, tout comme celle de son frère Léon. Ce dernier fréquentait pourtant Paule depuis bientôt deux ans. Cela chatouillait les filles, tout autant les garçons, mais le fouet de Dieu et le martinet des parents sortaient toujours gagnants dans les têtes des jeunes amoureux. Sauf peut-être Pierrette où les neurones piaffaient dans sa tête, ou les hormones gesticulaient dans le bas-ventre.

Grand-mère arriva le soir du 1er aout, accompagnée de sa petite-fille Joëlle. Toute guillerette, toute belle dans une robe colorée - fini le noir du deuil - elle embrassa la famille avec un entrain inhabituel, ce qui surprit son fils et sa belle-fille, ce qui amusa Pierrette. « Son bon vieux médecin lui aurait donc trouvé l'élixir pour une nouvelle jeunesse ! Si seulement ! elle me foutrait un peu la paix avec son Bon Dieu et ses choses, elle aurait d'autres choses à s'occuper ».

Joëlle boitait moins, le service orthopédique de l'hôpital Saint-Jacques lui avait conçu dans l'hiver une semelle sur mesure. Seul inconvénient, elle portait souvent la même paire de chaussures. Le lendemain de son arrivée à la ferme, Joëlle voulut rendre visite à l'étalon.

Sous un ciel radieux et une chaleur estivale, les deux cousines descendirent le chemin qui emmenait vers le pré au bord de la Loue. Maintenant que Pierrette flirtait avec Francis, au diable les recommandations inutiles, elles étaient amies, un point c'est tout.

Pomme buvait à la rivière, les pieds dans l'eau. Il releva la tête et s'approcha lorsque Pierrette l'interpela. Joëlle avait pris la précaution d'apporter un quignon de pain sec. Pomme retroussa ses grosses babines et grignota avec lenteur la gourmandise. Joëlle caressa l'épaisse crinière rouge-beige, le comtois frissonna, attendit d'autres câlins, mais les tendresses à venir ne semblaient plus lui être destinées. Comme les deux filles caressaient encore le comtois, les doigts se rencontrèrent, se croisèrent. La chaleur de cette fin de matinée envahit l'intérieur des deux corps, surtout les têtes, mais avec une légère humidité démoniaque sous la ceinture. Elles n'avaient pas de ceinture, juste chacune une robe, l'une rose, l'autre bariolée, mélange de fleurs et d'étoiles. Les yeux dans les yeux, Pomme pour seul témoin, elles serrèrent fort leurs doigts bronzés. Chahutées par leurs hormones elles surent rester raisonnables, laissèrent glisser leurs mains, l'une sur le dos de Pomme, l'autre sur le museau de l'étalon.

— Tu viens, on va faire des ricochets dans l'eau.

Les deux filles maladroites furent incapables de permettre aux cailloux plats de rebondir sur l'eau, elles abandonnèrent la partie. En attendant midi, elles s'installèrent à leur place préférée, la tête à l'ombre contre le gros saule, les jambes étendues, les pieds nus frisant le bord de la rivière. Le mélange d'herbes folles et de gravillons servait de siège. Un canard sauvage glissait sur l'eau et Pierrette le montra du doigt. Le volatile s'élança dans les airs après avoir rasé la rivière, surpris par le geste pourtant bien innocent de la jeune fille. Lorsque le canard s'évanouit derrière le feuillage des arbres, Joëlle reprit la main de sa cousine.

— Je suis heureuse pour toi, Pierrette, tu as de la chance d'être aimé par Francis, c'est un gars bien.

Après un long silence où seuls les doigts disaient quelque chose :

— Je crois que nous nous aimons, Francis et moi. C'est marrant, ce n'est pas comme avec toi, je le trouve intelligent, agréable, plein d'humour, mais… je sais pas, c'est différent.

— Pourquoi, je ne suis pas agréable, pas intelligente, pas pleine d'humour ? taquina Joëlle.

Elle reçut un coup de coude amical sur son ventre plat.

— Idiote, bien sûr que si, tu as toutes ces qualités, pis tu as quelque chose en plus, je ne sais pas, moi, je comprends pas tout.

Joëlle sortit une cigarette de son paquet et le tendit à sa cousine.

— Tu fumes ?

— Non.

Elle alluma sa clope, se releva.

— Viens, on rentre, c'est l'heure de la soupe.

Elles reprirent leur route sous une brise agréable, d'un côté un champ d'orge montrait ses premières couleurs dorées, de l'autre, des montbéliardes paissaient une herbe trop mure. Des grives s'envolèrent de la prairie devant elles, en haut de la côte, une silhouette descendait à leur rencontre.

— C'est grand-mère, lâche-moi la main, je suis sûre qu'elle vient nous surveiller, elle devient lourde.

Malgré la semelle orthopédique, Joëlle commençait à boiter :

— On s'en fout, on n'a rien fait de mal. Et puis j'ai mal au pied, il faut bien que tu m'aides à me tenir droite. D'ailleurs, ça m'embête, ce handicap, je crois bien que les garçons ne me regardent pas à cause de cela.

— Mais non, les garçons, ils ne regardent pas ton pied, ils regardent ton petit cul et tes beaux yeux.

Joëlle haussa des épaules.

Dix mètres face à elles, Grand-mère leur faisait face.

— C'est quoi ces manières de vous tenir la main ?

— Écoute, je ne voudrais pas paraitre insolente, mais il faut arrêter de nous surveiller ainsi. Nous ne faisons rien de mal, je flirte avec Francis, Joëlle est ma cousine et mon amie, je lui tiens la main parce qu'elle souffre de sa cheville. Ça te va comme réponse ?

— Pas vraiment. Allez, c'est l'heure de la soupe, on remonte.

— Nous ne t'avions pas attendue pour remonter, y en a marre de toujours vouloir nous commander.

Pierrette se surprit elle-même par sa réplique trop cinglante.

— Ta remarque manque de courtoisie, mais je l'accepte parce que tu as dix-huit ans et que tes envies d'émancipation peuvent paraitre légitimes. Sache tout de même que je garde toujours un œil sur vous deux.

Jusqu'au 15 août, le temps resta chaud et ensoleillé, les moissonneuses-batteuses fauchaient l'orge et l'avoine sur le plateau d'Amancey. Il y avait si peu de rosée que les engins tournaient jusqu'à plus de minuit. Francis aida à la ferme, c'était lui qui conduisait la moissonneuse de la Cuma, son père et son frère s'occupaient de lier les sacs de grain et de les emmener à la grange.

L'Assomption passée, le temps tourna aux orages et il ne restait aussi bien que quelques champs de blé à faucher. Le travail ralentissant, les deux couples amoureux se retrouvaient souvent le soir dans la cour de l'école. Le macadam servait de terre battue ou de gazon pour le cours de tennis, une corde tirée d'une barrière à l'autre remplaçait le filet. Léon aimait ce jeu-là, pourtant inhabituel dans la région. Il avait initié Pierrette qui adora le tennis, il donna aussi quelques cours à son frère, lequel y prit plaisir. Paule participait, plus pour satisfaire son chéri que par passion, ce n'était pas son truc. Elle ratait souvent les balles ou envoyait balader celles-ci de l'autre côté des bâtiments. Pas de filets de protection bien entendu, on devait donc courir pour récupérer la balle, parfois chercher celle-ci dans les orties ou sur le tas de fumier du voisin.

Ce soir-là, comme c'était la deuxième balle que les joueurs perdaient, et vu qu'ils n'en avaient que deux au départ, quid de la partie ? Ils montèrent les quatre dans la Peugeot 203. Léon au volant, les deux couples descendirent la côte pour boire un verre au café du pêcheur à Ornans, c'était leur QG, c'était là qu'ils causaient fiançailles et futurs mariages.

Joëlle, depuis le jardinet devant la ferme, regardait s'éloigner la voiture. Le cœur trop lourd, elle courut dans sa chambre. Comme fin août était là, elle devait retourner prochainement dans sa famille à Besançon. La jeune fille venait d'obtenir son CAP de fleuriste, elle allait commencer son travail de vendeuse dans une jardinerie en périphérie de la ville début septembre.

Alors qu'elle montait l'escalier, elle sentit qu'on la suivait, c'était Grand-mère. En passant la porte de sa chambre, la vieille suivait toujours. Joëlle comprit que Suzanne voulait lui causer. Elles s'installèrent sur le bord du lit. L'air chagrin de Joëlle interpela Suzanne. Elle passa son bras sous celui de sa petite-fille.

— Tu me parais bien triste… c'est à cause de ta cousine ?

— Oui. Pierrette me laisse trop souvent tomber depuis qu'elle est amoureuse de Francis. L'année prochaine, je ne reviendrai plus en vacances ici, c'est inutile.

— Je vais t'avouer quelque chose, Joëlle, et c'est la raison d'ailleurs pour laquelle je suis venue te rejoindre dans ta chambre. Comment dire ? Pierrette est tellement gênée qu'elle n'ose pas te le dire. Elle va se fiancer au mois d'octobre. Francis lui passera la bague de fiançailles au doigt le même jour que sa sœur Paule. Voilà deux beaux couples bientôt unis pour un avenir radieux, ils se marieront l'année prochaine.

Joëlle baissa la tête et ne put retenir une larme.

— Je sais que cela te fait de la peine, mais Pierrette m'a chargé de te l'annoncer, c'était au-dessus de ses forces, elle t'aime tellement, tu es sa cousine préférée. J'espère d'ailleurs qu'elle ne t'aime pas trop.

— Qu'est-ce que tu racontes-là ? Ce que tu insinues, c'est de l'histoire ancienne, des gamineries. Pierrette aime Francis et c'est bien ainsi. Quant à moi…

Elle ne put continuer, elle craqua, s'effondra sur la poitrine de sa grand-mère. Les hoquets de chagrin n'en finissaient pas si bien que grand-mère dut presque sévir :

— Ça suffit, Joëlle, tu n'es plus une gamine, tu dois te ressaisir. Toi aussi tu trouveras bientôt chaussure à ton pied.

L'expression maladroite fit bondir Joëlle. Elle renifla dans sa manche, puis d'un regard rageur, elle fixa Suzanne dans les yeux.

— Parlons-en de mon pied. Je n'aurai jamais de belles chaussures vernies à talons comme ma cousine ou ma sœur, et surtout, jamais un garçon ne m'aimera, tout cela parce que je boite. Tu peux toujours me faire la morale, essayer de me caser, eh bien, tu sauras que je n'ai pas envie de me caser, je veux rester seule et que l'on me foute la paix, à commencer par ce soir.

— Si je comprends bien, tu me fiches dehors de ta chambre.

— Oui, c'est un peu ça.

Grand-mère quitta la pièce sans dire un mot, sans se retourner. Elle referma la porte derrière elle, Joëlle s'effondra sur son lit, se replia façon fœtus, pleura à chaudes larmes, puis renifla, s'essuya dans son mouchoir brodé, renifla encore. Le mouchoir maintenant trop mouillé et inutilisable, la jeune fille le poussa sous le traversin et se calma. Sa peau lisse sous ses yeux bleus transpirait sous le mascara dégoulinant, elle ressemblait à une sorcière. Peut-être aurait-elle dû continuer de pleurer plutôt que de ruminer, elle aurait moins souffert : Pourquoi les autres étaient-ils heureux et pas elle, songeait-elle, et les quatre, ils s'en fichaient pas mal de sa personne. Sa sœur Carmen semblait amoureuse, elle aussi, Carmen et Williams s'embrassaient au grand jour devant elle à Besançon. Elle était donc la seule à ne pas avoir de bon ami. De toute façon elle avait décidé qu'elle ne voulait pas de mecs, jamais, jamais, jamais. C'était des brutes et des merdeux, rien à voir avec Pierrette.

Rien que l'image de sa cousine dans ses pensées, et Joëlle craqua à nouveau. Entre deux sanglots, les yeux dans le vague, un nouveau mouchoir brodé entre les doigts, elle bafouillait : je t'aime, je t'aime, mais pourquoi je t'aime ainsi ? J'ai envie de toi, Pierrette, tu es trop mignonne, trop… trop tout.

Elle ne voulut pas dîner, elle s'endormit d'avoir trop pleuré, trop hoqueté, trop suffoqué, trop médité.

Les poules babillaient et se couchaient sous sa fenêtre, les cloches de l'église sonnaient une heure confuse. Elle n'entendit pas sa cousine ouvrir doucement la porte.

Presque aussitôt, Joëlle rêvait que l'on déposait un doux baiser sur le coin de ses lèvres.

10

Été 1969

Joyeux anniversaire, ma Pierrette. Dix-neuf ans en ce 14 juillet, tu es grande maintenant. D'autant plus grande que te voilà fiancée. Tu te rends compte ? Tu as un fiancé, un fiancé rien que pour toi, et quel fiancé, le beau Francis ! Toutes les filles d'Amondans et de Fertans te jalousent. Et la date de ton mariage est bientôt là. Le 30 août, dans un mois et demi, c'est comme si c'était déjà là. Il me tarde d'être près de toi pour t'aider à préparer ta robe de mariée, et tout le reste. Ça passera trop vite. Quand je pense que ta sœur Paule se marie le même jour que toi, et vous deux, avec les deux frères Vouillet ! Mon Dieu comme la noce sera magnifique ! J'ai trouvé un studio à Paris, ce n'est pas loin du bois de Boulogne. Je pars donc habiter là-bas dès le mois de novembre. Je reviendrai vous voir pour Noël. Et mon agent immobilier m'a peut-être trouvé un appartement au bord de la mer dans les Pyrénées orientales, je t'en dirai plus lorsque j'aurai signé un compromis. Je me porte toujours bien, mon médecin Charles, il dit que je suis une jeune femme pleine de vie. Il sait pourtant que j'ai 74 ans. Quand je pense qu'il a 65 ans et qu'il me fait la cour, ça me fait tout chose. Il n'arrête pas de me dire que je deviendrai centenaire, voire plus, il est fou, ce bel homme. Je t'embrasse, à bientôt.

PS : Vérifie *que le billet de 10* francs est bien *dans l'enveloppe.*

Pierrette glissa la lettre dans le tiroir à secrets, la grenouille verte happa le billet de banque.

« Cette manie qu'elle a de ne jamais noter son adresse au dos de l'enveloppe, je ne sais jamais de quel endroit ça part, Montbéliard ou Besançon ? Faudra que je lui dise, » songea Pierrette.

Grand-mère arriva à la ferme un soir d'été qui ressemblait plutôt à une soirée d'octobre et sans la compagnie de Joëlle. Ce mois d'août débutait sous un ciel gris et un temps frais pour la saison. Après avoir posé ses bagages dans sa chambre à l'étage, Suzanne regarda par la fenêtre. Pierrette et Francis discutaient sur la margelle de la fontaine. La grand-mère ouvrit sa fenêtre.

— Il fait trop froid, rentrez donc. Je veux bien vous dire bonjour, mais je ne sors pas, je suis fragile des bronches.

Le couple amoureux quitta la margelle de la fontaine et entra dans la ferme. Depuis sa chambre à l'étage, Suzanne descendit au rez-de-chaussée par l'escalier étroit. C'est en débouchant dans le hall qu'elle tomba sur Pierrette et Francis. Ils s'embrassèrent, entrèrent à la cuisine. Les parents étaient absents, ils passaient la journée à Besançon, il y avait tant de choses à acheter pour les deux mariages à venir. La grand-mère, cheffe provisoire de la maison, invita sa petite-fille et son bon ami à s'asseoir autour de la table pour un apéritif. Après avoir échangé tous les trois sur la noce à venir, Francis demanda à se retirer, sa fiancée le raccompagna jusque dans l'allée du jardinet, là ils s'embrassèrent longuement sur la bouche. Grand-mère guettait discrètement par la fenêtre, hésitant entre joie et irritation. Elle était trop fatiguée pour méditer sur la question. Elle n'avait d'ailleurs pas retenu

Francis à dîner, ce que lui reprocha avec prudence Pierrette lorsqu'elle revint à la cuisine. Sur les conseils de sa mamie, elle alluma le feu dans la cuisinière à bois. Suzanne tremblait de froid, mangea un bol de soupe sans attendre le retour de son fils et de sa belle-fille, monta dans sa chambre. Peu de temps après, alors que ses parents rentraient de courses, Pierrette grimpa l'escalier, soucieuse de prendre des nouvelles de la malade. Sa mère la suivit. Suzanne, couchée sur le côté, montrait son bras nu qui reposait sur la couverture, ses cheveux déliés, décolorés, se paraient de gris sur l'oreiller. Pierrette remarqua que Grand-mère avait posé ses habits de deuil sur le dossier de chaise. La mère s'inquiéta de la faiblesse de sa belle-mère, proposa ses services, mais Suzanne, d'un sourire las, la remercia. La mère s'effaça. Sur un signe de sa mamie, Pierrette approcha la chaise où reposaient les habits noirs et se posa à côté du lit de Suzanne.

— Veux-tu donc que je veille sur toi ce soir, Grand-mère ?

— Non, je veux juste te causer deux minutes, après tu me laisseras.

Suzanne se souleva difficilement puis s'assit en appuyant sa tête sur le bois de lit.

— Donne-moi donc mon cachet, là sur la table de chevet, et le verre d'eau.

La petite-fille s'exécuta.

— C'est pour la fièvre ?

— Non, Pierrette, je n'ai pas de fièvre, c'est un cachet pour que je puisse dormir.

Elle emprisonna la main de sa petite-fille dans la sienne.

— Je ne suis pas bien depuis une quinzaine de jours. Pour tout dire, depuis ton anniversaire. Je ne mange presque plus, je n'ai pas envie de me lever, je traine au lit, je n'ai même pas voulu voir mon docteur, je sais bien ce que j'ai, je n'ai pas besoin de son diagnostic.

— Étonnant, toi qui aimes tant ton docteur, toi qui te confies à lui à la moindre occasion.

— Charles, il est comme beaucoup d'hommes, c'est un beau parleur, mais il s'amuse de moi, je vais changer de médecin.

— Oh là ! C'est grave, tu nous fais une grosse déprime, Grand-mère, faut te ressaisir. C'est quoi qui te tracasse ? Est-ce ce docteur Charles qui ne t'aime pas comme tu l'espérais ou est-ce le mariage de tes deux petites-filles qui te perturbe ?

— Non, ça va aller, faut me laisser dormir, demain je ferai un effort, je le ferai pour toi et ta sœur, pour que vous prépariez sereinement vos mariages.

— Je vois bien que ça ne va pas, tu étais si vivante, si heureuse l'année dernière, ton docteur te faisait rire, tu te parais de beaux habits colorés, tu teintais tes cheveux. Pourquoi as-tu remis tes habits noirs, pourquoi de nouveau ces cheveux gris ? Tu m'inquiètes.

Suzanne s'enfonça dans son lit.

— Ne t'inquiète pas, ça va aller. Maintenant, faut que tu me laisses dormir.

Pierrette embrassa sa mamie et quitta la chambre. Elle redescendit l'escalier, évoqua son inquiétude auprès de ses parents. La mère aussi craignait pour la santé de sa belle-mère, quant au père, il réagit à sa façon :

— Ma mère a toujours été ainsi, des hauts, des bas. Elle a fait une grave dépression après ta naissance,

Pierrette, va savoir pourquoi, et voilà que ça recommence pour ton mariage, j'espère juste que cette fois-ci, ce ne sera pas si grave.

La mère, jusque-là silencieuse, s'indigna :

— Quand je pense qu'elle a décidé de partir vivre seule à Paris l'été et au bord de la mer l'hiver, c'est de la folie !

— Ce n'est pas qu'elle parte seule qui m'inquiète le plus, ajouta le père, c'est que dans son état, elle fait n'importe quoi, comme il y a vingt ans où elle se ruinait au casino. Aujourd'hui elle mange son argent en achetant cet appartement dans le midi, ses loyers à Paris, elle dépense sans compter. Aura-t-elle seulement assez de fonds pour boucler son budget ? Et pis, y a rien à lui dire, elle n'en fait qu'à sa tête.

Le plateau d'Amancey retrouvait son soleil d'été, ce mois de moissons présentait une belle image pastorale parmi les prairies où broutaient les montbéliardes et quelques chevaux comtois. Les bordures des chemins se parfumaient de marjolaines et de menthes sauvages, les couleurs mauves succédaient au jaune des boutons-d'or, à l'orange des coquelicots, aux bleuets des champs. Les deux couples amoureux prenaient le temps de longues promenades dans la douce nature franc-comtoise, entre les fauches des blés dorés et des orges mures, entre préparatifs de la noce et petits soins auprès de Grand-mère dépressive. Elle ne sortait guère, ne s'intéressait ni aux deux robes de mariées ni à l'entretien et à la décoration de la grange où aura lieu le repas de noces des deux mariages. Suzanne restait de longues heures, assise sur le banc de bois devant le jardinet sans même admirer les roses rouges qu'elle aimait tant, son regard perdu entre la fontaine et la menuiserie du père Joseph.

Le grand jour se présenta sous un ciel bleu encombré de cumulus. On ne savait laquelle des deux sœurs montrait le plus de nervosité. Paule voulait passer sa robe trop tôt au risque d'être démasquée par son futur mari. Léon souriait de cette excitation qui lui semblait exagérée. Pierrette se dandinait dans ses habits légers, une jupe de tergal recouvrait à peine ses genoux dans l'attente de passer la belle robe de mariée d'une blancheur parfaite, une traine qui trainait loin. Elle s'amusait à passer sa collerette de fleurs immaculées sur sa chevelure blonde, admirait son visage de poupée vierge devant la glace de la grande cuisine. La salle de bain n'existait pas encore à la ferme, mais ce n'était pas très grave puisque les deux filles allaient bientôt quitter définitivement la maison. Quant aux parents, ils avaient, ma foi, bien vécu jusque-là, ils se lavaient dans une cuvette de l'évier de la cuisine. Les deux futures mariées, elles, s'étaient levées tôt pour courir à la douche municipale.

Léon et Francis, tous deux en costumes sombres, chemises blanches et nœuds papillon, ils avaient perfectionné leur élégance par un triangle de tergal blanc, lequel s'affichait au-dessus de la poche supérieure du costume.

Lorsqu'ils entrèrent dans l'église, leurs souliers vernis frappaient de leurs talons ferrés les dalles du sanctuaire, les joies de l'harmonium couvraient les bruits de leurs pas. Ils s'avancèrent lentement jusque vers le cœur de l'église, s'immobilisèrent devant le curé qui les attendait, auréolé de sa chasuble sacerdotale et affublé de son étole verte. Les invités suivaient les mariés, cavaliers et cavalières de noce s'installaient côte à côte sur les bancs, heureux de pouvoir vivre, en ce jour de fête familiale, un instant de mixité en ce lieu saint, chose refusée aux messes ordinaires où les hommes devaient rester à droite de la grande nef, alors que les dames, souvent coiffées de foulards, s'installaient à gauche. Là, c'était le grand n'importe quoi accepté par le diocèse et sûrement par Dieu. Les dames, toilettes des grands jours, parfumées presque trop, arboraient de grands chapeaux aux dentelles de fleurs. Les belles-doches surpassaient en taille de coiffe toutes les autres invitées. La mère des garçons, lorsqu'elle tournait la tête, nettoyait de son chapeau la poussière des pieds nus de Saint-Joseph qui s'accrochait au pilier de pierres taillées. Quant à la mère des filles, elle se pavanait entre la grand-mère et sa nièce Joëlle, lesquelles s'étaient écartées d'un mètre pour éviter les coups de chapeau de paille. Suzanne portait son habit de deuil malgré les réprimandes de sa belle-fille et de ses filles de Besançon et de Montbéliard. Elle avait juste accepté un chapeau bleu marine piqué de fleurs des champs.

Sous l'Alléluia de l'harmonium, toute la noce se retourna pour admirer les robes somptueuses des mariées. Pierrette et Paule entouraient leur père fier comme Artaban, les creux des coudes des trois vedettes se côtoyant dans la superbe. Dans sa robe blanche riche de friselis en faux diamants, sous les couleurs mystiques des vitraux, Paule fixait le sourire de son amoureux qui se mélangeait à l'air gracieux du curé, là-bas, vers l'autel. Pierrette souriait de ses dents blanches face aux invités de gauche, de droite. Sa longue traîne immaculée suivait en dépoussiérant les dalles de la grande nef puis elle se relevait sous les mimines des petits porteurs de traine. Heureux et fiers de tant d'honneur, ils appréciaient tant de regards amusés.

La messe longue, mais non ennuyeuse, traina jusqu'à plus de midi. Les échanges des alliances, les blablas du curé, les signatures sur le registre sacré, la quête riche de pièces jaunes et blanches, de quelques billets, les dix francs de Grand-mère, tout le rituel fut respecté à la lettre, aucune bavure, pas d'éclat de rire, pas de photos, quelques murmures sous les voutes silencieuses, et plein de gaités discrètes, seul Francis plaisanta à haute voix devant le curé en signant le registre. Mais à la sortie de l'église, sous les confettis et les baisers des quatre mariés, la foule se déchaina enfin, peut-être parce que l'apéro et le repas de fête approchaient. Quel autre meilleur bonheur à attendre dans ce monde paysan où l'on rêvait de cet évènement depuis si longtemps ?

Dans la grange des Petitjacquet décorée de guirlandes multicolores, de ballons gonflés du souffle des garçons d'honneur, on se goinfra de plein de bonne nourriture régionale : terrines, brochet, mayonnaise, poulet de Bresse, champignons, légumes du jardin, fromages, forêts noires, framboisiers, pièce montée, beaucoup de vins. Chez certains convives ce fut trop de bons vins et trop de gnioles, du kirch surtout, de la gentiane aussi.

Puis les paysans partirent traire leurs montbéliardes, les autres restèrent à table à rire, à chanter, les mariés et mariées semblaient comblés, les parents aussi, Suzanne s'essayait un peu à la bonne humeur, sans conviction. Ainsi arriva l'heure du repas du soir, dîner encore plus détendu que le festin de l'après-midi, encore plus de gaité venue du cristal empli de Volnay et de Graves.

Les paysans revenus de la traite reprirent leur repas là où ils en étaient restés deux heures plus tôt. On chanta Yves Montand, Tino Rossi, puis des paillardes, on rigola, et comme l'orchestre aurait couté trop cher, on se passa de bal. Qu'importe, on badina autour du jambon blanc, de la salade, de la brioche, des restes de dessert, on se raconta plein d'histoires, certaines de culs légers, on joua aux traditionnels jeux de noces, Grand-mère refusa de participer.

Minuit. On attendait le départ des mariés, lesquels s'enfuiraient discrètement, laissant croire que l'une allait aux toilettes, que l'autre s'en allait fumer sur le pont de grange, ce fut ainsi que procédèrent Paule et Léon. En fait ils partaient pour un dépucelage en bonne et due forme dans les draps d'une chambre d'une maison inconnue, cachés de tous. Seuls la fille et le garçon d'honneur connaissaient le lieu pour aller virer les mariés au petit matin avec la troupe de joyeux lurons encore fringants. Là, les époux devaient boire au pot de chambre, pipi de savagnin et cacas de chocolat.

La fuite fut plus compliquée pour Pierrette qui regardait Francis vautré sur sa chaise, passablement éméché, chose inacceptable pour un marié digne. D'ailleurs l'entrain sexuel serait retardé d'au moins vingt-quatre heures, et encore, le lendemain dimanche, il ne faudrait pas qu'il ensache encore trop de pinard et de gniole. Bizarre, un jeune homme pourtant si sérieux ! S'était-il laissé embarquer par l'euphorie de son propre mariage ?

La jalousie des mots

Lasse, vers une heure du matin, Pierrette quitta la grange où ça chantait et ça dansait sans accordéon, mais sous le chant des plus bourrés, et bien souvent des paillardes. Les parents Petitjacquet, désolés, zieutaient d'un regard oblique leur gendre complètement cuit, ne virent même pas leur fille s'éclipser discrètement, accompagnée de sa cousine Joëlle.

La remise contigüe à l'écurie où reposait Pomme sur ses quatre jambes musclées était garnie de foin, de paille, de sacs de grains. Ce fut là que Pierrette engoncée dans sa robe de mariée trouva refuge pour ruminer sur ce mari insouciant. Joëlle, sa confidente de toujours, l'avait accompagnée pour la réconforter. La porte de la remise passait par l'écurie, alors la traine blanche se para d'une couleur de poire blette et d'une odeur malsaine. Pierrette s'appuya contre les boisseaux du mur de la remise, en larmes. Sous la faible lumière, on distinguait Pomme derrière le râtelier parsemé de foin. Indifférent, l'étalon regardait sa maitresse retirer sa robe de mariée.

— Elle pue vraiment, cette robe, dit Pierrette en reniflant.

Joëlle l'aida tout en boitillant. Elle tourna autour de la toilette de la mariée où l'on devinait l'empilement de jupons. Ce ne fut pas une mince affaire que de dégager le corps de la cousine de ce mélimélo de coton blanc et de traces de purin. Joëlle découvrit le corsage-culotte blanc à fines dentelles, parfait pour une nuit de noces réussie. Mais un pincement au cœur soudain lui parut insupportable lorsqu'elle contempla le corps parfait de Pierrette, une chair réservée à Francis pour le jour où il aurait dessoulé.

Pierrette, presque nue, s'effondra dans le fourrage. Joëlle s'allongea à ses côtés, telle une cousine proche qui veut secourir une fille paumée. De l'étage leur parvenaient les éclats proches du chahut de la noce.

À l'intérieur des murs de paille de la grange où les ballons se dégonflaient, où les guirlandes pendouillaient, où les nappes blanches se coloraient de vinasse rouge et de crème jaune, les invités encore nombreux chantaient moins fort. De leurs gorges enrouées, ils achevaient de siffler la goutte maison. Quelques noceurs avaient déjà quitté la grange. Outre le couple de mariés, Léon et Paule, manquaient les vieux oncles et tantes, Suzanne, Joëlle, Pierrette et Carmen. Avait disparu également Francis. Le garçon d'honneur aidé par un ami de la famille avait trainé le marié derrière un tas de foin. C'était là qu'on le laisserait ronfler, la tête sur un trou dans le plancher, juste la place pour dégobiller le trop-plein de mousseux, de vin rouge et de goutte. Le cerveau gonflé de vapeurs sombres, les membranes des méninges enflammées, il ne devinait certainement pas sa femme couchée sur un lit de paille à l'étage inférieur dans les bras de sa cousine. Les trente watts sortis du plafond de bois pourraient lui montrer oh combien Pierrette offensait son mari en cette drôle nuit de noces. Il lui suffirait d'ouvrir les yeux, de secouer sa tête afin de repousser quelques secondes le brouillard de l'alcool, il remarquerait alors que sa femme, pour leur nuit de noces, embrassait avec un soin amoureux la jolie Joëlle.

Dans la demeure cachée de l'autre couple de mariés, il semblait que la soirée ne se présentait pas non plus sous les meilleurs hospices. Léon, seul dans le lit, exhibait son beau torse musclé par-dessus les draps, mais aussi une belle protubérance sous le slip kangourou. Les oiseaux et les fleurs du papier peint des murs ne

107

s'intéressaient même pas à Monsieur muscle. Peut-être attendaient-ils mieux, peut-être une scène endiablée de deux amoureux qui patientaient depuis trop longtemps devant les portes du paradis ? Mais la belle grande brune, mariée depuis bientôt une douzaine d'heures, n'osa pas se déshabiller devant son mari, prétexta une urgence à la grange. Paule avait, parait-il, oublié un truc important, elle serait de retour dans le lit conjugal d'ici une bonne heure.

Dans le lit de paille de la remise, les deux cousines n'en finissaient pas de se coller l'une à l'autre, de s'embrasser sur les lèvres, de mélanger leurs langues. Pierrette, presque nue, caressait les bras, le dos, les seins tendus sous le satin, une étoffe qu'elle n'osait retirer. Elle appréciait le nouveau parfum Coco Chanel voulue par Joëlle, un irrésistible aphrodisiaque lesbien, parait-il, mieux en tout cas que l'eau de Cologne d'avant. Par contre, l'odeur de la sueur moite de Pierrette se mélangeait mal à Christian Dior au féminin. La mariée se décida à retirer la robe de la cousine pour la laisser tomber plus loin vers ses pieds nus, seuls le soutif et le slip restèrent collés au corps de Joëlle. Les doigts pâles de la mariée s'aventurèrent sur les seins blancs de l'être aimé, et l'être aimé apprécia le dos fragile et les fesses douces de Pierrette.

Tout à coup un tremblement énorme, un hennissement perçant, un roulement de sabots dans l'écurie d'à côté, un cri pénétrant, puis plus rien. Réflexe des deux cousines tétanisées : surtout ne pas bouger, se serrer encore plus près l'une contre l'autre si cela fut possible. L'étreinte n'avait plus rien de charnel, les élastiques des culottes s'écrasèrent sur les ventres plats. Les deux jeunes filles restèrent ainsi plusieurs minutes à frémir de peur, joue contre joue, seins contre seins, jambes dans les jambes, un peu de paille entre les cuisses.

Que s'était-il passé de l'autre côté du râtelier ? Joëlle, les yeux tournés vers le barreaudage, essayait de distinguer la nuit de l'écurie, les yeux de Pomme ne brillaient plus dans le noir. Pourtant les filles perçurent un bruit de piétinement, un souffle rauque. Ça grattait sur le sol de l'écurie, ça bruissait doucement, et plus les bruits sourds se poursuivaient sur les pavés de l'étable, et plus les deux cousines frissonnaient dans les bras l'une de l'autre.

Enfin, Pierrette et Joëlle, à moitié à poil, pas rassurées du tout, avancèrent jusqu'au bout de la remise, entrèrent sur la pointe des pieds dans l'écurie par la porte entre deux, piétinèrent jusqu'à la sortie de l'étable. Un magnifique clair de lune les attendait. Elles reconnurent Pomme qui s'élançait dans la nuit.

Pierrette et Joëlle crurent remarquer deux silhouettes qui chevauchaient l'étalon, l'une d'elles se retourna comme pour bien visualiser laquelle des deux filles la regardait s'éloigner au galop.

La jalousie des mots

11

Juin 1970

La Bretagne justifiait son image. Des gouttes de pluie s'écrasaient sur la terrasse du bungalow. Pierrette s'éveilla avec peine, se fit violence pour se lever, puis poussa la porte vitrée. L'air frais saisit le ventre nu de la jeune femme. Elle boutonna sa robe de chambre et resserra sa ceinture de laine. Francis, debout derrière elle, n'avait, lui non plus, pas grand-chose sur le dos, en fait juste un slip sur ses fesses. Il enlaça sa chérie, boucla lui-même la ceinture, l'embrassa sur la nuque.

— Viens, ma belle, on retourne au lit, il n'y a rien à faire de mieux par ce temps-là.

— Pour quoi faire ? ironisa-t-elle.

— Pour te faire un enfant.

Elle se retourna et lui pinça le nez.

— Pourquoi pas ? On pourrait profiter de ce voyage pour réparer notre nuit de noces ratée. C'est quelque part notre voyage de noces aujourd'hui, même si ça fait déjà huit mois que nous sommes mariés.

— Tu as raison de me rappeler ma goujaterie. Je crois que j'y penserai jusqu'à la fin de mes jours. Moi qui ne bois presque jamais, que s'est-il passé ce jour-là ?

— Il s'est passé... il s'est passé... comme justement tu n'as pas l'habitude de boire, tu t'es saoulé trop vite. Mais tu sais bien que je t'ai pardonné, n'en parlons plus. Faire des erreurs arrive à tout le monde.

Sur ces derniers mots, elle se remémora sa nuit de noces. Pas de quoi être fière non plus, passer du temps à caresser sa cousine ! Et s'il n'y avait pas eu cette brusque interruption causée par le vacarme de l'écurie juste à côté, nul ne sait si cette nuit de tendresse ne se serait pas achevée dans la pire des luxures.

Son cerveau calcula à la vitesse de l'éclair : égalité, un partout, balle au centre. Quoique Francis n'avait pas vu le hors-jeu de sa femme, sinon il aurait demandé à faire rejouer le match. Un mec bourré, même le soir de ses noces, on peut presque comprendre, mais la mariée qui pendant ce temps-là fait l'amour avec sa cousine, ça fait désordre. Ainsi cogitait Pierrette en rejoignant le lit du bungalow. Elle se prit au passage une petite tape sur les fesses par son époux. Il la suivait avec sa virilité du matin, prêt à oublier le manque d'entrain de sa nuit de noces.

Mais comment effacer les débauches de cette fameuse nuit diabolique ? se disait-elle. Il fallait se rattraper en proposant à son mari une matinée magique, grivoise, croustillante, et le bon pain du petit-déjeuner serait remplacé par les délices du Kamasoutra, le poirier et la cuillère par exemple. Ces positions compliquées entre lesbiennes devenaient plus naturelles entre un homme et une femme, tellement plus savoureuses avec son époux. Elle allait lui sortir le grand jeu, oubliant sa tendre et sensuelle cousine.

Les gouttelettes de poésie tombaient en douceur sur le toit feutré comme de petits farfadets qui dansaient au-dessus du lit des jeunes mariés afin de guetter l'amour. Les caresses furent aux rendez-vous, et les gouttes de pluie rebondissaient au-dessus de leurs têtes.

Les plaisirs dissipaient les désirs, et la pluie sautillait toujours, et le couple valsait dans les draps sur un air de tendresse, et les larmes du dehors ruisselaient sur les vitres de la chambre, puis un rayon de soleil inonda le lit, et les amoureux collés s'embrassaient encore.

Midi, Pierrette et Francis sortirent du lit. Ils dégustèrent leurs cafés au lait tout en dévorant croissants et petits pains sur la terrasse, chacun un pull sur le dos. Pierrette gardait son short de touriste, des fois que ça excite encore Francis. Le mari, lui, semblait à mille lieues des pensées voluptueuses de sa femme.

— Où sont passés Paule et Léon ?

— Je les ai entendus se lever vers dix heures, ils ont pris leur petit-déjeuner dans la cuisine, ils causaient doucement, mais j'ai reconnu la voix de ma sœur, elle parlait de faire des courses à Perros-Guirec.

Francis s'affala sur sa chaise, les bras écartés et les mains derrière la nuque.

— Parce que toi, lorsque tu fais l'amour, tu arrives à écouter aux portes.

— Eh, oui ! nous les femmes, nous ne sommes pas comme vous, nous savons faire deux choses à la fois.

— Tu as raison, ma belle, mais nous les hommes, si nous ne faisons qu'une chose à la fois, c'est pour qu'elle soit bien faite.

— J'avoue, c'était super, s'exclama Pierrette. Et moi alors, tu n'as pas aimé ?

Il lui sourit, relâcha ses bras, caressa la joue de sa femme.

— C'était merveilleux, je t'adore, ma belle.

— Tu m'emmènes danser ce soir ? Avec ton frère et ma sœur, bien sûr.

— Je suis d'accord, mais au retour, on ne fera l'amour que tous les deux, OK ?

Ils riaient encore lorsque la Peugeot 204 presque neuve se gara au pied de la terrasse. Alors que Paule sortait les courses du coffre, Léon plaisanta en montant les marches du bungalow :

— Vous prenez seulement le petit-déj ? Eh ben, la nuit ne vous a donc pas suffi, vous avez continué vos galipettes dans la matinée, c'est ça ?

— Nous sommes restés sages comme des images, ironisa Pierrette.

— Oui, c'est ça ! À d'autres ! Faites gaffe, les amoureux, nous ne sommes pas dans notre ferme comtoise aux murs costauds, ici c'est du carton, on a tout entendu cette nuit.

En fermant le coffre, Paule riait et secouait sa main libre.

— Eh bien, ma sœur, tu as l'air d'avoir pris un sacré plaisir, qu'est-ce que tu as de la chance !

Léon se retourna vers sa femme :

— Qu'est-ce que ça veut dire ? Et j'ai l'air de quoi, moi, maintenant ?

Paule s'approcha de son mari, lui caressa le bras.

— Mais non, ne t'inquiète pas, c'était bien aussi nous deux.

Puis elle se tourna vers sa sœur et son beau-frère en souriant :

— Nous, c'est tendresse et discrétion.

Pierrette se leva de table, heureuse de ses vacances, heureuse du soleil retrouvé.

— Ce soir, on va danser à Perros-Guirec, Francis est d'accord.

La jalousie des mots

L'odeur de la marée et le bruit du ressac apportaient la douceur du large. Les deux couples se présentèrent devant l'entrée du bal monté sur la place de Perros-Guirec. La fraicheur et le noir de l'infini restèrent aux portes du bal. À l'intérieur, un mélange de touristes et d'autochtones se recroquevillait dans la chaleur humaine, dans la joie de vivre, dans l'allégresse d'un soir de vacances. Plein de couleurs, plein de sourires, mais quelques cœurs déçus de ne pas être approchés, d'autres malheureux de ne pas oser, certains se chérissaient déjà, quelques-uns allaient aimer et un grand nombre espérer. C'était le cas de Léon qui, à peine un premier slow langoureux entamé par l'orchestre, empoigna la main de sa belle-sœur et l'entraina sur la piste. Pierrette se laissa guider par les bras paysans qui l'enlaçaient, mais elle s'écarta bien vite de la poitrine mâle un peu trop collée à ses seins. Ses mains tenaient prudemment les hanches de son partenaire et elle fit comprendre à Léon qu'il devait respecter certaines distances pour un minimum de décence. Il insista d'une autre façon :

— Tu es encore plus belle depuis que tu es mariée, Pierrette.

La belle-sœur approcha sa bouche de l'oreille de Léon :

— Ce n'est pas parce que tu me draguais lorsque j'avais seize ans qu'il faut te croire permis de continuer aujourd'hui.

— N'ai-je donc pas le droit de te dire que tu es belle ?

— Non, plus maintenant. Et tâche de te tenir correctement, ne gâche pas le voyage de noces de nos deux

115

couples, s'il te plait. Si tu te permets encore la moindre allusion, je te plante au beau milieu de la piste.

Léon jeta un coup d'œil en direction de sa femme, elle dansait avec Francis sous les lumières tamisées. Celle-ci le dévisageait avec méfiance. Puisque les deux filles vivaient leur mariage avec sérieux, il fallait donc rester prudent, se dit-il.

Sur les dernières plaintes du saxophone, Léon lâcha les hanches de sa partenaire, s'inclina devant elle, la remercia et la raccompagna jusqu'aux planches de la buvette où s'accoudaient déjà Francis et Paule. Les deux sœurs s'écartèrent vers le bout du bar.

— J'espère que ce voyage de noces et que ces vacances au bord de la mer te changeront les idées, il te faut bien cela pour te remettre de tes émotions.

— Oui, c'est vrai, sœurette, quinze jours de préventive, c'est dur, très dur. Je ne souhaite à personne d'être enfermé entre les quatre murs d'une prison. Surtout que je suis innocente.

— Pis oublions tout cela, grande sœur, disons que c'est de l'histoire ancienne.

Les quatre jeunes mariés rentrèrent relativement tôt au camping.

Comme le couple coquin découvrait de nouvelles positions Kamasoutra, les envolées sonores de Pierrette traversèrent les cloisons de carton avec enthousiasme. « Profite du voyeurisme de tes oreilles, Léon, pour t'exciter sur Paule, elle ne demande que ça » ! songeait Pierrette qui sautillait sur le matelas.

Le lendemain matin, les quatre mariés se levèrent à l'aube pour un rendez-vous programmé avec un vieux marin pêcheur du coin. L'antique rafiot loué pour la journée inspira une confiance limitée aux deux jeunes couples. Le vieux moteur ronfla enfin après de longues tentatives infructueuses pour amorcer la pompe à gasoil. Le marin engagea l'embarcation sur les vagues trop violentes au goût des quatre touristes, mais rigolotes pour Pierre le pêcheur.

Vers onze heures un vent d'ouest se leva, les vagues moutonneuses se transformèrent rapidement en une houle qui affola les voyageurs. Pierre, lui, gloussait à la barre. Mais le sourire rouille changea de couleur lorsque le marin reconnut que les lames de fond soulevaient l'embarcation. Le moteur se noya, et cette tempête imprévue, cet orage circonscrit entre ce bout de mer et la côte, inquiéta le pêcheur. Grêle, coup de vent, bateau à la dérive, rien d'autre à faire que d'angoisser pour les quatre touristes. Pierre le guide se voulut rassurant, mais tout le monde remarquait qu'il n'en menait guère plus large que les autres.

La violence de la tempête dura plus d'une heure, et l'on se demandait à quel moment l'embarcation allait chavirer. L'eau s'engouffrait par paquets entre les jambes des cinq passagers. On écopait, on s'affolait, on écopait encore, le bateau piquait dans l'eau, se soulevait, sombrait à nouveau sous les cris. Le bord de la pauvre embarcation frôlait l'immensité de la mer, le ciel bas écrasait les pauvres mariés, leurs esprits ne voyaient rien d'autre que leur prochaine mort, l'effacement de leurs corps en ces instants qui auraient dû être les plus beaux moments d'une vie. Ouf, le vent se calmait enfin. Mais une dernière lame de fond projeta le bateau en l'air, là où l'on distinguait roches et ombres funestes.

La jalousie des mots

Un choc, la nuit noire en plein jour, plus rien, cinq corps sur les graviers de l'ilot.

Un rayon de soleil lécha le visage de Francis, l'eau de l'océan clapotait à ses pieds. Le temps d'émerger, il se souleva péniblement, se rappela le coup de vent, l'embarcation emplie d'eau, l'envolée, puis plus rien, juste ce réveil sous le soleil et la fraicheur. Il chercha sa famille aux alentours, vit le corps du pêcheur non loin de lui. Il s'approcha et se pencha. Pierre respirait faiblement et restait inconscient. Francis regarda vers la mer, puis vers les rochers qui longeaient un bras de terre. Paule, cinquante mètres devant ses yeux, assise, le dos contre une roche, tête baissée, paraissait abasourdie, des hoquets soulevaient ses épaules. Il avança en titubant, s'agenouilla devant elle. Sa belle-sœur grelottait dans son jean trempé, son pull collait à sa poitrine.

— Ça va ? Tu n'es pas blessée ?

Pas de réponse, juste des sanglots sortis de sa bouche coincée entre ses genoux. Elle croisait ses mains sur ses épaules, une insignifiante protection contre le froid.

— Où est ton mari ? Où est ma femme ?

Toujours des sanglots.

Il laissa à regret sa belle-sœur groggy puis marcha péniblement le long de la plage caillouteuse. Quelques pas plus loin, au détour d'une roche, il remarqua le pull rouge de sa femme parmi les algues au loin. Il s'approcha, écarta les plantes visqueuses. Léon, assis à côté de sa belle-sœur, tapotait son visage. Pierrette, allongée, le regard vers le ciel, les yeux mi-clos, semblait absente.

— Mon Dieu !

Il s'agenouilla, se pencha vers Pierrette tout en parlant à Léon.

— Va retrouver ta femme, elle est là-bas, cent mètres derrière nous, assise contre une roche, elle a l'air bien sonnée.

Il déposa un baiser sur le front de sa chérie pendant que Léon, hagard, piétinait vers la sienne.

Ce ne fut qu'en début de soirée que l'on put constater les premiers dégâts. Pierre le pêcheur se mourait entre deux rochers, là où les deux hommes mariés avaient pu trainer le vieux marin.

Paule avait saigné abondamment derrière la tête. Lorsque l'on put la relever et l'aider à marcher, elle se plaignit d'une vive douleur à la jambe, il fallut donc la laisser assise. Pour Pierrette, la sortir du milieu des lichens semblait encore plus compliqué, elle hurlait dès qu'on la touchait. Les deux hommes semblaient en meilleur état. Léon se plaignait cependant d'un violent mal de poitrine, certainement des côtes cassées, souffla-t-il à son beau-frère. Francis, le plus vaillant, décida de déshabiller les filles afin de sécher leurs vêtements. Paule oublia toute pudeur, car elle grelotait depuis trop longtemps dans ses vêtements rincés. La douleur empêcha de déshabiller Pierrette qui ne pouvait absolument pas bouger. Francis plia quelques lichens autour de sa femme afin de la laisser profiter du soleil.

La petite troupe entourait Pierrette, réfléchissait aux conséquences du naufrage, dressait l'inventaire des biens disponibles : rien, rien, et rien. En levant les yeux vers le sommet de l'ilot, on ne voyait que roches grises et lichens frisés, même pas de ruisseau, pas d'eau douce, et pas âme qui vive.

La jalousie des mots

Au crépuscule, Francis revenait de la plage rocailleuse :

— Le vieux marin est mort, paix à son âme.

Puis il s'allongea à côté de sa femme, toujours sur le dos, le visage décomposé et grimaçant. Sans habits vraiment secs et sous une température trop fraiche pour un mois de juin, la petite famille essaya de dormir. Les sommeils furent entrecoupés de plaintes, de cauchemars et de longues périodes d'angoisse. Au petit matin, il plut. Tant pis pour les habits mouillés, les bouches ouvertes vers le ciel, on put au moins étancher sa soif.

La journée se déroula dans l'inquiétude, mais avec l'espoir de voir des sauveteurs, un bateau au large qui apercevrait leurs signes bien dérisoires, un avion et des jumelles collées à la vitre du copilote, mieux, un hélico qui se poserait sur un morceau de plage entre deux rochers et emmènerait les naufragés vers l'hôpital le plus proche.

Au petit matin du troisième jour, les blessés et Francis reconnurent le bruit d'un avion qui approchait de l'ilot, puis l'aéronef tourna au-dessus de leur tête dans un vacarme agréable et bienvenu. Une heure plus tard, un hélicoptère se posait sur un bout de plage à trois-cents mètres des naufragés. Pierrette sur sa civière s'envola jusqu'au centre hospitalier de Rennes à bord de l'hélico. Ses trois compagnons durent patienter deux heures de plus, un bateau de secours en mer les prit en charge afin de les emmener dans un service de soin à Saint-Malo. Couché dans une bâche bleue, Pierre le défunt n'entendit pas la fermeture éclair qui glissait au-dessus de ses yeux fermés, ne reconnut pas le bout de ciel gris qu'il avait tant aimé. Les sauveteurs hissèrent le vieux marin sur le bateau de secours. Le retour sur le continent fut son dernier voyage en mer.

Les visiteurs se succédaient au service de réanimation de l'hôpital de Rennes. Pourtant, on ne pouvait rester que quelques minutes auprès de Pierrette, et juste deux personnes à la fois. Francis, blouse blanche obligatoire, observait sa femme derrière une tente transparente qui recouvrait le lit. Son frère Léon à ses côtés, montrait une mine sombre, il se signa devant sa belle-sœur. Francis posa sa main sur le bras de son frère.

— Ma femme n'est pas morte, inutile de faire ton signe de croix, cela m'angoisse.

Léon pria un quart d'heure pendant que Francis ruminait. Passé un court délai, ils durent quitter les soins intensifs. Dans le bureau des infirmières, les deux frères obtinrent quelques informations. Les radios montraient trois vertèbres dorsales brisées, mais aucun signe ne prouvait que la moelle épinière soit atteinte. La malade, après avoir enduré mille douleurs sur l'île, avait perdu connaissance dans le milieu de la nuit précédente.

Le lendemain, Pierrette, toujours inconsciente, reçut la visite de ses parents qui s'efforcèrent de lui causer, surtout la maman :

— Nous sommes là, ton père et moi, et nous passerons quelques jours à Rennes, ainsi on viendra te voir tous les jours. Ne t'inquiète pas pour nos travaux à la ferme, les parents de Léon nous remplacent pour la traite des vaches. Paule ne pourra te visiter tout de suite, elle était hier à l'hôpital de Saint-Malo avec un plâtre qui va du genou jusqu'aux doigts de pieds, elle a la jambe fracturée à trois endroits différents. Francis reviendra te voir ce soir avec Léon, ils ont pu continuer de louer le bungalow au camping près de Perros-Guirec jusqu'à ce que tu sois rétablie. Tes cousines font la comédie auprès de leurs parents, elles voudraient venir te voir aussi, mais ça fait loin, tu ne trouves pas ?

Aucune réponse bien sûr. Alors le père ajouta :

— Carmen et Joëlle viendront surement en train dès que tu auras repris connaissance, je suis certain que ça ne va pas tarder. Les médecins te donnent des anti-inflammatoires et des antalgiques, tu ne souffriras bientôt plus.

Les parents en blouses blanches sortirent de la chambre stérile, quelques larmes dans les yeux, pas certains du tout de s'être convaincus eux-mêmes. En soirée, Francis et Léon enfilèrent leurs vêtements d'hygiène, entrèrent dans la chambre. Francis se permit d'écarter le voile de la tente. Il caressa les mèches blondes qui s'échappaient d'un bonnet de coton. Pierrette ouvrit les yeux, tourna la tête. Le cœur de son chéri bondit de joie. Il se tourna vers son frère :

— Elle s'est réveillée, mon Dieu, elle s'est réveillée, elle va mieux.

Léon se signa, s'approcha en courbant le dos à cause de ses deux côtes fêlées et sourit à son tour. En retour, ce fut des yeux las qui se fermaient déjà, une main blanche qui se tendait vers son homme.

— Francis…

Léon s'effaça devant la tente pour laisser passer son frère. Ce dernier prit la main de sa femme.

— On va bien te soigner ici.

Après une petite discussion à sens unique où il lui lança beaucoup de « je t'aime », il se tourna à nouveau vers son frère.

— Allez, viens, le quart d'heure est largement dépassé.

Le lendemain les parents pleuraient de joie devant le lit de la malade, heureux de revoir leur fille consciente et sans séquelles dans le cerveau. Restait la paralysie qui guettait toujours. Chaque chose en son temps, rêvaient-ils, leur fille causait, souffrait moins, c'était déjà ça. Certes les jambes de Pierrette restaient figées sous les draps, les bras se mouvaient difficilement, mais l'on progressait.

Le soir même, Pierrette rejoignait sa nouvelle chambre, une petite pièce pour elle seule, pas d'autres malades vers elle, il lui fallait un maximum de repos. Quelques instants plus tard, sa sœur Paule accompagnée de Francis poussa la porte de chambre, s'avança vers le lit, flanquée de ses deux béquilles et de son plâtre d'un blanc pur. Elle embrassa sa sœur, s'écarta pour laisser Francis se pencher sur sa femme. Il l'embrassa longuement sur les lèvres sans rien dire, juste sentir le plaisir de voir Pierrette dans un bien meilleur état. Cette dernière avait repris un peu de couleurs au visage, elle tendit sa main tremblante comme pour retenir son mari qui se relevait, elle essaya un sourire qui ressemblait plutôt à une grimace. Les antalgiques et anti-inflammatoires apportaient leurs premiers soulagements. La nuque de Pierrette, engoncée dans une minerve, restait droite et les yeux de la jeune malade fixaient trop souvent le plafond, parfois un regard en biais, un biais sympa, pour vérifier que sa sœur et son mari restaient à ses côtés.

— Nous avons tous morflé dans ce naufrage, regarde ma jambe, dit Paule, histoire de rassurer sa sœur, lui laisser croire que sa blessure n'était pas plus grave que la sienne. Francis et Paule se doutaient cependant du sérieux de la lésion. La blessure du dos laissait peu de chance à Pierrette, il est fort possible que ce soit la paralysie assurée, la chaise roulante, avait expliqué le chirurgien.

Le lendemain après-midi, Pierrette reçut la visite de Joëlle et Carmen. Une joie intérieure inonda le cœur de la malade lorsqu'elle vit le sourire de la cousine cadette. En robe légère, Joëlle se pencha sur le lit, déposa ses lèvres dans l'angle de celles de sa cousine. Pierrette apprécia et sourit timidement. Carmen l'embrassa sur le front.

— Es-tu contente de nous voir ? On a fait un sacré bout de chemin par le train pour venir jusqu'ici.

— Oui, vous êtes adorables.

Pierrette connaissait tous les grains blancs du plafond, elle essayait néanmoins de biaiser son regard le plus souvent possible pour chercher les yeux de Joëlle. Cette dernière s'attendrit devant le lit de la malade, prit la main de celle-ci.

— Dis donc, Pierrette, on se ressemble, j'ai mon pied bancal et toi c'est ton dos. Par contre, je suis certaine que tu n'auras pas de séquelles.

La cousine dans son lit sourit amèrement tout en serrant les doigts de Joëlle.

— Tu dis ça pour me rassurer, pourtant le médecin qui me suit n'est pas aussi optimiste. Il est possible que je sois paraplégique.

— Mais non, arrête de tout voir en noir, rétorqua Carmen, regarde, tu croyais que tes bras ne fonctionneraient pas, et tu vois, tu peux manger seule, tu peux même tenir la main de ma sœur.

L'allusion ne passa pas inaperçue. Carmen en profita pour se retirer quelques minutes.

— Je sors pour fumer.

Joëlle approcha une chaise tout près du lit, emprisonna les doigts pâles de Pierrette dans sa main.

— Je te souhaite de tout cœur un prompt rétablissement, cousine chérie, mais si par le plus grand des malheurs tu devais garder quelques séquelles de ce bien triste accident, je te promets que je passerai le reste de ma vie à tes côtés pour te soigner et te protéger.

— Mais, Joëlle, j'ai mon mari pour cela ! C'est gentil de ta part, mais ne te sacrifie surtout pas pour m'aider, profite de ta jeunesse et d'une future vie de famille.

Une voix plaintive lui répondit :

— Je n'aurai jamais de vie de famille, jamais… parce que je n'aime pas les garçons.

Silence religieux dans la chambre, puis elle ajouta :

— Je ne sais pas si je n'aime que les filles, mais toi, je t'aime.

Un frisson parcourut le dos de Pierrette, il s'atténua au niveau des reins, mais elle sentit une vague sensation de tremblements dans les jambes.

— Je ne serai pas paralysée, j'en suis certaine. Il me faudra peut-être du temps, mais je ne serai pas infirme, je te le jure, Joëlle. Je ne jouerai peut-être plus au tennis, mais je trouverai d'autres distractions.

Elle soupira dans sa faiblesse, puis serra du plus fort qu'elle put les doigts de sa cousine chérie :

— Pis moi aussi, je t'aime, mais d'une autre façon, et vois-tu, il y a Francis dans ma vie, c'est un type bien.

— Je ne voudrais pas te chiper ton mari, bien entendu, et je te souhaite tout le bonheur possible. N'oublie jamais cependant que je te chéris plus que tout au monde.

Après un court silence, elle ajouta :

— Faut croire que je t'aime pour te dire tout cela.

Pierrette fixait les graviers blancs du plafond, Carmen entra.

Joëlle se leva, boita jusqu'à la porte et se retourna vers le lit.

— C'est mon tour, je pars fumer.

Carmen se retrouva seule avec Pierrette et prit la place de sa sœur sur la chaise proche du lit. Elle aussi saisit la main de sa cousine, et après un court silence elle lui demanda :

— As-tu revu Odette ?

L'instant de surprise passé, Pierrette se souvint de ses premières caresses avec cette adolescente de l'internat.

— Odette… Odette, une ancienne élève de Notre-Dame ?

— Oui, c'est ça. Figure-toi que le monde est petit.

Carmen baissa la voix et poursuivit :

— Ma sœur Joëlle a fait la connaissance de cette fille à Besançon y a pas longtemps. Odette lui a expliqué qu'elle t'avait connue au collège Notre-Dame de Besançon.

— Et puis ?

— Et puis rien, je te dis ça comme ça, pour te dire que le monde est petit. Ah si, elle est un peu comme toi, elle a eu un accident et elle n'est pas bien valide.

— De toute façon, cette Odette, je l'ai à peine connue.

Carmen répondit d'un ton mielleux :

— Ben, ce n'est pas sa version auprès de Joëlle.

La jalousie des mots

12

Été 1970

« Joyeux anniversaire, Pierrette. Te voilà grande maintenant, vingt ans et mariée au plus beau jeune homme du plateau d'Amancey. J'habite désormais Paris, mais dès octobre je retrouve mon nouvel appartement à Banyuls dans les Pyrénées orientales, c'est une jolie bourgade en bord de mer et tout près de la frontière espagnole. J'espère que tu vas bien, moi je me porte à merveille. Je garde un bon souvenir des noces de ta sœur et de toi. Vous faisiez deux beaux couples. Je te souhaite beaucoup de bonheur et bientôt un bébé. Maintenant que tu es adulte, je ne t'envoie plus de billet de 10 francs, d'autant que je t'ai offert un superbe cadeau de mariage.

Je t'embrasse et à bientôt. »

Pierrette relut une deuxième fois la lettre. Elle fronçait les sourcils, regardait le ciel bleu par la fenêtre. Les yeux nulle part, elle se posait mille questions, toutes débouchaient sur la même interrogation : « Grand-mère est morte le soir de mon mariage, et pourtant elle m'écrit depuis Paris pour mes vingt ans. Elle m'écrit alors qu'elle est morte depuis dix mois, de surcroit, elle sait que j'habite désormais à Rennes. »

Elle cogita sur ses dernières pensées : « Mais c'est quoi tout ça ? Je ne comprends rien, ce doit être mon coup sur la tête lors du naufrage ».

Couchée sur son lit dans son nouveau logement, elle ne trouvait pas le sommeil. Elle ne portait plus de minerve, juste un corset pour soutenir son dos, quarante-cinq jours que ses jambes l'empêchaient de se tenir debout, mais des jambes qui gigotaient tout de même.

Pierrette savait qu'elle ne serait pas paraplégique, des vertèbres brisées certes, mais une moelle épinière intacte. Elle avait dû rester immobile dans son lit de longues semaines pour que les os, encore jeunes, se ressoudent sans problème. Anti-inflammatoires et paracétamol avaient apaisé ses souffrances, le corset et la vitamine D avaient assuré une remise en forme du dos. Dans un mois, deux au plus, elle pourrait se tenir debout, essayer quelques pas. Elle n'était pas retournée en Franche-Comté puisque Francis venait de trouver un boulot fort intéressant, cadre dans une grosse usine agroalimentaire près de Rennes.

Tout fut prêt pour accueillir Pierrette. Une vielle ferme en location pas très loin du travail de Francis. Elle pourrait se consacrer à la poursuite de ses études. Elle désirait se perfectionner dans les mathématiques. Dès la rentrée suivante, elle s'inscrirait à la faculté bretonne. Son souhait : devenir ingénieure en robotique, en micromécanique, peu importe, pourvu qu'elle puisse jouir plus tard d'une certaine indépendance financière. Elle ne voulait pas compter sur un mari qui ramène les sous à la maison, pas faire la boniche et torcher le derrière de ses mioches ou tricoter dans le canapé en attendant son Francis.

Ce soir-là, toujours étendue sur son lit, elle se remémora la famille : Paule restait à la ferme de ses parents avec son Léon. Les Petitjacquet avaient décidé de s'associer aux Vouillet pour constituer un GAEC. Les deux plus grosses exploitations du village s'unissaient, ça jasait donc dans les chaumières d'Amondans. Les Petitjacquet et les Vouillet ensemble ! Ils allaient ainsi s'approprier toutes les terres d'Amondans et ça déborderait sur Fertans, peut-être même jusqu'à Amancey ! Ah ! les commérages. Puis elle pensa à sa cousine Carmen dont elle se souciait peu, en fait, elle lui faisait la gueule. En effet, quelques jours après son mariage, Carmen avait présenté son Jules Williams à ses parents à Besançon. Ils furent mal reçus par la famille, Williams restant le voyou étranger infréquentable. À l'époque Pierrette apprit l'incident et, aidée par la jalousie, oublia Carmen.

Avant de s'endormir, elle écrivit une longue lettre à Joëlle pour la rassurer sur son état de santé. Elle l'invitait à venir en vacances à Rennes.

Sa cousine lui répondit avec toute la cordialité possible, mais refusa d'aller jusqu'en Bretagne pour quelques jours, ça coutait trop cher, et puis pas sûr que sa patronne lui laisserait une semaine de congés. Pour Joëlle, ces excuses cachaient son amertume. Difficile d'oublier les yeux et le corps de Pierrette, il le fallait pourtant, sa chérie lui échappait, sa cousine chérie aimait son mari Francis.

Le soir dans son lit, Joëlle embrassait son oreiller, ses doigts caressaient le drap, ses jambes chiffonnaient le traversin, elle imaginait la poitrine de Pierrette entre ses cuisses. Couchée en fœtus, elle regardait par la fenêtre ouverte. Une lumière jaune éclaboussait la façade de l'autre côté de la rue. Rue des Granges… drôle de nom, se disait-elle. Il n'y avait pourtant plus de granges dans cette grande ville depuis des lustres, juste des commerces qui se touchaient sur des dizaines de mètres le long des trottoirs, mais aussi des logements à l'étage, gris et pouilleux comme la chambre où elle dormait. Elle songeait aux vraies granges comme celles d'Amondans, là où elle se roulerait dans la paille avec sa cousine chérie.

Une larme, un mouchoir, une autre larme, le même mouchoir, puis elle s'endormit. Alors Pierrette poussait Francis d'un coup de cul, le mari disparaissait, Pierrette se tournait vers elle, l'embrassait, lui faisait l'amour, puis tout s'emmêlait dans son rêve.

Au matin, trempée de sueur, trempée de partout, Joëlle sursautait dans son lit, repensait son cauchemar : Pierrette paralysée se vengeait en fracassant sa cheville estropiée, Francis riait aux éclats, nu sur le lit, Grand-mère giflait ses deux petites-filles perverses.

Elle sortit de son lit en caressant sa cheville abîmée, comme si ses longs doigts magiques magnétisaient l'os blessé. « C'est pour ça que Pierrette me repousse, je ne lui plais pas avec ma cheville folle. Une boiteuse ne plait à personne. Je voudrais disparaitre, faire comme Grand-mère, me suicider ».

Puis elle se remémora ce matin de l'automne dernier où les gendarmes avaient débarqué chez ses parents, ici, rue des Granges. Ils avaient remis une lettre de Suzanne qui datait du trente août 1969, jour des mariages des cousines. La lettre retrouvée dans la boite à secrets de Pierrette annonçait le suicide de Grand-mère. Dépressive, elle écrivait que plus rien ne la retenait sur cette terre. Ses deux petites-filles d'Amondans étaient enfin mariées, et correctement mariées. Quant à Carmen et Joëlle, deux filles de la ville dont elle n'avait jamais pu contrôler l'éducation maladroite des parents, elle leur souhaitait bon vent. Ces deux-là trouveraient vite chaussure à leur pied et seraient heureuses à leur façon.

Joëlle, entre rêves et cauchemars, s'était réveillée presque toutes les heures, ne comprenant rien. Il existait pourtant bien une enquête en cours pour meurtre envers Grand-mère, se disait-elle, même que Paule fut accusée à tort et emprisonnée plusieurs jours.

Au petit-déjeuner, assise en face de ses parents devant son café, elle trempa sa biscotte dans son bol tout en marmonnant :

— Comment s'est-elle suicidée, Grand-mère ?

Ce fut la mère qui répondit :

— Elle s'est jetée dans la Loue, mais les gendarmes n'ont toujours pas retrouvé le corps. Emporté par le courant sûrement, et loin, si loin qu'il a peut-être flotté jusqu'à la mer.

Joëlle cracha sa biscotte dans son café et fixa ses parents.

— J'espère que vous plaisantez. Me faire croire que l'on ne repêche pas le corps, mais que me cache-t-on ? Est-ce un meurtre, une disparition ou un suicide ?

Elle se leva et retourna dans sa chambre sans attendre de réponses. Elle porta une cigarette à ses lèvres, cacha mécaniquement la flamme du briquet dans ses mains. Elle boita jusqu'à la fenêtre. Sur la façade d'en face, la lumière jaune du réverbère s'était envolée, remplacée par la lumière dorée du soleil. Les grandes lettres « NOUVELLES GALERIES » étincelaient sous les premiers rayons de l'astre du jour. Elle se souvint de ce jour où elle rêvait que sa future épouse, Pierrette, choisissait la plus belle des toilettes pour lui plaire rien qu'à elle. Elle osait imaginer cette union impossible bénie par monsieur le curé d'Amondans, elle s'égarait en rêvant de sa tenue de mariée, un costume sombre et une cravate rouge, le rouge de l'amour. Elle ne boiterait plus pour son mariage, dans son délire elle savait que son ange gardien réparerait sa blessure d'un coup de baguette religieuse. «Viens, cousine chérie, lui avait-elle soufflé en embrassant Pierrette sur la joue, viens, on va vers le rayon homme, je veux de beaux habits masculins pour notre mariage». Pierrette avait haussé les épaules, avait suivi sa cousine en souriant dans les allées embaumées de parfum Dior, Chanel ou Lacoste. Elles s'étaient arrêtées devant la boutique Yves Saint Laurent.

— Hum ! ça sent bon l'homme viril, c'est ce parfum-là que je souhaite pour notre cérémonie de mariage.

— Pis si tu veux ressembler à un homme, commence donc par ne plus te maquiller, on dirait un pot de peinture.

Une moue éphémère avait traversé les lèvres de Joëlle.

— Ne comprends-tu pas que si je me maquille ainsi, c'est pour te plaire ?

— C'est raté.

— Sois sincère, cousine chérie, ce n'est pas mon maquillage qui te rebute chez moi, c'est mon infirmité.

Pierrette avait haussé les épaules.

L'air frais, côté grande rue, réveilla la conscience de Joëlle, étouffa ses fantasmes de fille rebelle. Les jeux interdits d'adolescentes s'étaient arrêtés là.

13

Été 1971

Joyeux anniversaire, Pierrette, tu es grande désormais. Alors, toujours pas de bébé à l'horizon ? Maintenant que tu habites Rennes avec ton tendre mari, je pense que votre couple a fait quelques connaissances. C'est bien que vous vous soyez éloignés de la famille, je t'ai toujours trouvée trop proche de ta cousine Joëlle. Ne parlons plus de ces erreurs passées, te voilà rangée, amoureuse de ton mari, et c'est bien ainsi. J'espère que ta Franche-Comté natale ne te manque pas trop, l'odeur des foins, le parfum des sapins, les clochers comtois et la gentiane de la montagne. Ici à Paris tout va bien, je me plais dans ce quartier non loin du bois de Boulogne où je fais de longues balades en journée. J'ai passé un hiver de rêve à Banyuls. Je n'ai pas pu me baigner, l'eau était froide, mais je connais maintenant quelques personnes là-bas. Figure-toi que je me suis mise à jouer à la pétanque. Il y a des grands-pères de mon âge sur le terrain de boules, ils sont gentils, prévenants, et leur accent d'ici m'amuse beaucoup. Je t'embrasse.

Pierrette retourna l'enveloppe. Toujours pas d'adresse de l'expéditeur, toujours cette belle écriture déliée de Suzanne : *Grand-mère, Paris...*

Après avoir relu plusieurs fois la lettre, Pierrette maugréa « Faut qu'elle arrête avec ces allusions sur mes amours, faut qu'elle me fiche la paix. Mais comme je ne la revois pas, je ne peux même pas lui répondre puisqu'elle ne me laisse pas d'adresse. Et puis, Grand-mère est morte, c'est quoi cette idiotie de lettre ? »

Depuis son appartement en Bretagne, elle téléphona en Franche-Comté :

— Allo ! C'est toi, Paule ! Peux-tu me passer maman ou papa ?

— Qu'y a-t-il, petite sœur, tu n'as pas envie de causer un peu avec moi, est-ce aussi urgent ? De toute façon, ils sont aux foins, rappelle donc vers midi.

Pierrette hésita à parler de cette lettre de l'au-delà à sa sœur, préféra ne rien dire. Elle téléphona à nouveau vers treize heures, aborda le sujet de ces inquiétantes correspondances avec ses parents. Eux non plus ne comprenaient rien, ils étaient sûrs d'une chose cependant : les gendarmes avaient découvert en octobre 1969 une lettre de Grand-mère qui annonçait son suicide, donc Grand-mère était bel et bien morte. D'ailleurs, l'enquête semblait s'éterniser et les gendarmes devaient encore convoquer Pierrette au sujet de ce courrier, courrier retrouvé dans sa boite à secrets. Inutile donc d'embrouiller les autorités en parlant de ces écritures venues de l'au-delà. Motus et bouche cousue !

Du reste, Pierrette fut interrogée à l'époque au commissariat de Besançon au sujet de cette note de suicide. Elle avait juré ignorer la présence de cette lettre dans sa boite à secrets.

Mais en cet été 1971, le corps de la grand-mère n'avait pas encore été retrouvé, ce qui étonna Pierrette. D'après la description des lieux du suicide expliquée par les parents, Pierrette connaissait bien l'endroit où Suzanne s'était jetée dans l'eau. Elle en conclut que l'on ne pouvait pas se noyer dans ce bras de rivière. À part en période de crue, la hauteur d'eau équivalait au maximum à deux truites qui s'accouplent, et encore, elles ne s'accouplent même pas l'une sur l'autre. Et si grand-mère était bien vivante ?

Le lendemain après-midi, Pierrette fut effectivement convoquée par les gendarmes bretons informés par leurs collègues d'Ornans. Ce tiroir à secrets, c'était ses secrets, les flics n'auraient jamais dû fouiller son intimité. Ils avaient découvert son journal personnel, ils avaient donc lu dans sa conscience, ils savaient que de profonds sentiments amoureux envers sa cousine Joëlle l'animaient. Elle devint rouge comme une pivoine lorsque le gradé posa la question qui tue :

— Ainsi, vous aimez les filles ?

— Ma vie intime ne vous regarde pas.

— Sait-on jamais, cela peut peut-être servir à l'enquête.

— Ma grand-mère s'est suicidée, ça ne vous suffit pas.

— On aurait aimé récupérer le corps. Les noyés, cela se retrouve toujours, à moins qu'il y ait des requins dans vos rivières comtoises ?

Le capitaine toussota.

— À part ce tiroir à secrets qui n'a pas grand-chose de secret, hormis vos états d'âme un peu lesbiens, vous n'avez rien à ajouter ?

Elle n'hésita pas une seconde, se leva de sa chaise, enfonça son regard bleu dans les yeux sombres du flic.

— Rien, absolument rien, monsieur le gendarme, si ce n'est que j'aime qui je veux.

Elle souffrait de son dos vouté alors qu'elle regagnait son domicile à pied à quelque deux kilomètres de là. Ses douleurs se réveillaient à chaque fois que le stress montait en elle. Son médecin lui avait conseillé de longues marches bénéfiques à sa santé osseuse et musculaire. Elle voyait son kiné deux fois par semaine, mais les séances n'apportaient pas d'amélioration sensible. Un tassement de vertèbres compliqué l'empêchait de bien se redresser, une bosse se formait au milieu du dos, au niveau du plexus. Pas vraiment Quasimodo, mais pour une jolie jeune fille, ça faisait tache. Elle avait beau relever la tête dans la rue, elle savait que les garçons la regardaient différemment. « M'en fout... maintenant que je suis mariée et que Francis m'admire comme au premier jour, rien à cirer des autres ». Mais ses pensées s'envolèrent vers le centre-ville de Besançon. « Et Joëlle, comment allait-elle me voir ? Allait-elle sourire en cachette, jouer la fille faussement compatissante, m'oublier ? Son handicap de rien du tout, juste un pied plus bas que l'autre, c'est rien, surtout qu'elle porte une godasse orthopédique pour compenser, mais moi... hein ! J'ai une démarche horrible, je ne pourrai plus plaire ».

Pierrette passa devant le porche du bureau de son kiné, non loin de son domicile.

« Celui-là, il ne vaut rien du tout, il ne sait même pas être tendre. J'attendais des massages plutôt doux, mais ce con me tripote le dos comme un cinglé et fais ressortir les douleurs de mes vertèbres à chaque fois que je quitte son cabinet. Marre, marre... j'en ai marre de tous ces Bretons. Entre ces pêcheurs aux bateaux pourris, à la météo locale naïve, aux chirurgiens incapables, à ce kiné à

138

la noix, aux voisins qui m'engueulent parce que je ne me gare pas au bon endroit. Savent-ils au moins que je suis diminuée, bandes d'imbéciles ! »

Ses ruminations mentales l'amenèrent devant son logement. Elle grimpa l'escalier, claqua la porte derrière elle, s'effondra dans le fauteuil du salon. Elle fixa le papier peint aux rayures colorées et débiles d'un autre âge. Rien à foutre de refaire ce logement, je ne m'y plais pas, ronchonna-t-elle. Elle s'empara d'un livre de biologie posé sur la table basse, le feuilleta, le reposa. « Pas envie d'étudier pour la rentrée, je ne sais même pas si je retournerai à la fac. » Le visage livide, la jeune fille mince avait encore maigri. Gendarmes, Bretons, mari, cousine Joëlle, tout se mélangeait devant ses yeux cernés. Lasse, elle s'endormit, tête penchée sur le bois du Voltaire, sa bosse enfoncée dans le ventre mou du dossier.

19 h 30, Francis la trouva ainsi lorsqu'il rentra du boulot. Il s'accroupit devant le fauteuil, il prit la main de sa femme qui se réveilla.

— Bonjour, ma belle, comment vas-tu ? Tu souffres de ton dos, n'est-ce pas ?

Sortant doucement de ses cauchemars, elle essaya, mais ne parvint pas à sourire devant le visage qui lui faisait face.

Francis tapotait sa main.

— Ma pauvre femme, je te sens toute patraque. Tu ne manges presque plus rien, tu dors souvent, tu as tout juste la force de voir ton kiné. Tu rumines trop, pourtant les médecins sont persuadés que tout va s'arranger pour ton dos.

— Les médecins, ce sont des tricheurs, ils n'osent pas me dire la vérité. Je vais te la dire, moi, la vérité. Mon

139

dos se voutera de plus en plus, et plus je vieillirai, et plus je ressemblerai à une méchante sorcière, je n'ai plus qu'à m'acheter un balai de paille et apprendre à voler. Et pis je vais te dire, les flics d'Ornans ont fouillé dans mes affaires personnelles, ils n'avaient pas le droit, et ceux d'ici, ils sont encore plus abjects, ils se délectent de ce qu'il y a de plus intime chez moi.

Elle se leva de son fauteuil. Les douleurs de ses vertèbres devenaient lancinantes. Elle avala un doliprane servi par son adorable mari et s'appuya contre le rebord de la fenêtre. Le soleil du soir derrière les carreaux réchauffait son dos.

— Je ne veux plus rester en Bretagne, Francis, je ne m'y plais pas, les gens ne sont pas sympas, le temps n'est pas assez chaud, et je suis certaine que mes douleurs sont dues à cette humidité de l'air. Je veux retourner en Franche-Comté.

Francis reprit le verre des mains de sa femme, le posa dans l'évier. Il emprisonna les doigts de sa chérie dans les siens.

— Tu dis cela parce que tu n'es pas bien dans ta tête, dans ton corps, mais tout finira par s'arranger, ma belle.

Elle se dégagea de l'emprise de Francis.

— As-tu vu l'heure où tu viens de rentrer ? Tu sors du boulot de plus en plus tard. Tu as accepté cette place parce que tu es passé cadre, une position qui te plait, tu devais soi-disant gagner le double de salaire. En fait ton salaire n'a augmenté que de trente pour cent, c'est-à-dire l'équivalent en durée supplémentaire du temps de ce nouvel emploi. Tu nous as emmenés pour notre voyage de noces en Bretagne parce que tu avais ta petite idée derrière la tête, tu avais déjà contacté la boite auparavant, et voilà le résultat : nous sommes dans cette région qui ne me plait pas pour y vivre peut-être jusqu'à la fin de nos jours. Après avoir fait naufrage dans ce coin paumé, me voilà bossue, et je ne connais personne ici. Je veux rentrer auprès de ma famille, revoir mes parents, les tiens, ma sœur, et un peu Léon aussi, et mon oncle ma tante, et… et ma cousine Joëlle.

— Bossue, bossue… n'exagère rien, ma belle, je te trouve gracieuse.

Elle le bouscula pour s'éloigner de lui et rejoindre l'autre bout de la salle à manger, s'accouda contre le meuble.

— Arrête de toujours m'appeler, ma belle, on dirait que tu me traites comme une jument ou une montbéliarde. Je ne suis pas une bête, je suis ta femme.

Il s'approcha de Pierrette, voulut lui reprendre les mains. Elle les lui refusa.

— Je croyais que cela te plaisait. Oui tu es belle, joliment belle.

Trop émue, trop fatiguée, lasse, elle appuya son visage en larmes sur l'épaule de son chéri. Il enroula ses bras autour d'elle, caressa la légère déformation.

— S'il te plait, Francis, retournons chez nous, renifla-t-elle, le nez sur la chemise qui sentait le fromage.

Du bout de ses doigts, il essuya les yeux de sa femme qui venait de relever la tête. Il glissa sa main dans les longs cheveux blonds,

Francis, fragile ou gentil, les deux peut-être, murmura :

— Laisse-moi le temps de retrouver un emploi là-bas, et l'on rentre chez nous. À moi aussi, les sapins du Haut-Doubs me manquent.

— J'ai du temps devant moi jusqu'à la reprise des cours à la faculté, je vais te dénicher une place dans une laiterie ou une fromagerie, ce n'est pas ça qui manque en Franche-Comté. Dès demain je demande les journaux du Doubs à la famille, j'épluche toutes les petites annonces, et puis, nos parents, ton frère et ma sœur, trop contents de notre décision, vont nous aider dans nos recherches. Merci, Francis, tu es trop gentil, je sais que ton boulot te plait ici, je sais le sacrifice que tu consens pour moi.

Elle l'embrassa sur le coin des lèvres.

— Du coup, je me sens plus légère, moins souffrante, je vais préparer à manger.

— Non, pas question, ma b…, ma chérie, repose-toi. Je vais confectionner moi-même ton plat du soir préféré, des pâtes au saumon.

Depuis le retour de ses douleurs au dos, Pierrette refusait de faire l'amour. Il fallait éviter de la casser au reste, ne pas la secouer. Francis acceptait de mauvaise grâce, espérant une amélioration rapide de la santé de sa belle.

Ce soir-là, comme souvent d'ailleurs, elle se coucha la première, se tourna face à la fenêtre sans volets, Francis viendrait bientôt l'entourer de ses bras, approcherait délicatement son ventre contre son dos blessé, lui caresserait les seins. Elle contempla le ciel sombre lustré par les lumières de la ville. Une joue sur sa main posée sur l'oreiller, elle songeait à ses parents sévères mais sincères, sa sœur autoritaire mais adorable, elle humait déjà l'odeur du foin fauché, le subtil parfum des églantiers, la fraicheur des framboises sauvages courant parmi les coupes de bois, elle voyait tous ces paysages adorés, là-bas, non loin de la frontière Suisse.

Francis se glissa doucement dans le lit pour ne pas la réveiller, elle ne dormait pas, il appuya ses mains sur ses seins, sa façon à lui de s'endormir. Les caresses discrètes emmenèrent Pierrette vers une lumière jaune contre la façade de la rue des granges à Besançon, elle imaginait sa cousine allongée sur son lit sous la chaleur d'une chaude soirée de juillet, elle rêvait que celle-ci lui caressait les seins, qu'elle posait son souffle tiède sur sa nuque.

La jalousie des mots

14

Été 1972

Joyeux anniversaire, Pierrette. Tu es grande maintenant, vingt-deux ans et te voilà donc majeure depuis un an. Mais peut-être étais-tu déjà majeure depuis ton mariage. Quoiqu'il en soit, je considère que tu es réellement mûre désormais puisque tu sembles plus raisonnable. Te voici heureuse avec Francis et tu as l'air d'apprécier ta vie de couple. J'ai appris que tu étais revenue cet hiver en Franche-Comté, que ton brave époux retournait faire des études pour devenir enseignant à l'école fromagère de Mamirolle, et qu'il donnait des cours à mi-temps dans cette école. Francis, en plus d'être élégant, est intelligent et cultivé, prends bien soin de lui. Tu n'aurais pas dû poursuivre tes cours à la faculté de Besançon, une femme doit rester à la maison pour s'occuper de son mari et lui faire de beaux enfants. Il aura bientôt un métier qui mettra en valeur votre couple et il apportera suffisamment d'argent au foyer pour que vous puissiez avoir une vie heureuse devant Dieu. Surtout, il faut que tu te ménages et que tu soignes ton dos. J'espère que tu vas toujours à la messe. En ce qui me concerne, j'ai maintenant soixante-seize ans et je me porte très bien. Je passe exceptionnellement mon mois de juillet à Banyuls. Je retrouve un ami sur le terrain de boules en haut de la ville près du camping, on fait des parties géniales. Je ne crois pas que je reviendrai l'été prochain ici parce qu'il y a trop de monde en cette saison, trop de bruits, trop de fêtes. Si Dieu me prête vie, je resterai donc au frais dans mon appartement parisien à côté du bois de Boulogne. Ou alors, j'essaierai d'aller voir la famille en Franche-Comté. Continue de jouir d'une vie paisible auprès de ton mari sous la protection de notre Seigneur Dieu. Je t'embrasse.

« Elle commence à sérieusement me gonfler avec ses conseils débiles et ses bondieuseries. Est-ce que je lui demande quelles parties de boules elle peut bien jouer avec son ami inconnu ? Faut qu'elle me foute la paix maintenant. Le pire est que je ne peux même pas lui répondre, je n'ai toujours aucune adresse, les parents non plus. »

Pierrette retourna une nouvelle fois l'enveloppe : pas de signe indiquant de lieux précis : *Grand-mère... Banyuls.* « Pourquoi ne veut-elle pas que l'on reprenne contact ? Ben oui, c'est clair, elle est morte ».

Cette fois-ci, plus de cachotteries, elle parlerait de ces courriers venus de nulle part à son mari. Ses parents seuls connaissaient ce secret, mais comme visiblement ceux-ci prenaient cela à la légère, elle partagerait son angoisse avec Francis.

Francis sut le soir même. Il n'avait pas d'avis tranché sur la question. Énigme complexe. Il fallait attendre encore une année. Peut-être que ce sera la dernière lettre, ces singeries allaient certainement s'arrêter... ou pas. Tout de même, le corps de Grand-mère restait introuvable, et toujours pas de requins dans la Loue. Et si elle vivait vraiment ?

L'adolescence et la jeunesse avaient traversé les fossés emplis de myosotis, longé les talus couverts de marjolaine, les bois truffés de pommes de pin, et les deux cousines avaient flâné sur les bords de la Loue où se cachaient les colverts, avaient connu des amourettes fugaces sans beaucoup de caresses et de baisers, plus souvent des songes apeurés, incohérents, contradictoires. Pierrette et Joëlle avaient grandi ainsi, désormais l'une s'épanouissait avec un homme bien sous tous rapports, l'autre, boiteuse et malheureuse, seule et miséreuse, ruminait ses envies particulières. Aimait-elle les hommes ? Joëlle ne le savait pas, ce dont elle était certaine, les garçons ne voulaient pas d'elle, elle boitait trop, et ni son allure gaie ni son maquillage, encore moins ses airs d'indifférence avec sa cigarette blonde entre les doigts, n'y changeraient quoi que ce soit.

C'est ainsi que les deux cousines se rencontrèrent au repas de famille de l'Assomption, l'une au bras de son mari, l'autre seule et souriante, heureuse de revoir Pierrette un peu voutée mais toujours aussi délicieuse. Ce fut d'ailleurs son dessert. Elle l'emmena, bras dessus bras dessous au bord de la rivière, comme au bon vieux temps. La Loue transformée en ruisseau, à peine la hauteur de deux truites qui s'accouplent, c'est-à-dire collées l'une à l'autre, Pierrette se demandait encore comment Grand-mère avait pu se noyer en ce lieu. C'est sûr, elle n'était pas morte.

— Viens, Joëlle, on va plus loin, l'endroit n'est pas sain, c'est peut-être là que Grand-mère s'est suicidée. En même temps, c'était au mois d'aout, il n'y avait pas plus d'eau qu'aujourd'hui, tu y comprends quelque chose, toi ?

Comme autrefois, sur les bords de la Loue verte et calme, entourée de saules, de roseaux, de fourrés qui cachaient les colverts, elles se tenaient la main, l'une aimait l'autre, et l'autre avait envie. Joëlle gouta son dessert, assise au bord de l'eau, les pieds frôlant les vaguelettes. Les lèvres des jeunes filles s'enflammèrent trop longtemps pour l'une, pas assez pour l'autre.

Pierrette se détacha de sa cousine, sa robe légèrement relevée où une main s'était aventurée au-dessus de son genou.

— Ce n'est pas bien, Joëlle, faut pas. Même si tu me plais, même si j'ai terriblement envie de toi, faut pas, nous n'avons pas le droit.

Baissant la tête, les yeux pudiquement tournés vers la rivière, Pierrette ajouta :

— Pis, es-tu lesbienne, ou as-tu juste envie de jouer avec moi, Joëlle ?

Sa cousine boudait, ses mains entre ses jambes, son regard dirigé vers la frontière entre la terre et l'onde opaline.

— Je t'aime.

— Je suis mariée.

— Je sais, et je suis jalouse de ton bonheur.

Pierrette porta un brin d'herbe à sa bouche, elle observait la rivière, imaginait le corps flottant de Grand-mère.

— Je ne suis pas aussi heureuse que tu le penses. Je suis bourrée de sentiments contradictoires, ma tête était pleine d'idées noires lorsque j'étais en Bretagne. Je vais mieux depuis que je sais que tu n'es pas loin de moi.

— Alors tu m'aimes un peu ?

Pierrette se pencha vers sa cousine, l'embrassa dans le cou.

— Trop.

La jalousie des mots

Joëlle profita de cette bouche sur sa nuque pour relever la tête de Pierrette, l'embrassa à nouveau. Le baiser fut plus long, elles roulèrent dans l'herbe.

Les robes se froissaient, les jambes prenaient l'air, les mains caressaient les poitrines cachées sous le tissu, les seins nichés sous les bonnets. Pierrette, à quatre pattes sur sa cousine, claqua un dernier baiser, sonore, comme la plainte de la grive qui se sauverait au bruit de l'amour. Elle se releva.

— Viens, on rentre, on va finir par nous surprendre.

Toujours sur le dos, le regard vers les jambes fines de sa chérie, Joëlle souriait. Elle tendit sa main, Pierrette la tira par le bras jusqu'à sentir une douleur dans sa bosse. Debout l'une en face de l'autre, leurs lèvres se touchèrent une nouvelle fois pendant que les oiseaux et les fleurs écoutaient les soupirs romantiques.

Au bout de la table, assise en face de Pierrette, Joëlle avalait son morceau de tarte aux framboises, dégustait son deuxième dessert. Les parents Petitjacquet dévisageaient bizarrement les cousines, Francis papotait avec son frère. Pendant que les hommes buvaient la goutte, Paule quitta la table avec son mari pour aller soigner les bêtes de la ferme. Les deux cousines s'installèrent sur le banc devant le jardinet. Joëlle sortit son paquet de blondes, Pierrette croisait ses mains sur sa robe. Elle parla tout bas.

— Faut qu'on arrête pour toujours, Joëlle, ce n'est pas bien notre flirt contre nature, te rends-tu compte, si Francis venait à nous surprendre, si la famille apprenait, quelle honte !

Joëlle tira une longue bouffée, la cigarette entre ses doigts tremblants.

— Je sais, je sais, mais c'est plus fort que moi. Je t'aime, Pierrette.

— D'abord j'ai le dos bossu, je ne suis pas belle, et puis…

— Ça ne se voit pas, tu te fais des idées.

Les lèvres de Joëlle renvoyaient la fumée vers les fleurs de dahlias.

— Je n'aimerai toujours que toi. Je ne veux pas de garçons, je ne veux pas d'autres filles. Mais je saurai m'effacer tant que tu seras en couple avec Francis.

— Mais… mais je n'ai pas l'intention de quitter mon mari.

Justement le mari arrivait. Il s'avançait, quelque peu déséquilibré, pas franchement cuit, mais bien faisandé, il prit place près de sa poule et se pencha vers Joëlle.

— Alors c'est bien vrai que ta sœur Carmen habite à Londres avec le fameux Williams ? Les parents vont pas aimer, surtout si leurs enfants baisent avant l'heure du mariage !

Pierrette fronça les sourcils, se tourna vers Joëlle assise à ses côtés.

— Qu'est-ce que cela veut dire, Joëlle, pourquoi me l'avoir caché ! Tu m'avais juste dit que Carmen avait fugué lorsque j'étais en Bretagne, qu'elle s'était engueulée avec tes parents, qu'elle avait quitté la France, c'est quoi ces cachoteries ?

Francis comprit qu'il avait dévoilé un secret, troublé par son cerveau embrumé au kirch de Mouthier. Il préféra s'en aller, retourner se rincer la bouche avec un dernier verre.

Joëlle en profita pour se justifier :

— Je ne t'ai pas menti, Pierrette, Carmen a bien quitté la France, mais je n'ai pas osé t'avouer qu'elle était partie en Angleterre pour retrouver Williams.

— Et pourquoi me le cacher ?

— Plus jeune, tu étais très amoureuse de Williams, je ne voulais pas te faire de la peine, je ne voulais pas que tu saches que ma sœur fréquentait ce beau gosse.

— Je suis mariée, tu entends bien, je suis mariée, il n'y a que Francis qui compte pour moi aujourd'hui.

Joëlle écrasa son mégot sous son pied blessé.

— Pourtant, tout à l'heure, au bord de l'eau…

— Tais-toi, Joëlle, je t'en prie, c'était encore une erreur. N'y pensons plus.

— J'm'en fous, maintenant que je travaille et habite à Ornans et que ton logement est dans la même ville, j'irai te voir souvent, et toi, il faudra que tu viennes chez moi de temps en temps, on est cousines et amies, non ?

Pierrette ne répondit pas, la tête ailleurs. Cette garce de Carmen était partie avec ce super beau gosse aux yeux bleus perçants, à la silhouette d'une star telle Elvis Presley, les muscles d'un athlète de haut niveau, style médaille d'or du cent mètres nage libre. Puis ses pensées revinrent trop vite vers sa cousine bancale, jolie tout de même, cette claudication lui donnant même un genre fille fragile, telle une fleur au pétale blessé qui ne demande qu'à être protégée.

Dans la soirée, Léon invita Pierrette à boire un verre à la terrasse de la brasserie du pêcheur à Ornans.

— Ne viendrais-tu pas aux nuits sans sommeil samedi soir, Pierrette ? Je sais que Francis est en formation à Dijon, mais je suis sûr qu'il te laissera sortir, il comprend que le beau-frère que je suis saura te protéger et te surveiller.

— Tu viens avec ma sœur, n'est-ce pas ?

— Non, Paule est enceinte de sept mois, elle n'a pas vraiment envie de courir les bals.

— Pis, tu ne restes donc pas avec elle ?

— Eh, cool, mai 68 est passé par là, on peut bien se libérer quelquefois !

— Alors je demande à ma cousine Joëlle de nous accompagner.

Léon reposa son verre de bière sur la table.

— Vous ne pouvez pas vous lâcher cinq minutes toutes les deux, on dirait que vous couchez ensemble !

Pierrette avala son perrier de travers, recracha la rondelle de citron.

— Qu'est-ce qu'il y a, j'ai dit une vérité ? tonna Léon.

Elle observa son beau-frère, le regard de biais. Son haussement d'épaules cachait mal son malaise.

— N'importe quoi !

— Alors, pour une fois, laisse ta cousine.

Pierrette s'inclina pour donner le change.

— OK, nous sortirons ensemble tous les deux, mais attention, tu restes sage, j'aime mon mari, et toi tu attends un heureux évènement.

— Évidemment, c'est quoi ces idées, petite coquine ?

— Parce que tu étais amoureux de moi, autrefois, et tes regards aux repas de famille disent toujours plein de choses qui m'inquiètent encore. Alors on sort ensemble samedi, et l'on danse, on boit un peu, on rentre bien sagement à deux heures du mat, sinon c'est niet.

Léon et Pierrette dansaient un slow langoureux sur le plancher du bal en plein air. Sous les faibles lumières accrochées aux frênes de la place, Joëlle observait les deux visages qui se souriaient dans la pénombre. Elle grinçait des dents, assise seule sur son banc, son verre de blanc limé devant elle sur une table de brasserie. À l'autre bout, un couple s'enlaçait, s'embrassait. « Rien à foutre, songeait Joëlle, ce couple-là a le droit de s'aimer, mais que Léon n'essaie pas de me piquer ma chérie ! Pierrette prétexte ne pas vouloir m'aimer parce qu'elle chérit son mari Francis, à vérifier ce soir. Ce sacré Léon sera peut-être assez audacieux, et cette drôle de cousine est capable de se laisser séduire par son beau-frère, qui sait. »

Le cœur de Joëlle bondit de joie, Pierrette venait de planter Léon au beau milieu de la piste. Elle pouvait donc arrêter son job de détective, sortir de l'ombre, se découvrir sous les lampions pour s'approcher de sa cousine, lui dire bonjour, lui affirmer qu'elle était là par hasard, qu'elle était heureuse de la rencontrer. Comment ça, elle était seule ! Et Francis, où était-il ? Ah ! en stage à Dijon.

— Tu viens, c'est un paso-doble, on danse.

— Ça va pas ! Entre filles ?

— Dis donc, Pierrette, faut évoluer.

Après cette danse rapide au son de l'accordéon, les cousines essoufflées par le paso-doble et leurs handicaps respectifs se posèrent sur le banc que Joëlle venait de quitter quelques minutes auparavant. Le fameux couple amoureux de tout à l'heure en bout de table se cachait mal dans l'ombre de la nuit. Cette fois-ci, la fille paradait à califourchon sur le garçon assis. Un bras entourait les épaules du mec, l'autre main s'appuyait sur la joue barbue et, bouches entrouvertes, on apercevait les langues qui jouaient de l'escrime.

— Reste là à mater, je vais chercher deux blancs cassés à la buvette.

Pierrette ne reluquait pas, car elle n'appréciait pas cette exhibition vulgaire. Elle tourna la tête de l'autre côté. Cachée dans l'ombre à l'écart de la place, elle vit Léon traverser le parquet, là où elle venait de le plaquer. Il quittait la fête d'un pas rapide. Joëlle revint avec les deux gobelets de vinasse sucrée, une cigarette entre les lèvres. Sa danse avait marqué sa cheville, elle boitait plus que de coutume. Par réflexe, Pierrette releva son dos. Heureuse de se retrouver seule avec Joëlle, elle en avait oublié sa propre infirmité, négligé son apparence devant sa jolie cousine.

Verre vide, cigarette éteinte, Joëlle ne réfléchit pas, cacha la tête de Pierrette entre ses mains, l'embrassa d'une façon autrement plus belle que le couple à l'autre bout de table. Les lèvres humides de vin froid emportèrent la chaleur dans les cœurs en folie. Tant pis pour qui oserait regarder. Les danseurs, mais aussi les assoiffés à la buvette cherchaient leurs plaisirs ailleurs, rien à foutre des bienheureuses qui se bécotaient sous les frênes, du moins, c'était ce qu'ils laissaient paraitre. Pourtant beaucoup sentaient leurs cœurs se pincer, et ce soir encore, ils s'enfonceraient dans leurs draps, bourrés ou fatigués, tandis que d'autres, plus chanceux, plus audacieux, plus amoureux allaient finir leur nuit dans une 2 CV, une 4 L, une R 5. Pour les cousines, ce fut dans l'herbe sur les rives de la Loue qu'elles retrouvèrent leur garçonnière à ciel ouvert au bord de l'eau, là où le silence de la nuit accompagnait une étrange intimité, un érotisme fragile, une sensualité assumée. La lune rousse de l'été guettait l'amour derrière le feuillage des saules, Grand-mère aussi, peut-être.

Cette même nuit, presque au même instant, Paule et son gros ventre frappaient à la porte de la chambre de papa et maman. Le couple de jeunes mariés vivait à la ferme, un trois-pièces entre l'étable et les appartements des parents. Ceux-ci ne dormaient pas, la musique des nuits sans sommeil s'invitait jusqu'à la bâtisse des Petitjacquet. Paule s'assit sur le bord du lit.

— Je profite que Léon est à la fête pour vous parler. Tout va se compliquer dans l'enquête sur le meurtre de Grand-mère.

En effet, Francis avait vendu la mèche. Il n'avait pas gardé longtemps le secret de cette étrange affaire de lettres envoyées par la grand-mère défunte. Il avait fallu qu'il en cause à son frère Léon, lequel le souffla à l'oreille de sa femme Paule. La boucle était bouclée, les parents et leur fille ainée semblaient maintenant dans un drôle de pétrin. Assis sur le grand lit alors qu'un jerk des Beatles traversait les vitres de la fenêtre, ils ruminaient tous les trois sur l'avenir de Suzanne.

Et pendant ce temps, Pierrette ressassait les conséquences de son adultère pervers, elle pensait à son mari, caressait le corps de sa jolie cousine, repensait à Francis, soupirait sous l'agitation de deux doigts humides de Joëlle. Elle en oubliait l'ombre de grand-mère au ciel ou sur terre qui volait peut-être au-dessus de l'eau, là, à côté d'elle.

La jalousie des mots

15

Été et automne 1973

Joyeux anniversaire, Pierrette, te voilà grande maintenant. Vingt-trois ans, l'âge idéal pour faire un enfant. Je t'écris encore de Banyuls cette année. Je n'ai pas pu m'empêcher d'y retourner cet été malgré tout cette cohue de touristes. Il faut dire que mon ami pétanqueur insiste pour que je vienne le rejoindre en juillet, il dit que je suis sa meilleure équipière, que c'est avec moi qu'il joue le mieux aux boules. Je vais à la messe tous les dimanches dans la petite église de Banyuls, mais je suis déçue, il y a de moins en moins de monde qui va à la messe. Et toi, vas-tu au moins à l'église ? Et j'espère que tu y vas le plus souvent possible pour prier la Vierge Marie afin qu'elle t'apporte la p'tite graine qui ensemencera ton ventre de jeune fille. Donne le bonjour à toute la famille. Je prévois de monter te voir bientôt. Je t'embrasse.

PS : Ne sois pas une mauvaise fille, Pierrette, car j'apprends des choses pas très jolies. Attention ! Dieu vous surveille, ta cousine et toi.

Pierrette retourna l'enveloppe : *Grand-mère, Banyuls.*

« Toujours pas d'adresse pour lui répondre. Pourquoi joue-t-elle donc les cachotières ? Et puis, zut ! elle est morte, c'est quoi ces idioties. Et ce post-scriptum, comment sait-elle pour Joëlle et moi ? »

Un long frisson d'inquiétude traversa le dos de Pierrette jusqu'à en ressentir une douleur dans sa bosse.

Le lendemain soir, les feux d'artifice émerveillaient les enfants, réjouissaient les grands. La Loue qui sommeillait le long des grosses pierres des maisons d'Ornans s'illuminait de feux de Bengale accrochés aux balcons qui surplombaient la rivière. Les étoiles multicolores explosaient dans le noir du ciel, cachaient la Voie lactée derrière leurs pluies de lumière, rappelant aux gens heureux qu'il fallait profiter de la fête et de la vie d'ici-bas. Sous la tiédeur du soir, le son de l'accordéon et les danses sur la place enjolivaient l'été et les vacances. Sur la terrasse du Pêcheur, la mousse blanche chatouillait les lèvres des buveurs de bière. Sur les trottoirs, les éclats de rire des uns rebondissaient sur les vitrines illuminées et retombaient sur les sourires des autres. La bonne humeur envahissait la ville.

Pierrette dans les bras de son mari se laissa entrainer dans une valse viennoise, plutôt française à la mode Jacques Brel, et Vesoul n'était pas loin, et ça tourna fort, et tout s'accéléra, une valse à quatre temps, une valse à mille temps... Pierrette s'effondra sur le gravier et le dos sembla craquer dans la souffrance des vertèbres.

Francis l'emmena dans leur logement de l'autre côté de la place. Joëlle, spectatrice jusque-là, monta l'escalier derrière le couple. On allongea Pierrette sur le lit. Pâle, faible, elle dit qu'elle n'avait plus mal, juste une douleur lorsqu'elle tomba. Il ne restait donc que quelques égratignures aux coudes, de légères brûlures aux poignets. Elle se releva, vomit aux toilettes, se recoucha. Francis comprit le mal, sa chérie lui avait annoncé quelques jours plus tôt son retard dans ses règles.

— Je te laisse garde-malade quelques minutes, Joëlle, je retourne sur la place pour rassurer mon frère

158

Léon et ma belle-sœur Paule, ils n'ont rien vu, mais je vais quand même leur parler de l'incident, une mésaventure somme toute joyeuse.

Belle aubaine ! Joëlle l'amoureuse en profita pour emprisonner les doigts de sa chérie dans sa main.

— Comment te sens-tu ?

Pierrette souriait dans la pâleur de son visage, fausse vierge dans sa robe d'été colorée, ses pieds nus sur la couverture. Ses boucles blondes glissaient sur les épaules et sur le drap blanc, les doigts fragiles se cachaient derrière la main amoureuse.

— Ça va aller. Ne t'inquiète pas pour moi. C'est une bonne maladie, mais je n'aurais pas dû valser si vite, je me croyais forte. J'ai un peu mal au dos, mais je suis heureuse.

Sur son lit, Pierrette changea brusquement son regard, de souriant, il devint sévère :

— Comment Grand-mère sait-elle, pour nous deux ?

Joëlle lâcha la main de sa cousine.

— Qu'est-ce que tu racontes ? Tu délires, c'est ta chute, tu sais bien que Grand-mère est morte.

Pierrette expliqua à son amoureuse ces étranges envois de courriers à chacun de ses anniversaires depuis le suicide de Suzanne. Elle voulait lui cacher ces invraisemblances, mais depuis la remontrance de Suzanne sur sa dernière lettre, elle savait que seule Joëlle avait pu trahir leur amour. Qui d'autres ?

— Où est notre grand-mère, s'il te plait, dis-moi, où est-elle puisque tu l'as rencontrée ?

— Tu divagues vraiment, Pierrette, tu dois te reposer, on reparlera de tout cela plus tard.

— Oui, tu as raison, et je te montrerai à cette occasion les lettres reçues de Grand-mère depuis qu'elle est morte.

— C'est ça, oui c'est ça.

La pauvre, elle va mal, il faut qu'elle se repose, se disait Joëlle.

Pierrette s'était endormie, l'amoureuse déposa un baiser sur les lèvres de sa chérie, s'allongea à ses côtés.

Francis poussa la porte de la chambre à coucher à presque deux heures du matin. Les deux filles sommeillaient côte à côte tout habillées. Il contourna le lit, embrassa sa femme, tâta son pouls, surveilla la chaleur de son front, posa une main sur le ventre plat. Pierrette dormait paisiblement. Il jeta un œil vers la cousine Joëlle, elle dormait dans un demi-sourire, la tête à peine cachée dans la chevelure blonde de Pierrette. Francis semblait apprécier l'image de ces deux filles dans le lit conjugal, l'innocence et la fragilité endormies. Il alla s'allonger dans le canapé dans la pièce d'à côté.

Les douleurs lombaires réveillèrent Pierrette au petit matin. Surprise de sentir la présence de sa cousine à ses côtés, elle ne put s'empêcher d'admirer son visage paisible et ses longs cils noirs fermés sur ses rêves. Elle se pencha pour l'embrasser sur le front, puis dans le cou, plus longuement sur la bouche, si délicatement que Joëlle rêvait toujours. Son esprit de la nuit lui soufflait que des lèvres chaudes baisaient sa bouche entrouverte.

Pierrette se leva sans un bruit, avala un anti-inflammatoire, puis se serra tout contre son mari dans le canapé trop étroit. Bientôt mal à l'aise, les fesses dans le vide, Pierrette s'assit sur le velours, et Francis maintenant réveillé s'installa à ses côtés. La lumière du soleil généreux de juillet traversait les clairevoies. Il caressa les cheveux blonds :

— J'espère que tu as bien dormi, ma chérie. Ta cousine est gentille, elle est restée près de toi hier soir pour te surveiller. J'avoue que j'ai traîné un peu sur la fête, je discutais avec mon frère, mais je savais que ma femme était entre de bonnes mains.

De repenser à Léon, Pierrette lâcha une grimace. L'été passé, durant le bal des nuits sans sommeil d'Amondans, elle l'avait planté au beau milieu de la piste en plein slow. « Ben oui, quoi ! Tu parles d'un cochon ! Je me serais laissée faire, il n'aurait pas hésité à m'emmener dans un coin sombre derrière l'église. Je n'en ai jamais parlé à Francis pour éviter la guerre entre les deux frères. Mais suis-je bien placée pour faire la morale ? Y a pas dix minutes, j'embrassais ma cousine et je rêvais de lui faire l'amour ».

L'été étendit sa chaleur jusqu'en septembre sur les passions malsaines entre les deux cousines, entre délices et utopies. Et Léon, père de famille d'un bébé de dix mois, ne parvenait toujours pas à oublier son amour de jeunesse, cette belle-sœur qu'il chérissait en cachette depuis qu'elle avait quatorze ans. Passé le temps de ses fiançailles et de son mariage, il sombrait à nouveau devant l'élégance et le charme de Pierrette, malgré cette bosse dans le dos.

En ce premier jour de l'automne, Pierrette préparait sa valise pour sa rentrée en faculté des sciences à Besançon. Elle logerait chez son oncle et sa tante à Besançon, pour tout dire, dans le même appartement que Joëlle. Francis lui avait conseillé de rester sur place pour éviter trop de voyages entre Ornans et Besançon. Le bébé, tu comprends, disait-il. Mais le bébé ne craignait rien, Pierrette cumulait les douleurs, entre les vertèbres blessées qui se réveillaient et son mal en bas du ventre, et après avoir bouclé sa valise, elle courut aux toilettes, ça saignait, ça saignait trop. On appela le médecin. Oui, c'était bien une fausse-couche.

Elle pleura durant trois jours, inconsolable ni par sa mère ni par sa sœur Paule, encore moins par son mari. Il fallait trouver un responsable, et Francis fut le premier sur la liste. Jusqu'à la fin du mois d'octobre, les scènes de ménage succédaient aux bouderies, Pierrette s'empressait de ne pas rallier le domicile les soirs de semaine. Plus l'excuse du bébé, juste l'envie de préférer sa cousine plutôt que son époux qui ne comprenait décidément rien, cet époux qui lui barrait la route, l'empêchait d'apprécier ses désirs les plus exquis. La pension rue des granges plaisait à Pierrette. Joëlle sortait de son travail à Ornans pour rentrer au domicile de ses parents et retrouvait ainsi sa chérie chaque soir. Chacune leur chambre, mais cela ne les empêchait pas de papoter tantôt sur le lit de l'une, tantôt dans le lit de l'autre, jusqu'à tard en soirée, mais pas trop. Pierrette, fille sérieuse, du moins dans ses études, souhaitait se coucher avant minuit. Quant à sa cousine, son boulot au magasin de fleurs l'éreintait. Elles ne prenaient donc pas le temps de faire l'amour, elles cherchaient juste des baisers, des langues gouteuses, des caresses de partout, sans approcher les endroits sensibles, il fallait laisser les choses se faire doucement, Pierrette avait promis à Joëlle qu'un jour elle divorcerait. Francis était gentil, trop gentil, mais il ne savait pas lui faire un enfant, pis cet enfant, c'était lui qui l'avait voulu. Et pis… et pis… c'était vrai qu'elle n'avait pas vraiment d'excuses. Si… elle aimait Joëlle.

« Si nous recevons toujours la lettre de Grand-mère l'été prochain depuis Banyuls, nous irons faire un séjour juste après le 14 juillet là-bas, je veux savoir », avait convenu Pierrette un soir où les relations dans le couple semblaient moins tendues. Francis avait applaudi, heureux de cette proposition qui entrainerait le ménage vers des moments plus paisibles. Quinze jours au bord de la mer, ils feraient d'une pierre deux coups, des vacances heureuses tous les deux, une enquête utile sur Suzanne-la-mystérieuse.

Pierrette avait demandé à son gynécologue les raisons de sa fausse couche. Celui-ci lui expliqua qu'il n'y avait pas de logique, que cela arrivait parfois et sans cause apparente. Pour Pierrette, les causes paraissaient évidentes. Elle supportait trop de contrariétés : son accident et son dos meurtri, cette déformation qui montrait une silhouette moins séduisante, ce beau-frère qui la harcelait, cette grand-mère morte mais pas morte, cet époux trop gentil qui ne comprenait rien à l'amour. Francis recherchait juste une famille bien sous tous rapports. Mais la pire contrariété restait cette contradiction insupportable, un mariage voulu par ses parents et sa grand-mère alors qu'elle ne chérissait pas vraiment cet homme. Inconsciemment, elle avait jeté son dévolu sur sa cousine depuis belle lurette. Au début, il lui semblait que Joëlle n'était que la passion d'un fruit défendu, une aventure telle que celle de l'internat de Notre-Dame, mais sa cousine si douce et si belle, avait su la séduire par sa bonne humeur, sa spontanéité et surtout par ses beaux yeux maquillés qui pétillaient de désirs passionnés.

Seule à marcher au bord de la Loue, Pierrette soupirait devant cet avenir incertain. Le spectre de sa grand-mère la suivait sur la berge, au plus profond de l'eau, dans les nuages qui glissaient au-dessus de la rivière, ces nuages gris de l'automne, les mêmes qui s'accrochaient à son cœur.

Le parfum du matin frais et de l'humus pénétrait dans ses narines, noyait son cerveau. Trop de choses se mélangeaient dans son esprit, elle n'avait pas peur de la mort, mais elle manquait de courage, car elle aurait voulu à cet instant précis que quelqu'un, Joëlle par exemple, la pousse dans ce trou d'eau, là où Grand-mère s'était suicidée, elle retrouverait alors Suzanne au-dessus des nuages, lui demanderait pardon, elle savait que son cœur dépassait sa raison.

16

Printemps 1974

Les premières jonquilles se paraient d'un jaune vif, une couleur pure, comme ce printemps qui sortait de l'hiver froid, un hiver de gel où tout fut balayé dans les profondeurs de l'humus. Les insectes, les grenouilles et les crapauds, les serpents, les lézards et les fourmis, les plantes, les fleurs et la sève, tout s'éveillait et tout renaissait. Une vie nouvelle s'ouvrait, heureuse et imprévue, pleine d'inquiétude, de souffrance et d'angoisse, et cette peur était belle, c'était la flamme jumelle de la sérénité.

Ainsi rêvait Pierrette en se réveillant ce matin-là, jour d'anniversaire de Joëlle. Elle continua de ruminer : est-ce que ce jour nouveau était une renaissance pour elle ? Est-ce que ce printemps l'emmènerait vers une nouvelle vie, vers une exploration de son cœur ? Elle approchait de ses vingt-trois ans, le même âge que sa cousine, quatre mois plus âgée toutefois, était-ce pour cela que cette dernière prenait plus facilement les initiatives ? Non, elle savait bien que non, c'était son caractère joyeux et spontané, indifférent aux commentaires des jaloux et des hypocrites, c'étaient ces qualités-là qui donnaient ce privilège à Joëlle. Quant à elle, elle n'avait aucun avantage, que des inconvénients, pensait Pierrette en buvant son café du matin.

Pierrette voyait un psychiatre depuis novembre de l'année précédente, un psy à qui elle disait tout, sauf toutefois ses sentiments envers sa cousine chérie. Le psy apportait ses conseils : Francis, ses parents, sa sœur, bref l'entourage proche de sa patiente devait éviter toutes contrariétés, étouffer les mauvaises nouvelles. Par ailleurs, le psychiatre de Besançon savait que Pierrette ne lui avouait pas tout. Il avait bien remarqué cette lueur dans les yeux de sa patiente lorsqu'elle évoquait de façon maladroite sa proximité avec sa cousine.

Joëlle gagnait sa vie honnêtement chez sa patronne fleuriste à Ornans. Elle avait donc emménagé dans un duplex en haut de la vieille ville, entre la tombe de Gustave Courbet qui jouxtait la grande forêt d'Ully et l'église de la ville en contrebas. L'appartement étant trop petit pour recevoir tout son monde à l'occasion de son repas d'anniversaire, elle décida d'inviter les cinq convives dans le logement plus vaste de ses parents rue des Granges à Besançon.

Léon et Paule se présentèrent, un bouquet de roses et une boite de chocolat dans les mains, suivirent Francis et Pierrette avec un paquet cadeau du plus bel effet.

Une jeune fille pas très grande, brune aux yeux noisette, patientait dans le canapé. Elle se leva pour saluer la famille de Joëlle.

— Bonjour, je m'appelle Claude, je suis une collègue de travail de Joëlle, en fait je suis apprentie, je passe mon CAP de fleuriste bientôt.

Les invités s'installèrent à table. Les parents de Joëlle s'étaient absentés pour le week-end afin de rendre visite à la famille à Montbéliard. Manquait également Carmen, toujours en Angleterre, avec son chéri Williams.

— Est-ce que ta sœur t'a au moins souhaité ton anniversaire depuis Londres ?

— Bien sûr, je l'ai vue hier… heu… on s'est téléphoné hier. Elle va bien, elle vous embrasse tous.

— Pis c'est ma cousine tout de même, elle pourrait faire un effort et me dire où elle réside à Londres, que l'on puisse essayer de s'écrire, intervint Pierrette.

Joëlle, mal à l'aise, préféra botter en touche :

— Tu connais Carmen, tellement négligente !

Elle prit la main de Pierrette.

— Viens, installe-toi en face et Claude s'assoit à côté de moi. Paule, viens vers ta sœur, ainsi nous les filles, nous resterons ensemble pour parler chiffons et shopping, les deux frangins l'un en face de l'autre pour discuter boulot, ou de chasse et de bons vins.

Joëlle pirouetta sur elle-même :

— Et ne faites pas les malins, les mecs, on est majoritaires.

Le repas du soir se déroula dans la bonne humeur, mais au moment du dessert Pierrette semblait rougir, la tête dans son assiette de fraises. Une autre douceur s'invitait sous la table, la basket à la semelle orthopédique tapotait sa cheville, remontait jusqu'au milieu du mollet, redescendait, recommençait. Pierrette laissa faire, les pieds aussi ont le droit d'être amoureux.

— Tu ne finis pas tes fraises, chérie ? dit Francis.

Pierrette poussa la petite assiette devant son mari.

— Non, je te les laisse. Toi qui es gourmand, profite.

L'épaisse semelle se posait maintenant sur le genou nu sous la robe de printemps. Pierrette toussota en levant les yeux vers sa cousine sans rien oser dire.

— Dis donc, comment va ton dos ? nargua Joëlle.

— Pis toi, ton pied ?

— Merveilleusement bien, il est même des jours où il se sent tellement bien qu'il fait n'importe quelles courbettes, surtout lorsqu'il est amoureux.

Elle reposa son talon à terre. Sait-on jamais, n'importe qui pourrait passer la tête sous la table pour vérifier ! Léon jeta un œil sévère en direction de la cousine et de la belle-sœur, puis regarda son frère qui ricanait bêtement.

Joëlle recommença son jeu de pieds, désireuse de mettre mal à l'aise sa chérie.

Claude apporta le gâteau d'anniversaire depuis la cuisine. Joëlle souffla ses vingt-trois bougies, puis elle sabra elle-même la bouteille de champagne. Alors que la mousse débordait de partout, Joëlle virevolta sur son pied gauche et s'exclama :

— Onze heures, c'est bientôt l'heure d'aller en boite.

La plupart n'étaient pas d'accord, hormis son amie Claude. Toutefois, on grimpa dans les voitures, direction le pont Battant. Le Moulin d'Argent se pavanait sur une butte, faisait la roue le long des quais. Beaucoup de monde se remuait dans cette nouvelle boite, laquelle remplaçait désormais les bals montés qui se perdaient dans les campagnes environnantes.

Les deux couples et les deux filles célibataires s'installèrent sur les rares banquettes de cuir encore disponibles. On commanda une bouteille de Champagne, Léon le paysan aisé voulut payer, mais son frère participa. Les filles rigolaient en zieutant partout sous les lumières tamisées au son des musiques rocks et jerks, surtout Joëlle qui profitait visiblement de son anniversaire. Trop gaie, elle se penchait de plus en plus souvent sur l'épaule de sa cousine, laquelle la repoussait avec prudence sous le regard indifférent de Francis. Léon, lui, faisait franchement la gueule. Sa femme Paule avait laissé leur jeune enfant chez les parents à Amondans, elle comptait donc bien disposer de sa soirée. Elle invita son mari sur la piste pour sautiller sur les planches. Vite marre de ce déhanchement imbécile, Léon entraina son frère au bar afin de poursuivre la soirée devant une bière. Les quatre filles sur le parquet de danse, trempées de sueur, retournèrent sur leur banquette de cuir et vidèrent le reste de la bouteille de Champagne.

Pas de grande table pour camoufler les jambes, qu'importe, Joëlle recommença son manège devant Pierrette médusée. Rien de bien méchant si toutes deux étaient restées seules dans la pénombre de la boite, mais là, Claude et Paule guettaient la provocation. Honteuse de la situation, Pierrette repoussa de ses deux mains la semelle posée sur ses cuisses.

— Un peu de tenue, Joëlle.
— Aïe ! tu m'as fait mal.

Joëlle fit mine de bouder, mais presque aussitôt :

— Pour réparer mon pied, il faut que tu viennes danser avec moi, voilà une musique lente, ce slow va caresser ma cheville comme chez le kiné.

— Pourquoi, tu danses chez le kiné ?

— Non, mais il caresse bien.

Elles se levèrent pour s'enlacer sur la piste.

— Désolées de vous planter là, dit Pierrette en regardant Claude et Paule, on revient bientôt, on n'en a pas pour longtemps.

— Pas pour longtemps, pas pour longtemps, qu'est-ce que t'en sais ? C'est interminable, ces danses-là, faut bien donner du temps aux couples pour faire connaissance.

Heureuse de sa répartie, Joëlle éclata de rire dans les bras de sa cousine.

Pierrette se pencha à son oreille.

— Pis ce n'est pas courant, deux filles qui dansent ensemble.

Joëlle haussa les épaules, mais brusquement, son pied blessé, aidé par le joyeux anniversaire, s'accrocha à la bordure de la piste, elle s'agrippa à sa cavalière. Les cheveux blonds se mélangèrent, les joues se frôlèrent. La jolie boiteuse rigola de sa déconvenue, puis répondit enfin à sa cousine :

— On s'en fiche. Deux filles qui dansent, ça existe, et puis... on est en ville, on n'est pas à Amondans, c'est quoi cette gêne mal placée ? Faut lire Simone de Beauvoir, ma belle, faut te déniaiser.

Pierrette releva la tête, fixa sa cousine.

— Je te rappelle que je suis mariée.

— Mal mariée, tu le sais bien. Ne dis-tu pas que tu veux divorcer ?

— Chut ! Rien n'est prévu pour l'instant, et peut-être que je resterai avec Francis. Je ne suis pas amoureuse de lui, mais c'est un garçon adorable.

Non loin de la piste, les deux frères s'accoudaient toujours au bar, deux canettes de bière devant eux.

— Vise un peu ta femme, frangin, tu vois c'que je vois ? T'en penses quoi ?

Francis but une gorgée de bière et reposa le verre à moitié vide sur le bar.

— Ben quoi, t'as jamais vu deux filles qui dansent ensemble ? Surtout qu'elles sont cousines, c'est quoi ce délire ?

Le dos au bar, Léon achevait sa cervoise. Il ne répondit rien, continua d'observer le couple féminin puis tourna son regard vers Claude qui s'approchait du zinc.

— Alors Claude, tes deux copines t'ont planté là comme une vieille chaussette.

— Ça fait rien, j'écoute la musique, et je discute un peu avec Paule.

— Tu trouves ça bien, toi, deux gonzesses qui dansent ensemble ?

Ce fut Francis qui répondit :

— Laisse-les, elles ne font rien de mal.

— Pour ça, t'as raison, elles ne se font rien de mal, je dirais même plutôt l'inverse.

— Qu'est-ce que ça signifie, frangin ?

Léon commanda deux autres bières et un coca pour Claude, appuya à nouveau son dos contre le bar,

171

les yeux vers la piste. Le slow s'achevait. Les deux cousines restaient enlacées sur le parquet, comme si l'amour n'avait pas besoin de musique.

— Tu as de la merde devant les yeux, ne vois-tu pas que ta femme en pince pour sa cousine Joëlle ?

— C'est bien ce que je pense, tu délires. Peut-être la jalousie ? J'ai cru comprendre entre deux mots sur l'oreiller avec ma femme que tu n'as jamais su tourner la page de tes amours de jeunesse. Fais gaffe, frangin.

Il posa sa cervoise à peine entamée sur le bar.

— Tu boiras les bières à la santé de mon couple, moi je rentre avec Pierrette, j'ai assez entendu de bêtises pour ce soir.

Alors que Francis allait chercher sa femme assise sur la banquette, il remarqua la cousine Joëlle, la tête calée dans le creux de l'épaule de Pierrette, un bras autour de son cou, l'autre main sur sa cuisse. Ses cheveux dégringolaient sur les seins de sa cousine. Joëlle est cuitée ! songea Francis.

Il arracha sa femme des bras avachis de Joëlle.

— On rentre, chérie, il est tard, je suis fatigué, et toi tu as trop bu. Tu viens, Claude, on te remmène.

La tête sur l'assise de la banquette, Joëlle bondit, retint Claude qui se levait.

— Non, reste avec moi, Claude, nous rentrerons avec Paule et Léon. Tu dormiras chez moi, tu es une bonne copine.

Malgré sa cuite, elle eut aussi la présence d'esprit d'envoyer un regard narquois vers Pierrette, cette fille trop timide qui ne savait pas prendre de décision. Quelle chiffe molle ! pensait-elle en voyant s'éloigner sa chérie au bras de son mari.

— Viens, Claude, on va danser.

Le jeu de la jalousie produisit son effet. Assise, côté passager, la tête penchée sur la vitre froide, les yeux fermés dans le brouillard de l'alcool et de la colère, Pierrette écrivait dans son cerveau embrumé le scénario de cette fin de nuit. Sa chérie Joëlle danserait jusqu'au petit matin avec sa jeune collègue, elle finirait dans ses bras et dans son lit. Les deux filles feraient l'amour, et tout ça, bien fait pour elle, elle aurait dû choisir entre Joëlle et son mari, son hésitation la perdra. À demi consciente, elle prit sa décision, sa tête quitta la vitre passager pour s'appuyer sur l'épaule de son époux.

— Je t'aime, Francis.

Jusque-là, agacé par la soirée, Francis avait manié le volant nerveusement, mais sur ces quatre mots enchanteurs, le conducteur se calma, la voiture aussi. Il gara le véhicule sur le parking de la place principale d'Ornans. Il avait retrouvé sa bonne humeur.

Ils s'enfoncèrent sous les draps, firent l'amour comme rarement, trop bien, mais… le mâle sous endorphine après la débauche d'énergie lutta contre le sommeil. Et si cela était vrai, sa femme un peu coquine ? Cette nuit d'amour inédite, n'était-ce pas pour donner le change ? Le grand frère avait peut-être raison. Le cocu était toujours le dernier informé. Oh, non, pas ça ! Compliqué d'ailleurs d'aborder cette question avec Pierrette, cela semblait risqué. Et si tout cela n'était qu'une invention de Léon ? Il soupçonnait celui-ci, il draguait sa femme, c'était lui le monstre, il reportait sa perversité vers Pierrette, et sa chérie repoussait les avances de son frère perfide. « Allons, il faut que je dorme, décida-t-il, j'aborderai le sujet avec tact au petit-déj demain matin ».

Il aborda le sujet avec effectivement beaucoup de tact puisqu'il évita la question. Tout juste évoqua-t-il la bonne entente du couple, réelle ou passagère, avec cette merveilleuse nuit d'amour. Puis il changea de conversation :

— Chérie, si tu reçois encore une lettre de Grand-mère pour ton anniversaire au 14 juillet prochain, sûr, nous partirons en vacances, soit à Paris, soit à Banyuls pour résoudre le mystère « Suzanne ».

En caleçon sur sa chaise devant son bol vide, Francis enlaça sa femme qui débarrassait la table en déshabillé aguicheur. Il l'obligea à se pencher vers lui, l'embrassa sur les lèvres, puis il se leva et l'entraina vers la chambre à coucher.

— C'était si bien cette nuit, on recommence ?

— Non, Francis, j'ai encore beaucoup à faire aujourd'hui, j'ai des révisions pour mes cours en fac.

Il savait pourtant qu'une heure de plaisir, voire moins, ne changerait pas grand-chose au programme de Pierrette, il savait surtout que rien n'était gagné. Était-ce cela, les hauts et les bas dans la vie d'un couple ?

17

Été 1974

« *Joyeux anniversaire Pierrette. Tu es une grande fille à présent. Quoique, d'après ce que j'ai encore appris, tes délires avec ta cousine Joëlle continuent de te poursuivre. Fais attention, je te surveille et je sais tout. Un jour, la vengeance sera terrible. Je ne cherche surtout pas à te faire peur, j'essaie simplement de t'expliquer qu'il faut vite arrêter cette comédie. Tu as un mari beau et gentil, ne gâche pas ta vie pour assouvir des cochonneries interdites par l'église et par la société. Tu devrais avoir honte. Moi qui t'aime tant, ne me déçois pas.*

Parlons un peu de moi. Je n'ai toujours pas pu m'empêcher de retourner à Banyuls cet été. Mon ami bouliste est si gentil. Malheureusement le voilà bien malade, je crains que ce ne soit mon dernier été ici. Tout courbé, il se tient constamment le ventre, pâle, maigre, il se laisse mourir. Sa maladie le ronge trop vite. Mais je reviendrai au bord de la mer tous les hivers tant que Dieu me prêtera vie, il fait si doux dans cette belle région alors qu'il fait si froid à Paris. Je ne me suis toujours pas décidée à retourner en Franche-Comté. Faut dire qu'il y a des choses qui m'en empêchent, mais tu sauras tout ça un jour.

Je t'embrasse. Et encore une fois, évite d'approcher Joëlle ou tout cela finira mal. »

175

Pierrette tremblait en relisant la lettre. Après avoir vérifié le lieu et la date du cachet postal : *Banyuls – 12 juillet 1974*, sa décision fut prise.

— On part demain matin, dit-elle à Francis.

Les valises étaient prêtes depuis la veille pour le cas où. Francis, Pierrette et la nouvelle Opel s'élanceraient sur l'autoroute du soleil. Il fallait rejoindre Banyuls en ce soir de 14 juillet. Ils fêteraient tous deux l'anniversaire de Pierrette à l'hôtel, restaurant vue sur mer, parait-il.

Surpris par les bouchons dus aux juillettistes, ils parvinrent à l'hôtel à plus de vingt-deux heures.

— Je t'invite au restaurant demain soir, ma belle… euh chérie. Un jour de retard pour ton anniversaire, ce n'est pas si grave, c'est l'intention qui compte. Es-tu heureuse ici avec moi ? Regarde ce superbe ciel bleu, la mer, les vagues, n'a-t-on pas une vue splendide depuis notre hôtel. Bravo, chérie ! Tu as dégoté un magnifique endroit.

— Oh ! je ne l'ai pas fait exprès. La revue de l'agence montrait cet hôtel, mais parfois nous sommes déçus. C'est vrai, nous sommes bien tombés. On surplombe la mer, la plage, la grande rue qui longe le rivage, les commerces, les restaurants, le port de pêche, on ne peut pas rêver mieux.

— Avec notre paire de jumelles toute neuve, on pourra peut-être repérer Grand-mère depuis cette baie vitrée, ou même depuis notre lit, je constate que tu as réservé notre chambre avec vue sur la mer. Hum ! tu as prévu deux semaines romantiques, chérie, je t'adore.

Le petit-déjeuner achevé, ils sortirent de table pour faire leur toilette dans la salle de bain. Pas possible ! Ensemble sous la douche ! C'était si rare. Visiblement Pierrette semblait en forme, Francis comptait bien profiter de cette nouvelle lune de miel. Les pensées positives influencent grandement sur les prises de décisions, parait-il. Puisqu'ils avaient fait l'amour hier soir malgré la fatigue du voyage, rien n'empêchait de recommencer, bien au contraire, la libido, ça s'entretient, et quoi d'autre à faire d'ailleurs, Grand-mère pouvait bien attendre quelques heures de plus.

Et Pierrette, encore nue de la douche, se laissa entrainer sur le lit, sa fine main cachant un brin de pudeur.

— Laisse-toi aller, chérie, n'aie pas peur de montrer tes belles formes à ton mari.

Malgré la canicule et sans climatisation, Pierrette tira le drap sur son corps. Pudeur égale bonne éducation, égale respect, pensait-elle.

— Avec ma bosse, tu sais bien que mes formes laissent à désirer.

Ils firent l'amour à la missionnaire, comme la veille au soir, comme elle le souhaitait, toutes autres choses semblaient osées, ou superflues, en tout cas avec son époux.

Un peu de magasins, un peu de plage, une glace, pas de Grand-mère en vue. Puis le restaurant du soir :

— C'est moi qui ai prévu le menu. Tu as juste à déguster, comme tu savoureras un autre menu ce soir dans le lit.

— Encore ?

— Ben oui, j'aime ça. Et toi aussi tu aimes, ne fais pas semblant de jouer à la précieuse. Au fait, j'ai tout prévu pour la soirée, mais j'ai oublié de commander ton gâteau d'anniv, sourit-il.

Il y eut deux desserts, glace maison à la framboise Chantilly et gâteau d'anniversaire au chocolat avec le chiffre 23 et la mèche enflammée facile à souffler. C'était la première fois que le couple découvrait un chiffre à la place des vingt-trois bougies. Intelligent, n'est-ce pas, plutôt que de poser tant de bougies !

Ils firent l'amour comme prévu, en missionnaire comme prévu, ils s'endormirent très vite, enfin, pas si vite que ça pour Pierrette, non pas qu'elle ruminait sur son amour impossible à l'autre bout de la France, elle cogitait sur la meilleure façon de rechercher la grand-mère morte vivante. Demain, ils commenceraient par effectuer un tour sur le terrain de pétanque.

Pas de Grand-mère sur le terrain de pétanque qui surplombait la mer. Des boulistes, certes, mais que des hommes. Ah si ! Une dame. Trop jeune pour s'appeler Suzanne, aucune ressemblance, d'ailleurs elle souriait à son mec, la quarantaine, rien à voir avec le vieillard malade que lui décrivait Grand-mère dans sa dernière lettre.

Alors que le couple allait s'en aller, un bouliste exécuta un magnifique carreau. Fier de lui, il se tourna vers Pierrette et Francis.

— Ne partez pas, on vous prête des boules, vous pouvez jouer une partie avec nous.

La jalousie des mots

Pierrette rougit et accepta. N'était-ce pas l'occasion rêvée que cette brusque amitié pour questionner les joueurs ? Une femme de plus de soixante-dix ans, un accent franc-comtois, ou Suisse, ou quelque chose comme ça, un vieillard malade, cela ne pouvait pas échapper à toute cette bande d'amis.

Après une partie, ou plutôt une raclée 7 à 0, le couple se sépara de leurs nouveaux amis, promettant de prendre leur revanche dans les jours à venir. L'essentiel était dans la réponse à leur question : Grand-mère et son chéri étaient inconnus au bataillon, mais il fallait se renseigner vers l'autre association de boulistes, là-bas, en haut du camping, à l'autre bout de la ville.

Une balade à pied de quatre kilomètres, quoi de plus agréable ! Alors le couple suivit le bord de mer, zieutant une quelconque petite vieille allongée sur la plage. C'était d'autant plus facile à repérer puisque les anciens évitaient la chaleur et la cohue, la plupart restant à l'ombre dans leur campagne. Seule une grand-mère amoureuse oserait cuire sous le soleil de Banyuls entre jeunesse et familles nombreuses.

Francis et Pierrette, main dans la main, flânèrent ensuite dans les ruelles du centre-ville. Les glaciers exposaient leurs gourmandises, Pierrette se laissa tenter, puis elle longea les magasins de fringues, tripota les habits sur les cintres en bordure de trottoir, Francis s'attarda devant les caveaux de vin de Banyuls, accepta une dégustation offerte par Madame. Rien de tel pour bien s'entendre que les vacances !

Vingt heures trente, ils parvinrent au terrain de boules du haut de la ville, mais personne ne les attendait, et pas de grand-mère, bien sûr.

— N'est-ce pas l'heure idéale en été pour jouer aux boules, non ?

Pierrette passa son bras sous celui de son mari.

— Viens, à mon tour de t'inviter au resto. On reviendra tout à l'heure. Regarde là, les projecteurs, je suis sûre qu'il y aura une nocturne.

Pierrette ne s'était pas trompée, il y aurait un concours de pétanque le soir même, elle venait de se renseigner auprès du gérant du camping.

Trop timide, Pierrette n'osa pas questionner les gens qui s'affairaient autour du terrain de jeux. Francis interrogea finalement un petit père spectateur.

— Pardon monsieur, êtes-vous un habitué ?

Oui, c'était un familier, oui, il connaissait une dame d'un certain âge qui arrivait courant juillet à Banyuls, elle vivait d'ailleurs tout l'hiver ici et passait une bonne partie de ses journées au bras d'un vieux bouliste de Banyuls. Pierrette lui présenta une photo. Oui, non, ça ressemblait... ou pas. Normal, se disait Pierrette, Suzanne vieillit, pourtant, avec ce nouveau compagnon, elle aurait dû au contraire embellir sa personne, surtout connaissant l'élégance de Grand-mère.

— Quand est-ce qu'elle viendra ici ? demanda Pierrette, toute excitée.

— Elle passe trois ou quatre fois par semaine, mais depuis que son compagnon est malade, on ne les voit presque plus.

— Où habite-t-elle ?

— Aucune idée.

— Et son compagnon, sait-il ?

— Sûrement, mais là, Roger est à l'hôpital de Perpignan.

— Roger comment ?

Décidément Pierrette n'avait pas de chance. Francis, plus dynamique, décida d'entraîner sa femme dès le lendemain à Perpignan, il avait le nom et le prénom du malade, il trouverait sa chambre.

Le lendemain ils furent renseignés, mais pas de numéro de chambre, juste une interdiction de visite pour ceux qui n'étaient pas de la famille, Roger restait dans une pièce stérile en soins intensifs.

— Mais c'est le compagnon de ma grand-mère !

— Revenez en fin d'après-midi, votre grand-mère vient rendre visite à monsieur Roger Damillet tous les soirs vers dix-huit heures.

Après un petit tour dans les rues de Perpignan, une visite à la porte fortifiée du Castillet, la basilique-cathédrale de Saint-Jean-Baptiste, ce fut l'heure de retourner aux soins intensifs de l'hôpital. Ils patientèrent dans la salle d'attente. Dix-huit heures quinze, une vieille dame traversa la salle, poussa la porte vitrée qui emmenait aux chambres stérilisées. Était-ce Grand-mère ?

Pierrette et Francis poireautèrent une demi-heure dans cette salle d'attente angoissante, et la mort semblait appeler les gens juste là, à côté, derrière les vitres opaques. Mamie sortit enfin de la chambre stérile en fermant doucement la porte, une blouse blanche sur les épaules, des chaussons de toile par-dessus ses chaussures. Alors Francis se leva, suivit la petite vieille qui ne ressemblait pas du tout à Suzanne.

Francis courut au-devant d'elle dans le couloir avant même qu'elle ait enlevé ses habits de protection.

— Pardon madame, vous êtes de la famille de monsieur Roger Damillet ?

La vieille retirait sa blouse blanche.

— Oui, je suis sa femme.

— Ah !

Un instant de silence, un instant de panique.

— Vous… vous… quel est votre prénom, s'il vous plait ?

— Mais que me voulez-vous donc, monsieur ? Laissez-moi en paix, mon mari est mourant.

Pierrette arrivait dans le dos de Francis. Elle le prit par le bras et l'entraina vers la salle d'attente.

— Tu vois bien que ce n'est pas Grand-mère, c'est quoi ces questions ?

— J'essaie d'y voir plus clair, chérie. Je ne comprends plus rien. Si cette dame est la femme de Roger, ça… ça veut dire que ta grand-mère serait la maitresse de Roger ?

— Chut ! voilà madame Damillet. Taisons-nous, laissons là avec sa détresse. Viens, on s'en va.

— On n'a même pas vu la tête de ce Roger.

Le couple retourna à Banyuls frustré. Leur petite enquête n'avançait pas, pire, elle se compliquait. Du coup, pas de resto ce soir-là, seulement un sandwich sur la terrasse de l'appartement, la mer et la plage devant leurs yeux comme maigre consolation. Pas d'amour au lit non plus, juste une caresse sous le drap, un grognement en échange. C'est dingue comme les contrariétés coupent les envies, songeait Francis en s'endormant.

Petit-déjeuner en terrasse le lendemain à plus de dix heures. Les vacances, c'est fait pour la flemme, un peu pour l'amour, ruminait Pierrette en trempant un croissant dans son café.

Francis s'amusait avec ses jumelles, penché sur la balustrade du balcon.

— Oh, qu'est-ce qu'il y a déjà comme planchistes à cette heure-là ! Oh ! y en a un qui vient de tomber à la baille. Et puis, il y a aussi un paquet de baigneurs. Tu parles, ils profitent d'un peu de fraicheur, cet après-midi, en pleine fournaise, ce ne sera pas tenable.

— Pis regarde, la plupart ne se baignent même pas, ils sont là juste pour dorer sur les galets, montrer leurs corps bronzés au bureau ou à l'usine dès qu'ils reprendront le travail. Cet après-midi, sûr, ils retourneront quand même sur la plage, ça ne sera plus du bronzage, plutôt une cuisson à 180 degrés.

Francis passa ses jumelles à sa femme.

— Tu veux jeter un œil ?

— Non, je finis mon p'tit déj.

Francis sourit et reprit ses jumelles. L'objectif se déplaçait lentement de gauche à droite, de droite à gauche. Le regard de Francis matait les minettes en bikini. Il se leva brusquement, s'avança et posa ses avant-bras sur la balustrade. Ne pas bouger, fixer avec précision ce qui attirait son attention.

— Mais… mais… c'est… non… pas possible, si pourtant…

183

— Qui, Grand-mère ?

Francis, le regard ahuri, lâcha les jumelles, se retourna vers sa femme.

— Sais-tu qui est là ? Ta sœur Paule avec son bébé et aussi…

— Et qui ?

— Je te laisse vérifier, des fois que je me trompe, toutefois… avec ces jumelles, on voit comme si l'on était à côté d'eux.

Pierrette s'empara des jumelles. Francis dans son dos, pointait du doigt un endroit bien précis.

— Regarde là-bas, le couple et le bébé, assis sur les rochers tout près de cette espèce de viaduc, leurs pieds barbotent dans l'eau.

— Je vois rien, c'est tout trouble.

— Bon Dieu ! règle avec la molette.

— Ah, ça y est, je vois mieux. Je vois rien. Ah si ! Oh, purée ! C'est bien Paule et son gamin Didier. Mais… mais, non, c'est pas vrai… c'est Williams serré contre elle… Williams !

Elle retomba assise sur sa chaise pendant que Francis reprit les jumelles pour confirmer ce qu'ils n'osaient croire.

— Mais que font-ils là ? murmura Pierrette, mais que font-ils ensemble ? Paule avec ce garnement de Williams, c'est Dieu pas possible. Mariée, fidèle, enfin c'était ce que je croyais jusqu'à ce jour, un bébé sur les bras, y a quelque chose qui ne tourne pas rond. Et puis, pourquoi Paule est-elle venue fouiner ici à Banyuls ? Pour chercher Grand-mère ? Comment pouvait-elle être au courant des lettres, je n'ai rien dit, à part à mes parents et à toi Francis ? Les parents

184

avaient juré de ne rien révéler à qui que ce soit, même pas à leur fille Paule. C'est peut-être toi qui as cafté, Francis ?

Francis derrière ses jumelles ne répondit rien, il préférait s'attarder sur le couple devant ses gros yeux. Il ne cherchait même pas le pourquoi du comment, il attendait de voir, vérifier si la belle-sœur embrasserait ce drôle d'Anglais, cet apprenti menuisier sans même son CAP, ce mec qui normalement devrait être à Londres avec Carmen.

Il lâcha les jumelles, se retourna.

— Je te jure que je n'ai rien dit, je ne sais pas comment Paule peut savoir, à moins que…

— Oui ?

— À moins qu'elle reçoive elle aussi du courrier de Grand-mère.

— Possible, répondit Pierrette dans un soupir. Mais dis voir, comment se fait-il que Carmen ne soit pas ici avec son Jules ? Peut-être est-elle sortie en ville, peut-être est-elle à l'appartement ? Peut-être…

Trop de questions, alors valait mieux obtenir les réponses directement auprès des intéressés.

— Viens, Francis, on descend jusqu'à la plage, il faut en avoir le cœur net.

Parvenus à soixante-dix mètres des rochers où Paule, William et le jeune Didier se doraient la pilule, les trois touristes se levèrent, ramassèrent serviettes et panier, s'engouffrèrent dans le tunnel derrière eux. Ce passage souterrain séparait la vieille ville du bord de mer. Inutile de courir après la drôle de famille recomposée, Paule voulait visiblement éviter la confrontation.

Trop de contrariétés ce soir-là, donc pas de resto, pas de position Kamasoutra, juste une demi-pizza en terrasse, un verre d'eau et un Efferalgan sur la table de nuit de Pierrette, une revue de chasse nature passion entre les mains du mâle frustré.

Entre maux de tête et boule au ventre, entre bosse enflammée et vertèbres sensibles, Pierrette couchée côté cœur, puis côté foie, sur sa bosse mais pas longtemps, puis sur le ventre une jambe repliée, puis les deux jambes pas repliées, elle ne cessait de gigoter dans le lit, ne parvenait pas à fermer l'œil, et Francis supportait les cabrioles solitaires de sa femme entre la chasse à la bécasse et le tir sur sanglier. Pierrette enfonça son visage sous l'oreiller : « Pas grave quelque part si Paule m'échappe ici, faudra bien qu'elle se justifie lorsque je la coincerai chez nous à Ornans ou à Amondans, elle ne pourra pas toujours me fuir ». Ainsi songeait la pauvre Pierrette entre deux sursauts, le corps en sueur, les cuisses à l'air. Il faisait trop chaud dans cette piaule, raison de plus pour avoir mal à la tête. Elle ne trouvait toujours pas le sommeil, ruminait sa rancœur envers sa sœur. Tromper son mari avec le bel anglais, quelle garce !

Le regard vide, les yeux cernés, Pierrette croqua dans une biscotte, avala une demi-tasse de café au restaurant de l'hôtel. Francis mangeait de bon appétit croissants, tartines au miel, œuf dur, jambon espagnol, yaourt, la totale quoi !
— Ma grande sœur à qui l'on donnerait le Bon Dieu sans confession est une belle salope.

— Tu as vu comme tu causes, ma belle… chérie. Je ne te reconnais pas, toi plutôt douce.

— Moi, douce ? Lorsque je suis passablement énervée, faut se garer de d'vant moi. J'avais à peine quatorze ans lorsque Sœur-Conasse de Notre-Dame nous a collé une composition française sur la religion, faut voir ma réponse. Une page de ma plume a suffi pour l'envoyer prier pour mon âme jusqu'à la fin de ses jours. Je ne suis pas une sainte, mais j'ai mon idée sur le bien et le mal. Pis, Francis, je me pose plein de questions sur notre relation, nos élans de tendresse, nos rapports sexuels, mes envies en dehors de notre couple, il y a beaucoup de choses que tu ne peux même pas imaginer sur moi. Mais sache que si un jour je prenais une décision qui entraine des drames auprès des gens que j'aime, je chercherais le meilleur compromis pour que tout le monde y trouve son compte. C'est pas facile, c'est vrai, mais c'est possible. Et pis, ce n'est pas ce que fait Paule. Ma sœur a fondé une famille, faut qu'elle assume.

— Et toi, assumes-tu ?

— Je me suis mariée parce que Grand-mère et les parents voulaient mon bonheur, enfin, vu de leur côté. J'ai peut-être fait une erreur, mais au fil du temps, j'apprends à t'aimer, et je souhaite de tout cœur y parvenir. En attendant, j'avoue que ma tête s'embrouille toujours.

— Je sais… je sais tout cela, soupira Francis.

Il acheva son festin, puis ils remontèrent dans leur chambre, décidés à poursuivre leur enquête sur Paule et son amant, un peu sur Grand-mère aussi. La journée était programmée : balade discrète dans les

187

rues de Banyuls, visite de Collioure où tant de monde se promenait. Avec un peu de chance, qui sait ? Retour en haut de la ville de Banyuls le soir pour guetter l'espace de jeux, jeter un œil furtif en passant devant le camping, voire même s'attarder à l'intérieur, les amants vacanciers se cachaient peut-être sous une tente.

Bingo ! Trois jours plus tard, le couple se faufilait dans les allées du camping, Pierrette reconnut le petit Didier qui s'amusait avec un jeune gamin sur le terrain de jeux. Elle s'accroupit devant lui.

— Bonjour Didier, tu fais un bisou à tata.

Didier se jeta dans les bras de sa tante, même pas surpris de voir tata Pierrette ici.

Une dame, la quarantaine, s'approcha.

— Vous connaissez Didier ?

— Oui, c'est mon neveu, et vous ?

— C'est moi qui garde l'enfant pendant que les parents font les courses.

Pierrette se releva et serra la main de la dame.

— Ses parents ? Léon et Paule ?

— Euh, non, Williams, je crois.

— Ah oui, c'est vrai que Paule appelle son époux Williams, c'est son deuxième prénom, c'est plus joli, ça va avec ses cheveux blonds, et ses yeux bleus, et son beau visage.

— Et son accent british.

— Excusez-nous, madame, nous sommes pressés, mon mari et moi on vous laisse.

Pierrette se tourna vers l'enfant qui courait sur la balançoire. Elle secoua sa main :

— Dis à maman que je suis passée, nous t'embrassons mon chéri, à bientôt chez toi à Amondans.

— Bonnes vacances, ajouta Francis.

Le couple quitta le camping d'un pas rapide. Inutile de croiser Paule et Williams, impossible de savoir lequel des deux couples serait le plus mal à l'aise.

Pierrette et Francis restèrent encore dix jours à Banyuls sans plus revoir Paule et Williams, sans retrouver Grand-mère.

La jalousie des mots

La jalousie des mots

18

Été et automne 1975

Joyeux anniversaire, Pierrette, te voilà grande maintenant, d'autant plus que j'ai appris que tu te comportais désormais d'une façon plus responsable. Il semblerait que tu chérisses ton mari et que tu t'éloignes enfin de ta cousine. Le mieux est d'oublier cette drôle de Joëlle. Elle reste ma petite-fille aussi, mais je n'ai jamais eu la même tendresse avec elle qu'avec toi. Pourquoi ? Sans doute mon intuition m'amenait à penser que cette gamine serait trop coquine. Depuis sa toute première adolescence, moi qui ai passé de longs mois dans l'appartement de ma fille, j'ai compris quelle éducation Joëlle recevait : un enseignement libertin des gens de la ville. Ses parents lui accordaient tout, comme à sa sœur Carmen d'ailleurs. Dès l'âge de treize ans, ses parents lui signèrent une autorisation pour emprunter des livres à la bibliothèque populaire de Besançon. C'est là que ta cousine a commencé à lire des livres qui devraient être interdits. Elle s'est monté la tête en dévorant tous les auteurs tels André Gide, Marguerite Yourcenar, Jean Genet et bien d'autres. J'ai appris également que tu étais descendue à Banyuls pour me rendre visite. Quel dommage que l'on n'ait pas pu se voir ! Je suis remontée le 14 juillet au matin par le train jusqu'à Paris. Le pauvre Roger, mon copain de jeu de boules, est mort. Je n'ai plus besoin de retourner là-bas l'été. L'hiver me suffira pour rejoindre mon appartement au

191

bord de la mer, j'en profiterai pour prier sur la tombe de Roger. À bientôt peut-être. Je t'embrasse toi et ton mari.

    PS À quand ce premier enfant ?

    Pierrette vérifia, le tampon du timbre provenait d'un bureau de poste parisien. Elle glissa l'enveloppe dans son tiroir à secrets, pas toujours très secrets. Elle resta pensive un long moment, assise sur le bord du lit. Elle se remémorait son été précédent à la recherche de Grand-mère où elle découvrit sa sœur dans les bras du beau Williams. Pourtant, c'était son amour de jeunesse à elle, pourquoi aujourd'hui ce petit con couchait avec cette sœur dévergondée ? Néanmoins, une conversation plus ou moins franche entre les filles s'était déroulée quelques semaines après leur retour de vacances, c'était vers le 15 août. Paule avait insisté pour que Pierrette participe à la procession de l'Assomption à Notre-Dame du chêne. Cela n'enchantait pas Pierrette, mais elle avait accepté, Paule lui ayant promis un pique-nique en tête à tête, sans leurs maris. Tiens donc !

    Le pique-nique eut lieu au bord de la Loue sous un joli soleil. Les deux sœurs, en robes sobres du dimanche, toutes deux belles à leur façon, étendaient leurs jambes nues sur l'herbe, une couverture sous leurs fesses. Les cheveux de la grande brune aux yeux marron retombaient sur ses épaules, son demi-sourire de Joconde se confondait à son regard sévère, apportait une touche d'autorité. La blonde affichait des cheveux tout aussi longs, cachait sa bosse, appuyée contre un tronc d'arbre. Ses yeux bleus perdus dans la rivière de

Notre-Dame interrogeaient la conscience de sa sœur. Elle songeait aux deux amants franco-anglais sur la plage de Banyuls le mois dernier qui, épaule contre épaule, contemplaient la mer. Paule mâchouillait entre ses dents un morceau de saucisson, elle se décida :

— Qu'as-tu vu à Banyuls ?

Pierrette tourna la tête, fixa sa sœur dans les yeux.

— Trop de mauvaises choses.

— Tu as mal vu, ce n'est pas ce que tu crois. Il n'y a rien entre Williams et moi.

— Passer ses vacances avec lui, n'est-ce pas suffisant ? Et pourquoi nous as-tu évités, Francis et moi ?

— Parce que je n'avais pas à me justifier, parce que je savais que tu allais me poser des tas de questions, parce que tu allais pourrir mon séjour à Banyuls tout autant que le tien.

— Ne crois-tu pas que tu l'as tout de même gâché ?

— J'étais à mille lieues d'imaginer que tu serais là aussi.

Paule se releva, tourna nerveusement autour de sa sœur, jeta un caillou dans la rivière, juste comme ça, pour prendre le temps de réfléchir au mensonge suivant.

— Ne penses-tu pas que le monde est un peu trop petit ? Se retrouver toutes les deux au même instant au même endroit pour les vacances ? Tout ce que je peux te redire, c'est qu'il ne s'est vraiment rien passé entre Williams et moi.

Fatiguée de casser sa tête pour regarder le visage fébrile de Paule, Pierrette se releva à son tour. Elle empoigna les épaules de sa grande sœur et la secoua nerveusement.

— Et ce Williams, hein ! Ce beau gosse que tu m'as piqué, il est tombé du ciel par hasard au milieu de la plage de Banyuls ?

— Lâche-moi. Tu ne peux pas comprendre, surtout une petite morue comme toi qui tombe amoureuse de tout ce qui bouge. N'en as-tu donc pas assez de t'amuser entre ton mari et ta cousine ?

Pierrette planta sa sœur au milieu du pique-nique, rejoignit la départementale, tourna la tête vers elle pour crier :

— N'oublie pas ta procession à la vierge cet après-midi, et prie Sainte-Marie, des fois qu'elle accepte de te pardonner.

Et tout en regagnant sa voiture, elle se murmura à elle-même : « Et inutile de prier pour mon âme, elle est déjà perdue ».

La veille de la reprise de ses cours à la Faculté, Pierrette emprunta l'Opel de son mari, quitta Ornans pour se rendre chez ses parents à Amondans. C'était l'heure de la traite, et avec un peu de chance, Paule serait à l'étable avec Léon. Elle entra à la ferme, côté appartement des parents. Tous deux l'attendaient, Pierrette avait prévenu de son passage. Elle posa aussitôt sa question :

— Tout ne m'a pas été dit sur Grand-mère, que me cache-t-on ici ?

Après un rapide échange de regards entre les parents, le père s'avança vers sa fille.

— Qu'est-ce qui te prend, voilà cinq ans que Suzanne a disparu dans la Loue, pourquoi reparler de cela aujourd'hui ?

— Pis y a des choses qui ne collent pas. Je reçois une lettre d'anniversaire de Grand-mère tous les 14 juillet. Je vous en parle à chaque fois, je vous montre le courrier, la parfaite écriture de grand-mère, et chaque fois vous semblez prendre cela à la légère, vous haussez les épaules, vous fuyez mes questions. Et ce corps jamais retrouvé, vous vous en fichez. Et les flics, que font-ils, les flics ? Je n'ai jamais eu de nouvelles de l'enquête, que me cache-t-on, bon sang ?

— Calme-toi, on t'a tout dit, Suzanne est morte, elle s'est suicidée le soir de ton mariage. Et tu le sais bien, on a récupéré la lettre dans tes affaires, pourquoi d'ailleurs dans tes affaires, ne serait-ce pas plutôt à toi de nous en dire plus ?

La mère, les deux mains posées sur un dossier de chaise, laissaient trembler ses doigts jusqu'à faire vibrer le siège. Pierrette dévisageait ses parents avec méfiance, la colère monta dans sa gorge :

— Je vous l'ai déjà dit, je vous le répète, je ne sais pas ce que faisait cette lettre dans mon tiroir. Mais n'essayez pas d'éviter mes questions.

— Ça suffit maintenant, on ne cause pas comme ça à ses parents, un peu de respect. Cette affaire a été une douleur pour chacun d'entre nous, et la plaie n'est toujours pas refermée, elle sera là tant que nous n'aurons pas retrouvé le corps.

— Parce que vous y croyez encore ?

— Il ne faut pas venir ici pour nous faire la morale, ajouta le père.

Il s'essuya le front avec son mouchoir en tissu.

— Tu es une fille fragile, souvent morose et à la limite du désespoir, nous ne voudrions pas que tu imites ta grand-mère. On ne te cache rien, on veut juste éviter d'évoquer ce drame avec toi pour te protéger.

La mère lâcha les barreaux de la chaise et s'approcha de sa fille.

— Oui on t'aime et on te dit tout. D'ailleurs tu seras la première à savoir, avec Léon et nous, bien sûr.

— À savoir quoi ?

La mère garda le silence quelques secondes puis :

— Paule attend un deuxième enfant.

— Elle… elle est enceinte ? Et depuis quand ?

— Oh, y a pas longtemps qu'on le sait, elle doit accoucher vers la mi-avril.

Ses études de mathématiques aidant, Pierrette calcula à la vitesse de l'éclair. Elle s'effondra sur une chaise, le visage défait.

Sa mère posa une main sur son épaule.

— Mais qu'y a-t-il, Pierrette, c'est plutôt une bonne nouvelle, non ?

— Oui, oui, l'émotion sûrement.

Les vacances scolaires d'automne apportaient la paresse aux étudiants, le soleil se faisait rare, les pluies abondantes incitaient à la cueillette de champignons. Pierrette se levait caque jour de bon matin, et dans l'odeur humide des bois, la jeune femme, timide, fragile et solitaire, relevait son dos pour cacher sa bosse au milieu de ses vrais amis, les arbres et les oiseaux, le vent dans le maigre feuillage et le houx presque rouge. Ces instants de rêves lucides ne parvenaient pas à adoucir son aigreur. Toutes ses blessures de l'âme, plus douloureuses que ses vertèbres, l'accompagnaient sous les futaies et les lisières des forêts d'épicéas. La brume matinale se mélangeait à ses pensées troublées.

Elle continuait de voir régulièrement son psychiatre, lequel lui conseillait ces longues balades en forêt. Il la questionnait beaucoup, elle ne savait quoi répondre, trop de choses compliquées en même temps, trop de déboires. Une chose agréable cependant convenait au médecin : l'amour qui grandissait auprès de Francis, comme une véritable planche de salut pour sa patiente, de surcroit la jeune bossue souhaitait désormais ardemment un enfant. Mais comme le bébé se faisait attendre, le psy restait persuadé que l'infécondité provenait de l'épouse, un blocage dans le cerveau de sa patiente, un mélange de désirs refoulés et d'angoisses prégnantes. Il faudra démêler cet esprit perdu, fil après fil, mois après mois, se disait-il.

Pierrette se pencha sur un vieux champignon, elle ressentit sa douleur dans le dos. Elle coupa le pied-bleu et le partagea en deux avec son canif. Pourri et véreux, comme moi, se dit-elle. Elle rejeta le pied-bleu à terre, fixa les deux vers qui se tortillaient dans le creux de la chair blanche, tout en imaginant les mêmes parasites qui rongeaient les os fragiles de sa colonne vertébrale. Elle se laissa tomber contre un foyard, la bosse sur l'écorce aussi rugueuse que sa vieille blessure. Elle leva la tête, des restes de pluie glissèrent sur son chapeau trop court et s'écoulèrent sur sa nuque. Elle frissonna dans son corps entier, aima le contraste entre le froid de son cou et la tiédeur de sa peau cachée sous la laine. Ses yeux bleus dans le gris du bois contemplèrent une goutte d'eau qui s'accrochait à l'épine verte d'une branche de houx. Pierrette se pencha, et de son index, caressa la gouttelette perdue, posa son doigt humide sur ses lèvres. Le bruit du baiser s'envola vers le ciel.

— Je t'aime petite goutte innocente.

Une larme glissa sur sa joue.

19

Été 1976

En ce mois de juin, les prairies du plateau d'Amancey ressemblaient aux champs de Camargue, rouge et jaune. Il n'était pas tombé une goutte de pluie depuis fin mars. Léon et Paule s'inquiétaient pour les foins à venir. Rien à faucher, les bêtes se nourrissaient du reste du fourrage de l'hiver passé.

Pierrette, loin des soucis paysans, s'affairait dans son petit logement au centre-ville d'Ornans. Elle préparait ses cartons puisqu'elle devait bientôt quitter cette charmante ville pour habiter un pavillon encore en construction, mais presque achevé, à quinze kilomètres de là. Francis après son travail courait à Montfaucon sur le chantier pour profiter des belles journées ensoleillées afin d'aider les ouvriers, apporter des boissons fraîches, s'atteler aux papiers peints. Il se projetait tout sourire dans son avenir, une jolie maison, une femme aimée, un jour des enfants.

Pierrette, courbée sur ses cartons, pensait à ses récents entretiens chez son psychiatre. Le petit oiseau de son époux butinait la fleur plusieurs fois par semaine, mais la petite graine ne s'accrochait toujours pas au pistil. Donc pas de bébé à l'horizon, sa faute à elle, parait-il. Le psy confirmait que l'organe reproducteur femelle boudait, repoussait plus loin les étamines parce que son maître, le cerveau, ne parvenait pas à se séparer de ses deux angoisses principales :

Grand-mère et Joëlle. Elle devait donc faire le deuil de Suzanne et se libérer de son amour impossible.

Alors qu'elle achevait de scotcher un carton, agenouillée devant le colis de vaisselle emballée, elle glissa lentement sur lui, laissa couler une larme toujours inattendue. Sa dépression latente, pourtant aidée par les médicaments et les séances de psy, gênait Pierrette dans ses cours à la fac, dans ses relations avec sa sœur Paule et surtout dans ses amours avec Francis. Le pauvre mari ne comprenait rien, et malgré ses efforts pour épauler Pierrette dans sa maladie, sa femme trouvait souvent le moindre prétexte pour chercher querelle.

La tête baissée entre deux cartons, le ventre sur le colis de vaisselle, Pierrette montrait la déformation de sa colonne vertébrale au silence du couloir, on aurait dit un paquet insignifiant, jeté là, prêt à être déposé dans le camion de déménagement parmi les meubles. À quelques heures de son anniversaire, elle avait décidé de se négliger, de ne pas se laver, de garder ses fripes crades, de ne pas souffler ses bougies, juste dormir, comme en cet instant sur ces cartons.

Tout à coup elle se souleva, les coudes dans le mou des colis, comme métamorphosée par une brusque poussée de dopamine. Debout dans le couloir, la tête quelque peu à l'endroit, elle essuya un reste de larmes d'un revers de main. « Eurêka ! je vais tourner la page ». Puisqu'elle quitterait Ornans après-demain, elle s'éloignerait donc de Joëlle, puisque la lettre de Suzanne arriverait certainement dans les quarante-huit heures, elle ne l'ouvrirait pas et brulerait l'enveloppe sans même regarder la provenance. Grand-mère oubliée, Joëlle qui loge à Ornans, ouf! elle allait pouvoir enfin souffler, se refaire une santé, embellir sa nouvelle maison, se plonger à fond dans ses études de mathématique et de physique, préparer son diplôme d'ingénieure pour concevoir des trucs que personne n'avait encore inventés, aimer de nouveau et pour toujours son tendre Francis, lui faire un bébé.

Pourtant, le surlendemain, jour du déménagement :

Joyeux anniversaire, Pierrette, tu es grande maintenant. 26 ans, mais toujours pas d'enfant, que se passe-t-il ? J'espère que tu vas le mieux possible, j'ai appris pour ta dépression. Tu dois me trouver un peu mystérieuse. C'est vrai que je ne t'ai pas revue depuis le soir de ton mariage, c'est vrai aussi que je ne t'ai pas encore laissé d'adresse. S'il en est ainsi, c'est parce que je ne peux pas faire autrement. Sois patiente. Je vais sur mes 81 ans. J'essaie de rester jeune, la vie parisienne m'y aide un peu. Mais je suis bourrée d'arthrose, je tiens de moins en moins sur mes jambes. Je crains de devoir finir mes jours dans une chaise roulante, déjà que je ne peux plus me passer de mon déambulateur. Je vais revendre mon appartement de Banyuls, je ne pourrai bientôt plus y aller. Peut-être encore l'hiver à venir et après... fini la retraite heureuse ! J'ai appris, pour la construction de votre maison, je suis contente pour vous. Je suis sûre que tu te plairas à Montfaucon, ce n'est pas trop loin de Mamirolle pour le travail de Francis, pas trop loin pour tes études à Besançon. Soigne-toi bien, je t'embrasse.

La jalousie des mots

La lettre en provenance de Paris accompagna les autres missives dans le tiroir à secrets.

En cette fin d'été, toujours cette sècheresse inédite, mais le temps semblait particulièrement lourd. Tout le monde guettait les signes d'un orage bienvenu. Les paysans couraient depuis juillet chercher de l'eau avec leurs tonnes métalliques dans les rares villages du plateau où les sources naturelles coulaient encore, ils se déplaçaient également dans la Beauce pour acheter de la paille afin de nourrir les bêtes.

Pierrette charriait aussi son lot d'inquiétudes, mais pas les mêmes. Pourtant elle se prélassait dans une chaise longue sur la terrasse de son pavillon situé sur les hauteurs de Montfaucon, la mine plutôt joviale. Le déménagement derrière elle, voilà un souci de moins, se disait-elle. Elle justifiait son baume au cœur du moment ainsi, mais elle comprenait qu'une autre vérité plus agréable la rattrapait. Joëlle avait appelé la veille, elle passerait le lendemain soir pour visiter la nouvelle maison, un peu aussi pour dire bonjour à sa cousine bienaimée.

Pierrette ne revoyait plus Joëlle depuis plusieurs mois, la faute aux études, aux ennuis familiaux, aux amours, bref, une montagne de contrariétés que l'on ficelait dans un seul et même colis, une étiquette qui traversait le nœud coulant de la cordelette noire : grosse déprime.

Brusquement elle se dit que sa dépression se soignerait par une bonne bouffée de dopamine en admirant à nouveau les jolis yeux maquillés, la taille fine, la plantureuse poitrine, une certaine élégance dans la cheville bancale. Elle avait proposé à Joëlle de rester dîner, de ne pas s'inquiéter si Francis venait à quitter la table de bonne heure, car c'était l'assemblée générale de l'école laitière à Besançon, il rentrerait tard, beaucoup d'amis agriculteurs à rencontrer, des collègues fromagers aussi, bref, une soirée à rallonge.

La fin d'après-midi du lendemain ne ressemblait pas aux autres, un vent fort soufflait du sud, et les trois convives qui buvaient l'apéritif en terrasse durent regagner l'intérieur du pavillon. De gros nuages gris s'amoncelaient au-dessus de Champagnole, Salins-Les-Bains. La météo semblait ne pas s'être trompée, le temps allait se détraquer en ces derniers jours de ce mois d'août. Que de gens, que d'animaux domestiques et sauvages allaient pouvoir revivre ! L'eau arrivait enfin.

— Pas sûr, déclara Francis, une moue interrogative en travers de la bouche, les orages, ça tourne et c'est souvent pour le Haut-Doubs. Si ça s'trouve, on n'aura rien ici, ni même à Ornans ou Amondans.

Le dîner fut rapide, Francis semblait pressé de rejoindre collègues et amis. À l'heure où tombaient les premières gouttes de pluie inconnues depuis fin mars, Francis sortit l'Opel du garage après avoir embrassé son épouse sur le coin des lèvres et tapé la bise à Joëlle. Il avait remarqué les yeux pétillants de Pierrette, elle n'avait pourtant pas bu d'alcool. Une bonne soirée de tendresse entre cousines, même un peu particulière, si cela pouvait guérir l'humeur de Pierrette, songeait Francis, enfin, pas trop d'extravagances quand même, c'était sa femme tout de même ! Il enclencha la première, et l'Opel s'élança vers Besançon sous les nuages menaçants.

Les réjouissances amoureuses s'engagèrent lorsque le regard de Joëlle s'attarda sur les yeux bleus de sa chérie.

— Tu m'as manqué, et tu es toujours aussi charmante.

Pierrette baissa la tête, gênée par cet élan de tendresse qu'elle attendait cependant depuis trop longtemps. Deux mains emprisonnèrent la sienne alors qu'elle tripotait nerveusement le bord de son assiette. De toute façon, elle ne voulait plus de dessert, la douceur des doigts de Joëlle sur sa peau semblait mille fois plus précieuse. Elle releva la tête, murmura :

— Moi aussi, tu sais.

La tarte aux mures resta entière au centre de la table pendant que Joëlle la contournait pour venir s'asseoir sur les genoux de sa cousine, comme elle aimait le faire avec sa mère lorsqu'elle était petite. Mais c'était maintenant une femme, maquillée à la perfection avec ces couleurs noir et bleu qui apportaient toujours plus d'éclats à ses yeux malicieux, avec ses bras fins qui entouraient la nuque de sa chérie. Elle sentait bon le parfum boisé, portait de grands ongles artificiels, peut-être pour jouer la sauvageonne dans le lit qu'elle devinait tout proche. Elle n'hésita pas, embrassa Pierrette avec ardeur, laquelle entrouvrit la bouche, accepta la langue qui enroulait la sienne, cet organe venu de l'intérieur, sorti d'une boite à bijoux qui ne fermait pas à clé, qui s'ouvrait sans résistance, et Pierrette se délecta du trésor interdit.

Pas une minute à perdre, la soirée sera trop courte. Dans le lit conjugal, les filles prenaient pourtant leur temps pour se déshabiller. Les robes se dégrafaient, les chemises se déboutonnaient, les chaussures glissaient sur le sol, les chaussettes blanches cachaient toujours la cheville blessée. La paresse des caresses, la douceur des câlins, les doigts légers dans les chevelures, les mains délicates sur les joues, tout semblait se contredire dans la folle passion des deux amoureuses. Elles comprenaient que le désir était mille fois plus agréable lorsqu'il s'éternisait.

Enfin nues, alors que la chambre se noyait dans la nuit sous les nuages noirs de l'orage, les filles s'enlacèrent, leurs membres fragiles protégeaient les cœurs saignants et les amours interdites. Le vent s'engouffrait par la fenêtre ouverte, brusquait les corps égarés, et l'averse arrosait la moquette devant l'ouverture, le ciel en feu photographiait l'indécence, et la foudre fracassait le chêne de l'autre côté de la rue, les filles tremblaient sous la fureur du ciel, face à la grimace des éclairs, un mélange de plaisir et de peur paralysait les cousines amoureuses, et la grêle frappait maintenant les huisseries, elle s'étouffait sur la moquette dans une tonalité sourde, une pluie intense chassa la grêle, s'immisça jusque sur le drap de lin, sur les fesses froides, sur le dos déformé, sur la cheville blessée, et les deux cousines s'aimaient, peu importe la vie au-delà, on entendait le silence de la chambre, et dehors l'orage redoublait de violence, se vengeait de toutes ces privations trop longtemps contenues, et

Pierrette et Joëlle s'aimaient, qu'importe le drap mouillé, les peaux glacées compensaient le feu intérieur, les courants d'air ne sauraient balayer leurs désirs, et les cousines s'aimaient, peu importe la colère des dieux, elles écoutaient battre leurs passions dans les poitrines, elles goûtaient leurs plaisirs impolis, elles vivaient telles la pluie, le vent et la foudre qui s'acharnaient sur elles, les cieux se déchainaient, les émotions plus fortes que la raison se mélangeaient au diable et aux anges, les filles s'aimaient.

Le souffle des deux amoureuses se confondait dans leur sommeil, nez contre nez, bouche sur la bouche. Francis franchit la porte de la chambre conjugale.

La pluie tombait encore sur le toit du pavillon, dans la cour, dans le jardin où les tas de terre des fondations attendaient d'être ratissés autour de la maison pour laisser pousser gazon, fleurs et légumes. Pierrette retira les bras qui entouraient ses épaules, alluma la lampe de chevet. Quatre heures du matin, bon sang ! Elles s'étaient endormies, oubliant le monde, oubliant Francis. Était-il seulement rentré celui-là ? Pourvu que non. Si ! il était rentré, elle s'en rendit compte lorsqu'elle traversa le salon, buta dans l'escabeau, renversa le pot de peinture posé sur la plus haute marche. Un juron s'éleva du canapé, elle toucha le bouton pressoir, et dans la lumière elle fixa son mari en slip assis sur le bord du sofa.

— Putain, c'est quoi ce bordel ? Laisse-moi finir ma nuit, je suis crevé, on discutera demain.

Il s'étendit à nouveau, les pieds sur le bois du divan, un oreiller sous la tête. Pierrette n'était de toute façon pas venue pour échanger, elle voulait juste vérifier, espérant que Francis ne soit pas encore rentré. Raté. Du coup, il faudra causer. Elle retourna dans la chambre vers Joëlle. Elle réveilla son amante.

— Faut t'en aller, mon trésor, mon mari est là, il dort dans le salon. Il vaut mieux que tu ne sois pas ici au petit matin.

Joëlle se souleva sur un coude, les yeux à moitié ouverts.

— Merde ! Tu crois qu'il nous a surprises ainsi ?

Pierrette haussa des épaules.

— Évidemment. Pis, tiens, voilà ta culotte, ton soutif et tout le reste, et fais doucement dans le hall, ce n'est pas la peine de le réveiller et qu'il t'entende te sauver, inutile d'en remettre une couche Bon sang, ce que je vais entendre demain !

Joëlle enfila ses habits plus vite que Pierrette ne les lui avait retirés. Elle embrassa sa chérie du bout des lèvres, se saisit de ses baskets et traversa le hall sur la pointe du pied droit, le gauche restant de marbre.

Pierrette cogita de quatre heures du matin jusqu'à plus de neuf heures. Elle entendit des raclements de gorge sonores venus de l'autre côté de la cloison. C'est l'heure de la confrontation, semblaient crier les échos de la cuisine. Elle se leva avec peine, traina à la salle de bain, elle devait se faire belle pour son époux, sentir le parfum qu'il aimait, et surtout prendre le temps de la réflexion. Pourtant peu de concentration, juste une totale confusion, un mélange de crainte, de honte, et de chagrin, elle ne voulait pas perdre son mari, un homme agréable, et beau tout de même, gentil surtout. Elle se décida.

Francis buvait un énième café noir, assis à la table de la cuisine. Il leva les yeux. Pierrette s'accrochait à la poignée de porte, comme si le chrome était la main d'une vague amie qui la soutenait dans sa détresse. Elle s'approcha enfin, s'assit en face de son mari. Il semblait calme. Mauvais signe. En même temps, elle ne savait pas trop, elle ne l'avait jamais vu en colère, à part le juron de cette nuit. Du bout de ses doigts, elle repoussa des miettes de biscuits éparpillées sur la table. Tiens, il a mangé quand même, il n'est peut-être pas si frustré !

— J'attends des explications.

Pierrette rumina quelques secondes sa réponse : une formule empruntée à Paule pourrait passer crème. En effet à l'époque elle avait presque cru sa sœur dans sa discussion au sujet de sa relation avec Williams, alors pourquoi ne pas refiler la même formule dans un contexte identique ?

— Je suis désolé, Francis... mais ce n'est pas ce que tu crois, on n'a rien fait de mal.

— Et que faut-il que je croie ?

Vite, trouver un autre mensonge :

— Après diner, il faisait si chaud, si lourd que nous nous sommes dévêtues et nous nous sommes allongées sur le lit, puis l'orage est arrivé, un orage si violent que l'on avait peur toutes les deux, je n'ai pas voulu qu'elle me laisse seule, puis on s'est endormies. D'ailleurs, si tu nous as surprises ainsi c'est que nous n'avions rien à cacher.

Francis retira ses lunettes rondes un peu carrées qu'il posa sur la table, une manie lorsqu'il sentait qu'il perdait pied.

Bon signe ! se dit Pierrette.

— Pour le coup, c'est vrai que vous ne me cachiez rien. Étonnant de te dévoiler de la sorte devant moi, toi si pudique, toujours sous les draps lorsque l'on… lorsque tu te laisses grimper dessus. En ce qui concerne ta cousine, sa réputation grivoise se confirme, peut-être souhaitait-elle que je m'associe à vos ébats ?

— Ne dis pas n'importe quoi, chéri.

— Ah ! tu m'appelles chéri maintenant ? Tu dois certainement garder en mémoire des restes de la nuit.

« Bon sang, voilà qu'il fait de l'humour, ça craint ».

— Tu disais ?

— Rien, je n'ai rien dit.

— Si, tu disais dans ta tête, je sais lire dans ta tête. Tu disais quelque chose comme : comment vais-je me sortir de ce pétrin ?

Pierrette baissait les yeux, repoussait des miettes imaginaires du bout de ses doigts fébriles.

— Je suis désolée, Francis. Oui, j'aime ma cousine mais… mais je t'aime aussi, tu es un mec bien, gentil, charmant, je regrette sincèrement.

Elle laissa couler une larme sur sa joue. Il ne broncha pas de sa chaise.

— J'ai vu que vous n'aviez pas touché à la tarte aux mures hier soir, pourtant tu adores. Ah oui, je

209

comprends ! Il y avait un dessert bien plus appétissant dans les draps.

« Il me fait chier, j'ai avoué, que veut-il de plus ? Que je m'agenouille devant lui comme devant Dieu pour lui demander pardon. Je ne sais déjà pas le faire avec Dieu, alors face à ce mauvais comédien, non, pas question, même si je n'ai pas envie de le perdre. »

Elle se leva, contourna la table, posa sa main sur l'épaule de Francis.

— Je ne recommencerai plus, juré, je ne sais pas ce qui m'a pris. Depuis mon adolescence j'éprouvais des sentiments pour Joëlle, et cette nuit, on a voulu essayer… essayer je ne sais quoi, j'ai fait une grosse bêtise. Ne m'abandonne pas, Francis, j'ai besoin de toi.

Il la laissa parler, puis repoussa la main de son épaule, se leva avec brutalité, claqua la porte en pestant :

— Fous-moi la paix, je dois réfléchir.

Mais Pierrette ne voulait pas en rester là, elle devait connaitre la suite, la fin surtout, sinon sa dépression guérie en une petite nuit pourrait ressurgir à la puissance dix. Elle le suivit jusqu'à la salle de bain où il s'était réfugié. Il fixait le miroir, avait remis ses lunettes un peu hexagonales, pas vraiment, en fait c'était une figure géométrique qui n'existait pas. Pierrette tenta une nouvelle fois une main sur l'épaule de son mari. Elle voyait son visage sévère dans la glace. Quant à lui, il observait le sourire affligé de sa femme.

— Qu'allons-nous devenir, chéri ? Je t'aime toujours, tu sais.

— Je t'ai dit que j'avais besoin de réfléchir.

« Tiens ! Il a accepté que je l'appelle chéri, bon signe ».

— J'ai horreur de l'incertitude, j'ai besoin de savoir, sinon je vais replonger.

— Ce sera peut-être à mon tour de plonger. Te rends-tu compte ? Vendre une maison pas encore commencée de payer !

— Pourquoi dis-tu ça ?

— Si l'on divorce, j'imagine que tu ne pourras pas assurer les remboursements à la banque, tu ne travailles même pas. Et moi, avec mon salaire de petit prof…

Les yeux égarés de Pierrette se reflétaient par miroir interposé dans les yeux coléreux de son époux.

— Mais… mais, on ne va pas divorcer, hein ! On ne va pas se séparer, on s'entend bien tous les deux, on s'aime. Tu ne peux pas tout foutre en l'air comme ça.

— Tout foutre en l'air, tout foutre en l'air ? Qui est-ce qui s'envoie en l'air ?

— Calme-toi, chéri, je…

— Merde ! fiche le camp de cette salle de bain, je t'ai dit que j'avais besoin de réfléchir.

Pierrette retourna dans sa chambre, s'effondra sur le lit conjugal encore humide de pluie, le visage sur l'oreiller qui sentait le parfum Joëlle. La pluie tombait inlassablement par-delà la fenêtre, la pluie sur toute une région, une pluie heureuse et bienvenue pendant que s'abattait sur la maison de Montfaucon l'incertitude et l'angoisse.

20

Été 1981

Paris, bois de Boulogne 12 juillet,
Joyeux anniversaire, Pierrette, je ne sais pas si
tu as grandi, mais tu grandis mal, ton couple bat de
l'aile, vous vous disputez sans arrêt. Quand est-ce que
tu vas donc t'assagir ? Fais-tu toujours tes
cochonneries avec ta cousine, voire avec d'autres
filles ? J'ai bien peur que oui. Tu es dévergondée et tu
ne mérites pas ton époux. Et toujours pas d'enfants,
quand je pense que ta sœur Paule en est à son
troisième. Tu me déçois, moi qui t'aime beaucoup,
peut-être trop, en tout cas plus que mes autres petites-
filles. Ressaisis-toi pendant qu'il en est encore tant.
Trente et un ans, tu as toute la vie devant toi. Je fête
mes quatre-vingt-six ans cette année. Lorsque tu en
seras là, oseras-tu te retourner sur ton passé, imaginer
une existence de trainée, ne regretteras-tu pas ton
destin au seuil de ta mort ? Par contre, si tu réagis bien
dès aujourd'hui, tu rejetteras tes incorrections de
jeunesse, tu serviras ton mari, tu vivras l'amour vrai.
Alors au seuil de ta mort, tu apprécieras le chemin
parcouru, et ayant appris de tes erreurs, tu rendras
grâce au ciel, tu t'agenouilleras face à Dieu, tu
souriras à l'éternel qui t'aura pardonné.
Bon, maintenant assez de morale, parlons un
peu de moi. Depuis ma dernière lettre, j'ai lâché le
déambulateur pour rester jusqu'à la fin de mes jours
dans un fauteuil roulant. Mes deux jambes ne me

soutiennent plus, je ne peux même plus les remuer. Je ne te souhaite jamais une telle épreuve. C'est une galère que d'être dépendante, moi qui ai toujours aimé bouger, d'autant que mon cerveau fonctionne encore à merveille. Puisque tu es de plus en plus handicapée par ton dos, évite le plus longtemps possible cet horrible siège, il y a de quoi choper des escarres, sans te parler de la tête qui rumine. Imagine un tel drame ! Alors ton avenir serait fichu, tu n'aurais plus le goût à rien, tu serais une loque. Toi qui es fragile du dos, des os, toi qui es toute malingre, prend bien soin de toi et surtout garde Francis auprès de toi pour qu'il puisse pousser plus tard ton fauteuil.

Je t'embrasse.

« Elle dit que son cerveau va bien, mais elle débloque complètement la vieille ! C'est une folle qui m'écrit, une folle et une handicapée qui veut refiler ses deux maladies à sa petite fille. »

Pierrette, l'instant de stupeur passé, chiffonna la lettre, s'approcha de la gazinière, craqua une allumette. Alors que la flamme commençait de noircir le papier, elle souffla dessus afin de l'éteindre puisque sa sale dépression l'empêchait toujours de prendre des décisions, si futiles soient-elles. Fallait-il oublier cette grand-mère insaisissable ou garder toutes ses lettres au cas où ? Au cas où quoi ? « Moi, dans un fauteuil d'handicapée, n'importe quoi ! »

Elle imagina toutefois sa vie sans balades en forêt, sa seule source de réconfort, d'autant qu'elle n'osait plus revoir sa cousine bienaimée. Depuis sa dispute avec Francis lorsqu'elle fut surprise dans le lit conjugal avec Joëlle, la vie de couple balançait tantôt dans l'espoir, tantôt dans les bouderies, les engueulades, et on lançait à toute volée les mots séparation, gouine, divorce, enfoiré… Le paradis promis par Grand-mère ressemblait trop souvent à l'enfer.

Elle ressentit une douleur dans la colonne vertébrale, là où elle se courbait toujours plus. « Je ne suis pas belle, bientôt handicapée, mon Dieu, que va devenir ma vie ? »

Déçue de son mariage raté, elle enrageait de ce courrier d'anniversaire, elle prenait au pied de la lettre les propos de sa grand-mère. Elle s'enfonçait sans cesse dans sa dépression, elle n'avait donc pas besoin de la morale de Suzanne, une illuminée qui lui rappelait chaque 14 juillet qu'elle resterait là, dans l'ombre, pour l'éduquer. Bien sûr, il ne fallait pas écouter une morte-vivante !

« Pis mon Dieu faites que je sois forte comme ma sœur Paule, la plus heureuse possible auprès de son époux, forte comme Joëlle qui a su m'oublier et qui a peut-être refait sa vie ».

Le lendemain au soir, Pierrette se rendit seule au bal du 14 juillet sur la place principale d'Ornans. Maintenant qu'elle gagnait bien sa vie, ingénieure dans une usine de micromécanique à Besançon, elle conduisait sa Peugeot 205 toute neuve. Elle savait que sa cousine chérie venait de racheter le magasin de fleurs à Ornans, là où elle travaillait depuis de longues années, la patronne ayant pris sa retraite. Visiblement le handicap de sa cheville n'empêchait pas Joëlle de gérer sa propre boutique. Elle, au moins, restait une

215

fille solide. Viendrait-elle au bal ? Ce serait merveilleux de revoir son visage et son corps depuis toutes ces années où elles s'évitaient, elles ne se rencontraient même plus aux repas de famille. Lorsque Pierrette revenait chez ses parents à Amondans, elle se gardait bien de passer par Ornans. Pas de nouvelles tentations, ronchonnait-elle. Mais en ce soir de fête nationale, l'envie de revoir sa cousine fut trop forte, rien à foutre de son mari qui n'avait pas souhaité qu'elle sorte au bal d'Ornans.

De la fête, elle ne vit que les lampions et le ciel étoilé à travers le feuillage des platanes, le peuple bambocheur l'agaçait.

Elle s'engagea sur la passerelle. Les feux d'artifice laissaient une odeur de mèches brûlées, et la musique, la danse et la beuverie remplaçaient les fusées magiques aux éclats colorés. Les deux mains sur le parapet, elle regardait les maisons de la petite Venise qui somnolaient le long de la Loue. Au loin, elle apercevait vers le grand pont une boutique faite de mélange de pierre et de bois. La terrasse surplombait la rivière, un feu de Bengale d'un vert étincelant s'accrochait à la balustrade. Elle devinait la devanture de l'autre côté, une vitrine emplie de fleurs de toute beauté, belles comme Joëlle, la maitresse des lieux. Elle imaginait la garçonnière à l'étage, cachée derrière les volets clos.

Avec sa silhouette de plus en plus voutée, Pierrette ne retourna pas vers la piste sous les platanes. Qui d'ailleurs l'inviterait à danser ? Joëlle, peut-être ? Mais depuis le temps qu'elles ne s'étaient pas revues, la laideur de son dos repousserait désormais sa cousine chérie. Il ne lui restait plus que les bras de Francis, des bras qu'il refusait d'ouvrir, une épaule qui rejetait sa chevelure blonde. Elle avait bien essayé de laisser croître ses cheveux jusque sur ses reins, cacher cette vilaine bosse, peine perdue, ce n'était pas la tuméfaction qui gênait, c'était la disgrâce du corps dans son entier.

Lasse, elle poursuivit son chemin en rejoignant le grand pont par la vieille ville, elle ne voulait pas revoir le monde sur la place, il lui semblait que les gens la dévisageraient avec dédain ou pitié. Elle s'arrêta devant la vitrine décorée par le bon goût de Joëlle, elle leva les yeux vers la fenêtre de l'étage. Elle hésita, puis secoua enfin la clochette accrochée à la façade. Son cœur courait dans sa poitrine, elle avait beau poser sa main sous son sein gauche, elle ne savait pas d'où frappait le muscle amoureux, peut-être de son dos, peut-être de son ventre, il tambourina ainsi jusqu'à ce que la fenêtre de l'étage s'ouvre enfin. Elle reconnut entre ombre et lumière les longs cheveux blonds, le visage fin de sa cousine, ses yeux du soir démaquillés, elle était belle, toujours aussi belle, elle souriait.

— Non, toi... pas possible ! Attends une minute, je passe une robe de chambre et je descends.

« Bon sang, elle est déjà couchée, » murmurait Pierrette, les yeux posés sur les roses et les hibiscus derrière la vitre du magasin décorée bleu-blanc-rouge.

La porte s'ouvrit, elles s'enlacèrent aussitôt, pas un mot, pas un baiser, juste le silence. La quiétude de l'instant remplaçait cinq longues années d'inquiétude.

Pierrette dégagea enfin sa tête de la chevelure de sa cousine.

— Je peux monter quelques minutes, on a tant de choses à se dire, depuis le temps.

— C'est-à-dire... j'étais déjà couchée, je ne suis pas allée au feu d'artifice ni au bal, je suis fatiguée, une grosse journée de travail, tu comprends, et demain je remets ça, je me lève de bonne heure pour préparer des commandes.

— Pis je suis venue à Ornans pour te donner le bonjour, quel dommage ! On pourra se revoir, dit ?

— Bien sûr. Tu... tu m'as tellement manqué. Je t'aime toujours, tu sais, mais je ne voulais pas perturber ton couple déjà bien fragile. Et puis...

La fenêtre de l'étage s'ouvrit, une tête aux longs cheveux noirs se pencha, un visage juvénile, une voix douce de jeune fille :

— Qui est-ce ?

— C'est ma cousine, on discute cinq minutes, je remonte bientôt.

— OK, à tout de suite, chérie.

Joëlle avala son crapaud, Pierrette se coinça une couleuvre en travers de la gorge.

— Ce n'est pas ce que tu crois... je... je...

— Décidément, « ce n'est pas ce que tu crois », c'est une phrase qui reste à la mode.

Trop spontanée, Pierrette ? Oui, sûrement. Paf, une gifle, puis demi-tour sur le trottoir.

L'une courait, le dos penché, l'autre grimpait l'escalier, le pied bancal.

Sept heures du matin, coup de téléphone à la boutique d'Ornans. Joëlle se réveilla en sursaut. Comme elle dormait côté cloison dans ce lit de coin, elle passa par-dessus son amante et courut jusqu'au combiné accroché au mur du couloir, juste sa culotte sur elle. Trop tard. Elle retourna se coucher en se frottant les yeux.

— Pousse-toi, Carole.

Sa jeune amie, en fait son employée modèle, à peine vingt ans, s'écarta en maugréant :

— T'as vu comme tu m'causes ? Ce n'est pas dans tes habitudes. Qu'est-ce qui se passe ?

Alors que Joëlle s'enfilait sous les draps, la sonnerie du téléphone retentit à nouveau. Elle courut au combiné.

— Allo ! c'est toi Joëlle ? Désolé de te déranger à cette heure-là, c'est ton beau-frère à l'appareil. Je reconnais que l'on se fait la tête depuis de nombreuses années, mais là je me permets de t'appeler parce que je suis inquiet. Pierrette n'est pas rentrée à la maison et je sais qu'elle est allée au bal à Ornans hier soir. Ne l'aurais-tu pas vue par hasard ?

Joëlle, surprise, prit le temps de répondre.

— Euh, oui, on s'est rencontrées sur le trottoir de la grande rue, on a discuté à peine trois minutes puis elle est repartie du côté de la place. Il était à peu près minuit, peut-être moins, je ne me souviens plus.

— Elle ne t'a pas dit où elle allait.

— Non, désolé Francis, je ne peux pas t'aider.

— Tu ne me racontes pas de bobards, j'espère. Écoute, si elle est vers toi, je ne t'en voudrai pas, dis-moi juste la vérité, je suis inquiet. De plus, j'ai un train à prendre dans deux heures pour Paris. Je dois m'absenter trois jours pour un séminaire, c'est important pour mon travail.

— Non, je t'assure, Francis, je suis seule.

Une main se posa sur l'épaule de Joëlle. Une voix douce, aussi douce que celle de Pierrette :

— Qui est-ce, chérie ?

— Conasse ! conasse et salope. Et passe également le message à ma femme.

Clic.

Joëlle se retourna, les yeux injectés de sang mauvais.

— Tu gaffes hier soir, tu recommences ce matin. Habille-toi, ne reste pas à poil comme ça devant moi, tu déjeunes et ensuite on se met au boulot, c'est lundi, mais on bosse, on a du retard dans les commandes, j'ai même des livraisons ce soir.

— T'as vu comme tu m'causes encore ? Qu'est-ce que j'ai fait de mal ? C'est pas parce que je suis ton employée qu'il faut te croire obligée de me donner des ordres en privé, non mais.

Alors que Carole retournait au pieu, Joëlle l'interpella :

— Puisque tu n'aimes pas les ordres, je vais simplement te proposer une recommandation.

Toutes deux se regardaient dans les yeux, plantées devant le lit.

— Évite de coucher avec des filles, ce que nous faisons depuis quelques temps ne rime à rien. Tu n'es pas lesbienne pour un sou, et cela se voit comme le nez au milieu de la figure. Tu retiens tes caresses, tu fuis l'intimité, tu ne sais même pas simuler, tu ne jouis pas avec moi, tu es une hypocrite qui se tape sa patronne pour un meilleur salaire et une plus grande liberté dans son travail. Je suis lesbienne, c'est vrai, et j'avais envie de toi, tu me plaisais, mais toi, visiblement, ce n'est pas ta tasse de thé. Le mieux est que l'on arrête là.

— Et mon travail ?

— Ton boulot, tu peux le garder si tu te sens capable d'oublier nos égarements. Reste ici en attendant de trouver un autre patron, d'ailleurs un patron te réussira mieux qu'une patronne. Quant à moi, ces éphémères moments de plaisir sont désormais derrière moi.

Sept heures du soir, coup de téléphone chez Pierrette. Ça décroche.

— Allo ! c'est toi, Pierrette ?

Joëlle écouta le silence à l'autre bout du combiné. Ça raccroche.

Nouvel appel.

Pierrette, restée sur place devant le petit bureau du salon, posa sa main sur le combiné, se mordit la lèvre, décrocha enfin après le troisième appel.

— Qu'est-ce que tu veux ?

— C'est professionnel, j'ai une livraison chez toi.

— Une livraison ? Mais je n'attends rien.

— C'est rare lorsque l'on commande des fleurs pour soi-même.

— Qui est-ce qui m'envoie ça ?

— Ben dit donc, d'habitude les clients ne posent pas tant de questions, ils acceptent volontiers ma venue. Es-tu chez toi ce soir ? Je passe dans une petite heure.

— Tu déposeras le bouquet sur le paillasson, je ne serai pas là.

— Mais c'est périssable. Les fleurs sont fragiles, tout comme toi !

Clic.

Quelques heures plus tard, Joëlle, le ventre en vrac, mais un espoir au cœur, monta dans sa voiture, rejoignit le pavillon de Montfaucon en moins de vingt minutes. Elle sonna à la porte. Pas de réponse. Elle patienta devant l'entrée, une magnifique menuiserie en chêne et fer forgé doublée d'une vitre vert fumé translucide. Deux payes confortables, ça permettait un minimum de luxe, se dit Joëlle. Elle remarqua la 206 devant le garage. L'Opel n'était pas là. Normal, songea-t-elle, Francis est descendu à la gare avec sa voiture.

Déclic dans sa tête : Zut ! peut-être que Pierrette l'a emmené avec l'Opel, marmonna-t-elle, j'attends ou je rentre ?

Elle s'assit sur une marche extérieure, son bouquet de fleurs dans les mains. Elle admira le marbre où elle posait son postérieur, un luxueux carrare bleu italien. Était-ce pour cela que Pierrette ne quittait pas son mari ? Le pognon ? Bien sûr, il ne fallait pas casser une vie matérielle solide pour une pauvre boiteuse comme elle.

Elle patientait depuis trop longtemps à contempler au loin la ligne de crête où les sapins se troublaient sur le ciel bleu foncé. Elle se releva, décidée à poser devant la porte le bouquet de fleurs finement empaqueté, décoré, surmonté d'un cœur blanc sur des roses rouges. En tournant la tête vers l'entrée, elle distingua une ombre derrière la vitre translucide.

— Pierrette, arrête de te cacher, ce cadeau, il t'est destiné, c'est important.

La porte s'ouvrit enfin. La silhouette de face ne montrait pas de malformation. Pierrette restait toujours aussi belle, aussi désirable. Joëlle n'hésita pas, trottina jusque vers sa cousine sans même donner l'impression de boiter, posa le bouquet dans ses bras.

— Qui m'envoie ça ?

— Ouvre l'enveloppe, elle est accrochée au cœur blanc.

Pierrette souleva la languette, sortit le carton. Grand-mère peut-être ?

« Pardonne-moi, c'est toi que j'aime, tu es mon seul amour depuis toujours.

Joëlle »

Pierrette leva les yeux vers sa cousine.

— Et cette fille, hier soir ?

— C'est rien, laisse-moi t'expliquer, laisse-moi entrer.

Mais Pierrette ne la laissa pas franchir la porte, elle lâcha les roses rouges, le bouquet de l'amour, elle n'avait pas trop de ses deux bras pour enlacer sa chérie, la serrer très fort contre son corps, peu importe ce que Joëlle allait lui dire, mensonge ou vérité, elle s'en fichait, sentir son parfum, caresser sa peau, enfouir ses ongles dans la chevelure blonde lui suffisait.

Elles dînèrent d'un repas frugal, leur appétit semblait ailleurs. Puis Joëlle vint s'asseoir sur les genoux de sa chérie. Son pied gauche se balançait dans le vide, comme pour soulager sa cheville blessée. Elle caressa le dos déformé de Pierrette. Elle pencha la tête vers le visage de sa cousine, elles s'embrassèrent longuement.

— Pis tu es lourde, viens, on va dans le lit, le matelas supportera mieux nos deux personnes.

On ne savait même pas si c'étaient les corps ou les esprits qui prenaient le plus de plaisirs jusqu'à tard dans la nuit. Les caresses érotiques, la lenteur mesurée des débats apportèrent la délectation des chairs et des âmes. Les filles ne voulaient pas s'endormir, juste continuer à savourer l'instant, les peaux nues plaquées l'une à l'autre par la moiteur de l'amour.

Après deux longues heures de soupirs et de gémissements, deux haleines de cyprines se confondaient entre deux bouches entrouvertes, à peine distantes d'une longueur de langue.

— Je t'aime, Pierrette. Pourquoi je t'aime ainsi ?

— As-tu besoin de réfléchir lorsque c'est bon ? Laisse faire le bonheur.

Pierrette embrassa sa cousine sur les lèvres, passa la main dans les cheveux blonds et ajouta :

— Pis raconte-moi. Que devient ta sœur ? Tu ne me parles jamais d'elle, on ne la revoit pas, où est-elle ?

Ce fut au tour de Joëlle de caresser l'autre chevelure blonde.

— Dis donc, Carmen est à Londres. Elle sort avec Williams, puis c'est fini entre eux, puis de nouveau ensemble. Parfois ils reviennent chez les

parents, c'est là que je les vois de temps en temps.
Williams est un beau gosse mais un sale gosse, chaque
fois qu'il m'approche il me drague, non, il me harcèle,
il n'a aucune honte à essayer de tromper Carmen avec
sa sœur, quel salaud !

— Et ça ne marche pas ?

— Bien sûr que non, ça ne marche pas, il a beau
être canon, je suis cent pour cent lesbienne, alors…

— Et moi, c'est mon beau-frère Léon qui
continue de me chercher. Mais c'est raté aussi, je suis
peut-être une fille qui aime également les garçons,
mais pas de pot pour lui, je suis amoureuse de toi.

Elle se tourna sur le dos et poursuivit :

— Beurk ! quoiqu'il en soit, pas question de
coucher avec mon beau-frère. Quel goujat celui-là ! Si
Paule savait ? Quoique… elle ne fait pas mieux avec
ce Williams. Je t'ai déjà raconté, mais quand même,
c'est un couple déjanté, et avec ça, trois gosses…

— Ça me surprend de la part de Paule, une fille
qui parait si raisonnable.

— Comme quoi… faut se méfier de l'eau qui
dort.

Joëlle se redressa, appuya son dos contre son
oreiller relevé, montra brusquement une mine sombre,
ce qui était rare :

— Je t'aime tellement, Pierrette, que je ne peux
plus te cacher un lourd secret Mes parents, ainsi que
les tiens, Paule et moi, nous avons voulu te protéger.
Dépressive, tu te serais encore plus enfoncée dans ta
maladie si, à l'époque, tu avais su. Les médecins et le
psy nous l'avaient d'ailleurs conseillé. Mais il est
temps que tu saches la vérité.

Inquiète, Pierrette se souleva à son tour, elle éclaira la chambre pour écouter la suite.

— Après dix ans d'incarcération, Carmen est sortie de prison il y a quelques mois de cela.

21

Été 1990

Paris bois de Boulogne, le 12 juillet,

— Je te souhaite un joyeux anniversaire, Pierrette, malgré tout le chagrin que tu m'infliges. Te voilà divorcée depuis trois ans. Par bonheur, Francis ne t'a pas fait d'enfant, on aurait dit qu'il le pressentait. Mais le pire n'est pas là, c'est que maintenant tu t'en donnes à cœur joie avec ta petite cochonne de cousine. J'ai honte pour vous deux. Heureusement encore que vous cachez votre espèce de relation, bien que ce ne soit pas si étanche que cela puisque je suis au courant. Quand arrêteras-tu ? Étant donné que tout est fini avec Francis, il aurait été honnête pour toi que tu te retires loin du monde et que tu partes méditer dans un monastère, mais je sais que je prêche dans le désert. Dans quelle société vit-on ? Et il a fallu que ma descendance entretienne cette débauche ! Que Dieu vous pardonne, toi et ta cousine.

Pour moi, tout va bien, sinon que mes jambes ne fonctionnent plus du tout. Je ne te souhaite pas pareille mésaventure, bien que j'aie appris que ton dos ne s'arrangeait pas. J'ai reçu des informations comme quoi ta moelle épinière se trouvait de plus en plus coincée entre tes vertèbres tassées, j'espère que tu te paralyseras le plus tard possible. Tu es encore jeune.

Je t'aime toujours, alors écoute-moi, sauve ton âme pendant qu'il en est encore temps. Quant à celle

de Joëlle, c'est peine perdue. Quitte au plus vite ta cousine, car elle continue de te tromper.
Je t'embrasse.

Ce début d'été ressemblait à la grisaille du cerveau de Pierrette, un ciel couvert, souvent pluvieux, pas de quoi réjouir les premiers touristes adeptes du charme de la vallée de la Loue et des pâturages francs-comtois.

Les amours bienheureuses de la jolie blonde au dos cabossé paraissaient contrariées à chaque courrier de la grand-mère. La pauvre vieille débloquait complètement, songeait Pierrette, et au lieu d'encourager sa petite fille, elle semblait prendre un malin plaisir à la torturer. C'était vrai que le chirurgien de l'hôpital bisontin n'était pas très optimiste, mais avait-elle besoin de le lui rappeler ? Quant à la trahison de Joëlle, c'était faux, Grand-mère voulait la rebuter, un point c'est tout.

Malgré sa paye d'ingénieure, Pierrette n'avait pas souhaité garder le pavillon de Montfaucon, trop grand, trop d'entretien pour une fille seule. Francis et elle s'étaient donc mis d'accord pour vendre la maison. Avec un peu d'argent d'avance, elle avait loué une jolie bâtisse en pierre de taille, un terrain clôturé, gazon et arbustes, à Scey-en-Varais, un joli village de la vallée de la Loue. Elle avait recherché une demeure de plain-pied, car il devenait difficile pour elle de grimper les escaliers. Et si grand-mère avait raison ?

L'appartement de Joëlle au-dessus de son magasin de fleurs se situait à Ornans, à moins de dix minutes de là. Impeccable pour des rencontres fréquentes entre les deux filles qui ne souhaitaient pas aménager ensemble.

Mai 68 était déjà loin, l'élection de François Mitterrand aussi, mais ces deux évènements avaient précipité la libération des mœurs. Les tendances féministes laissaient espérer un avenir meilleur pour les deux lesbiennes, cependant dans cette région bigote et quelque peu réactionnaire, les « qu'en dira-t-on » restaient prégnants.

Joëlle venait à Scey-en-Varais pour passer la plupart des nuits auprès de sa cousine. La petite maison, telle une charmante garçonnière dans son écrin de verdure, idéalisait le romantisme au bord de l'eau. Le chant des oiseaux, le coin-coin des canards semblaient d'accord avec les amours derrière les carreaux. Le clapotis de l'onde sur la berge à quelques pas de la maisonnette reflétait l'image des caresses sensuelles des deux filles.

Une pluie fine tombait sur les épaules de Joëlle lorsqu'elle traversa la cour de la maison de Scey-en-Varais, un bouquet de fleurs à la main. Sur le pas de la porte, elle éteignit sa clope en l'écrasant sous sa basket, elle se pencha pour ramasser le mégot sur la dalle et le jeta sous un buisson. Elle offrit son bouquet de fleurs à Pierrette qui l'attendait devant la porte, les bras ouverts.

Ces fréquents cadeaux colorés se posaient sur la table du salon, de la cuisine, de la terrasse, vers le lit, partout, et comme c'était pour l'amour, ce n'était jamais trop. Les deux cousines s'adoraient, deux caractères différents, mais des goûts semblables ou presque, certes l'une se maquillait beaucoup, fumait, buvait un peu entre amis, l'autre se fardait peu et restait sobre. Elles s'envoyaient des tonnes de « je t'aime » tout au long de la journée, et bien sûr la nuit. Comme les deux lesbiennes se régalaient de la beauté de la nature, elles se promenaient le long de la Loue en traversant le village, souvent main dans la main. Elles comptaient, mais sans trop y croire, que le monde ne voyait pas leur amour, en tout cas, pas le côté coquin. Mais les gens savaient, les gens se taisaient, du moins devant elles, ils n'appréciaient pas trop ces filles-là, juste peut-être un peu de pitié pour leurs handicaps.

Elles mangèrent une salade composée assise l'une à côté de l'autre à la table de la cuisine, malgré un temps d'automne qui demandait plus à avaler une soupe. Une seule assiette sur la table puisqu'elles partageaient tout, la douche aussi, le lit évidemment.

Toujours passionnées de tendresse, tard dans le soir, elles appuyèrent leurs dos sur les oreillers en se tenant la main.

— Tu fermes bien ton magasin du 15 au 30 août ?

— Pourquoi, tu veux m'emmener à l'ile de la Réunion ou la Guadeloupe ?

— C'est ça, j'ai décidé te t'offrir des vacances. Tu peines à payer toutes les charges du magasin, on part ensemble, mais pas si loin, on reste en France, je t'emmène à Paris. Je repars à la recherche de Grand-mère. Ça te dit de me suivre là-bas ?

Joëlle se pencha vers sa cousine, déposa un baiser sur ses lèvres.

— J'irais dans les champs de betteraves de la Meuse pour des vacances avec toi.

Dehors, le long de la rivière, la neige tombait à gros flocons, Carmen poussait la chaise roulante de sa grand-mère sur le sentier terreux, elle zigzaguait entre saules et bouleaux. Grand-mère tenait une enveloppe entre ses mains, elle la jeta dans la boite aux lettres devant la maison, posa son doigt sur la sonnette.

Joëlle se réveilla en sursaut, Pierrette se croyait toujours dans son cauchemar.

— Qu'est-ce qui faut faire, Pierrette, on ouvre ? Il est trois heures du mat, j'ai peur.

Nouveau coup de sonnette, puis une voix féminine.

Pierrette sauta en bas du lit, ayant reconnu la voix de sa sœur Paule, elle piétina jusqu'au hall d'entrée.

— J'arrive.

Elle ouvrit la porte.

— Qu'est-ce qui se passe ?

— Maman vient de faire un malaise, l'ambulance l'emmène en ce moment même à l'hôpital à Besançon. Léon reste à Amondans avec papa. Je vais de suite à l'hôpital, veux-tu m'accompagner ? Papa n'est pas bien, il a préféré rester à la maison. Maman râlait en tremblant dans le lit, ça a réveillé le père, puis maman a perdu connaissance presque aussitôt. Crise cardiaque ou AVC, le médecin ne sait pas vraiment.

— Laisse-moi m'habiller, je fais vite.

Pierrette retourna dans sa chambre, expliqua à sa chérie le pourquoi de ce coup de sonnette. Joëlle n'osa pas sortir du lit, elle ne voulait pas affronter le regard de Paule. Cette dernière n'appréciait pas les amours des deux lesbiennes. Paule et Pierrette restaient en mauvais termes depuis plusieurs années.

Les deux sœurs rejoignirent l'hôpital au plus vite. Un médecin-urgentiste s'approcha des deux filles.

— Votre maman est morte dans l'ambulance.

Elle venait de fêter ses soixante-trois ans. Les deux sœurs s'enlacèrent pour laisser couler leurs larmes.

Pierrette n'osait imaginer cette heure si pénible après cet agréable début de nuit empli de plaisirs. Était-ce Dieu qui la punissait ? Ou peut-être sa grand-mère bien vivante dans l'au-delà ? Cette vieille sorcière n'avait-elle pas sonné à la porte dans son cauchemar, n'avait-elle pas laissé une lettre de condoléances dans la boite aux lettres. Sa tête tournait, elle devait s'assoir. Paule accompagna sa sœur à la salle d'attente des urgences en enroulant son bras autour de son épaule.

Le dos cabossé touchait le mur, Pierrette avait mal aux vertèbres. Pourquoi ne dormait-elle pas tranquille dans les bras de Joëlle à cette heure-ci, pourquoi ? « Pourquoi une vie si injuste ? Que fait Dieu en cet instant ? On se donne un peu de plaisir en ce bas monde et le divin se venge aussitôt en nous jetant mille chagrins au visage ! Pauvre maman ! Te voilà au ciel maintenant, tu peux donc vérifier les erreurs de ta fille maudite, les pensées de ta Pierrette libertine. Oui, je suis une dépravée qui se plait dans la luxure avec sa belle cousine. Aie pitié de moi, maman. Je ne crois pas en Dieu, mais je crois en toi, je sais que tu es vivante là-haut et que tu vas désormais me surveiller. Alors, souffle-moi à l'oreille, dis-moi si j'ai encore le droit d'aimer Joëlle. Et surtout, pardonne mes erreurs, mes folies de toutes ces nuits passées. »

Le décès subit apporta un lourd chagrin à la ferme d'Amondans. Le père Petitjacquet se consolait auprès de sa fille Paule et de son gendre Léon qui habitaient sur place. Ses deux sœurs de Montbéliard et de Besançon rejoignirent la ferme pour l'accompagner du mieux possible. Beaucoup de monde se rendit à l'enterrement, il manquait cependant la nièce Carmen, mais aussi Suzanne la morte-vivante, belle-mère de la défunte.

À l'office, au cimetière, à la réunion de famille au bistrot du village, Joëlle restait constamment auprès de sa cousine chérie. Elle enserrait souvent l'épaule de Pierrette sans même y prêter attention. Les gens autour, les mauvais, les gentils, tous ne comprenaient pas l'intimité provoquante des jeunes filles. Cependant, pour Joëlle, c'était juste l'envie de consoler. La compassion fusionnée à l'amour, n'était-ce pas ce que le divin souhaitait ? N'était-ce pas préférable à toutes ses prières, ses symboles mortifères souvent exagérés ? Les deux filles, dans ces instants, auraient préféré être seules à genoux devant l'autel d'une chapelle, dans le silence de l'infini et de l'incertain. Elles murmureraient à maman, à tata : on t'aime, tu vas nous manquer, nous prions pour que tu reposes en paix. Pourtant Pierrette se disait que c'était beau aussi cette communion autour de papa et de ses enfants, d'être soutenus dans la douleur, et cela lui serrait le cœur.

La jalousie des mots

Durant la réunion de famille après l'inhumation, derrière son chagrin, Pierrette écoutait les condoléances de l'entourage, comprenait que cela sonnait un peu vrai, que pourtant tout ne durerait pas, que les mesquineries de la vie reprendraient vite le dessus. Elle crut cependant reconnaitre quelques rares sincérités et véritables amours : son père, sa sœur, Francis, et bien sûr sa chérie Joëlle.

Personne n'avait remarqué Carmen tout en noir, laquelle s'attardait devant la tombe fraichement fleurie à discuter avec une dame handicapée en fauteuil roulant, le dos vouté, un foulard sur sa chevelure, un voile de dentelles sombres devant son visage. Un homme aux cheveux blonds, les traits fins, les yeux bleus, tenait le charriot, guidait la paralysée qui se penchait péniblement pour humer l'odeur d'une fleur. De son accent british, il échangeait quelques paroles avec Carmen.

Le deuil, la tristesse sur le village, le respect, tout retarda les vacances de Pierrette et de Joëlle. Les deux filles décidèrent de reporter leur enquête sur Grand-mère à l'été suivant.

22

Eté, automne 1991

Joyeux anniversaire, Pierrette. Tu t'es comportée de façon provocante le jour des funérailles de ta maman, ce n'est pas bien. Peut-être faut-il que je me fasse une raison ? Par ailleurs, ce fut un très bel enterrement. La tombe merveilleusement fleurie. Ma belle-fille semblait être aimée par beaucoup de monde, mais peut-être les gens sont-ils surtout venus pour soutenir mon fils dans cette terrible épreuve, il était adoré dans toute la région. Le voilà bien seul maintenant, et encore si jeune ! Je sais que Paule s'en occupe à merveille. Ce serait bien que tu en fasses autant plutôt que de trainer avec ta cousine. Joëlle n'est pas la préférée de mes petites-filles parce que je suis certaine que c'est elle qui t'a retourné la cervelle. Je l'aime quand même, d'autant que sa claudication la perturbe fortement. Va savoir ! Est-ce pour cela qu'elle a toujours eu peur des garçons ? Ce n'est pas une raison pour faire des choses interdites avec les filles, surtout avec sa cousine. Je crois encore que tu sauras te ressaisir, il est grand temps de te faire pardonner par Dieu.

Moi je vais bien malgré mon handicap. J'essaie de rester jeune, non pas pour plaire, simplement pour me faire plaisir, et puis Paris reste Paris, les vieux comme moi se pomponnent et les jeunes sont toujours à la mode. J'aime cette ville et je me plais dans ce coin vers le bois de Boulogne. J'ai un joli garçon qui s'occupe de moi, il me promène souvent, il faut dire que je le paye généreusement. Depuis que j'ai vendu mon appartement de Banyuls, je loue pour lui un studio pas très loin de chez moi. Il en voudrait toujours plus, mais il est si adorable que j'envisage de lui offrir une moto, il craque pour les kawas. J'attends son anniversaire, mais chut !

Je t'embrasse et soigne-toi du mieux possible, la paralysie approche.

« Mais pourquoi je continue à lire ces lettres débiles ? Et puis j'ai quarante ans, pourquoi est-ce que, si jeune, je serais diminuée à ce point ? C'est décidé, je pars ce mois d'août avec Joëlle. Je resterai à Paris jusqu'à ce que je retrouve cette folle Grand-mère. Non, elle n'est pas folle, elle est méchante, on dirait qu'elle attend avec plaisir ma paralysie. Souhaiterait-elle partager sa douleur avec moi ? Tout ça parce que je couche avec Joëlle. Elle pense peut-être que lorsque je serai dans un fauteuil roulant, Joëlle ne voudra plus de moi. Tu te trompes, Grand-mère. Tu ne peux pas comprendre notre amour. Tu crois que ce n'est qu'un désir malsain, des nuits de débauches, tu te trompes lourdement, c'est un amour indestructible, la chair est là, certes, mais même sans la jouissance sexuelle, notre amour continuera de grandir. J'aime Joëlle, oui je l'aime comme une folle ».

Huit jours qu'elle n'avait pas vu sa cousine, laquelle était débordée par un surcroit de travail inhabituel. Elle sentit son cœur se serrer, laissa glisser une larme sur sa joue, posa la lettre dans le tiroir à secrets. Il faudrait bientôt ficeler un deuxième paquet du courrier de grand-mère tellement les lettres s'amoncelaient, elle le cacherait au fond de son placard. Ce soir, elle téléphonerait à sa chérie, lui annoncerait leur départ pour Paris, ce serait pour la première quinzaine d'août, comme prévu, elle lui dirait aussi des mots doux, des mots d'amour, des mots qu'elle égraine chaque jour sur ses lèvres. Et puis il lui tardait de passer une nuit avec elle, il fallait discuter sur l'oreiller, sa cousine chérie ne lui avait pas encore dit grand-chose sur l'incarcération de Carmen. Elle savait juste que de nombreux indices avaient convaincu les juges du crime de Carmen, mais ils n'avaient jamais connu le mobile ni surtout retrouvé le corps. Alors, comme souvent, elle se remémorait cette folle nuit de noces perverse dans les bras de Joëlle, ce bruit de galop dans l'écurie tout à côté, ce silence qui s'ensuivit, puis l'image de Pomme qui se sauvait dans la nuit, deux silhouettes sur son dos, l'une s'était retournée, la crainte d'être reconnue certainement.

Paris en plein jour, la Ville lumière sous le soleil, les monuments, l'histoire. Que de gens, que de voitures, que de bruits, des sirènes, des klaxons, des moteurs ! Et pourtant, quelle est cette légende où Paris se vide en aout ? Venez donc à Amondans, là, hiver comme été, c'est le silence et le calme !

Pierrette et Joëlle, main dans la main, s'enfoncèrent dans le métro. Dans la capitale elles affichèrent leurs amours sans aucune gêne ! Elles s'arrêtèrent dans un virage du couloir souterrain, s'enlacèrent, s'embrassèrent devant un vagabond assis, une guitare sur ses genoux. Les passants défilaient auprès d'elles, et certains les dévisageaient avec un certain trouble. On dirait que même les Parisiennes n'osaient pas, songeait Pierrette, il faudrait que j'écrive un livre sur le féminisme et la liberté sexuelle, Joëlle et moi sommes des précurseuses, j'ai vérifié sur le dico, ça n'existe pas des précurseuses, ce sont tous des précurseurs, des visionnaires, des inventeurs, des novateurs, pas de novateuses, pas d'inventeuses, si, des inventeuses, ça existe mais on ne le dit pas, ce n'est pas dans l'harmonie phonétique, pas de visionneuses, si, mais c'est pour regarder des films, c'est pas fait pour observer la réalité. Pierrette s'amusait de cette philosophie pour se braquer contre l'hypocrisie, elle en parlait fréquemment avec Joëlle. Sa cousine chérie, plus excentrique, n'hésitait pas à confondre ses pensées et ses actes. Ce fut d'ailleurs elle qui plaqua sa cousine contre le carrelage froid du couloir du métro pour lui rouler un patin devant le monde. Seul le clochard assis à leurs pieds avait posé sa guitare sur ses genoux pour applaudir. Elles poursuivirent leur chemin, Pierrette pas très à l'aise. Joëlle claudiquait, heureuse de caresser le dos courbé de sa chérie, fière de narguer touristes et Parisiens.

Au bout du troisième jour, elles connaissaient la plupart des allées du bois de Boulogne. Dix-neuf heures, elles rentraient dans leur bungalow du camping parisien après avoir avalé chacune un sandwich. Allongées dans leurs transats sur le gazon, elles papotaient sur la vie parisienne, sur la grand-mère introuvable, mais la conversation prit subitement une tournure différente :

— Tout compte fait je ne sais pas grand-chose sur l'incarcération de ta sœur.

Derrière ses lunettes de soleil, une cigarette entre les lèvres, Joëlle continuait de fixer on ne sait trop quoi.

— Je ne sais rien de plus.

Pierrette tourna la tête vers sa chérie :

— Carmen a passé dix ans en prison, OK j'ai rien su, mais toi, forcément tu as bien ta petite idée sur le pourquoi et le comment de la culpabilité de Carmen.

À son tour, Joëlle daigna tourner la tête vers la chaise longue tout à côté d'elle :

— Perso, je t'avoue que je crois ma sœur coupable. Je sais pas, moi, son attitude les quelques fois où je suis allée la voir à la prison de la butte à Besançon, ne pas vraiment se défendre, ne pas hurler contre l'injustice d'être entre quatre murs pour rien.

— Pis ce n'est pas dans le tempérament de ta frangine.

— Dis donc, ma sœur a écopé de dix ans, ça correspond à quoi ? On dirait que la justice a voulu couper la poire en deux comme si elle doutait. Pour un crime aussi ignoble, Carmen aurait dû prendre au moins vingt ans, et si la justice avait eu le moindre doute, elle aurait innocenté ma sœur. En fait ce qui a perdu Carmen c'est qu'elle n'a fait que se contredire devant les flics. D'abord elle a juré ne jamais être allée au bord de la Loue cette nuit-là avec le cheval, puis elle a reconnu qu'elle a voulu retenir Grand-mère qui partait se noyer, elle lui aurait même arraché un bout de sa robe. Les flics ont en effet découvert un morceau de tissu déchiré, lequel correspondait au vêtement que portait notre grand-mère ce soir de noce. Malheureusement pour Carmen, cette pièce à conviction fut retrouvée chez elle rue des granges à Besançon et surtout, la poche cousue en bas de ce morceau de robe ne contenait plus les deux lingots d'or que Grand-mère gardait toujours sur elle. C'était un secret de polichinelle, toute la famille connaissait cette drôle de cachette, les parents, toi, moi, Paule, et surtout Carmen. Enfin, les flics ont relevé les empreintes de Carmen sur la bride de Pomme et découvert des traces de sabots au bord de la Loue en bas d'Amondans. Non, vraiment, pourquoi juste dix ans ?

— Peut-être a-t-elle pris quinze ans et a-t-elle obtenu une réduction de peine pour bonne conduite.

Joëlle ricana comme si elle narguait Carmen dans sa tête.

— Non, justement, Carmen a passé ses dix ans à foutre le bazar en tôle, ça ne risquait pas qu'ils la relâchent plus tôt. Quoiqu'il en soit, j'étais au tribunal pour le verdict, elle a bien écopé de dix ans seulement. Il parait que c'est à cause de l'or, pas sûr qu'il y ait eu préméditation, pas sûr que Carmen ait tué Grand-mère pour les lingots. Je comprends rien. Pis je m'en fiche. Y a plus qu'une chose qui maintenant convient à ma vie : notre amour.

Pierrette se souleva sur un coude, laissa passer un jeune homme en maillot de bain qui déambulait aux pieds des transats, tout sourire, un œil sur les ventres et les jambes nus des filles.

— Et cette lettre de Grand-mère qui révèle son propre suicide, cela n'a donc pas innocenté ta sœur ?

— Au contraire, cela a confirmé sa culpabilité. Les tests graphologiques, une rédaction hésitante qui cachait volontairement son véritable délié, tout la punissait.

— Grand-mère n'est pas morte, elle m'écrit vraiment.

— Pourquoi Carmen a-t-elle triché sur son écriture devant les experts, c'est parce que c'est une écriture identique à celle de Grand-mère, comme celle de la fausse lettre de suicide, comme les lettres que tu reçois, c'est elle qui te fait chanter.

— Mais elle ne me fait pas chanter, elle ne me réclame rien, elle écrit comme écrit grand-mère.

Pierrette hocha la tête et poursuivit :

— Non, non, c'est bien Grand-mère qui m'écrit, c'est une intuition qui me poursuit depuis le premier courrier que j'ai reçu après sa mort. Je saurai la vérité, d'ailleurs nous sommes à Paris pour cela. Preuve que tu n'es sûre de rien toi non plus puisque tu m'as suivie ici.

Joëlle se leva de sa chaise longue. Maillot de bain une pièce, pieds nus, elle s'agenouilla devant le transat de sa chérie, lui caressa la joue.

— Je te suivrai au bout du monde, quelle qu'en soit la raison.

— Elle embrassa doucement Pierrette sur les lèvres tout en zieutant le bungalow d'à côté. Qui sait, on regardait peut-être un amour coquin. Tant pis pour eux ! z'ont qu'à s'aimer aussi, fantasma-t-elle.

Le soleil se cachait derrière les grands arbres. Les deux filles se levèrent enfin, décidées à prendre le RER pour rejoindre le centre de Paris, les Champs-

241

Élysées, les Grands Boulevards, la place Madeleine. Elles ne trouveraient certainement pas Grand-mère par là-bas, mais il fallait bien se détendre un peu, pour l'enquête, on verrait le lendemain.

Au petit matin elles s'étirèrent dans le lit après avoir fait l'amour, puis elles s'embrassèrent à ne pas vouloir s'arrêter, pire que deux jeunes mariés durant leur lune de miel. Elles se levèrent, heureuses de leur bonheur, prirent leur petit-déjeuner de très bonne humeur.

Pierrette sautillait derrière sa chaise. Elle n'avait pas mal au dos :

— C'est aujourd'hui que l'on retrouve Grand-mère !

Joëlle restait assise devant sa tasse de thé.

— Dommage, je me plaisais en vacances ici ! Tu as vu notre soirée d'hier, on a fini aux Folies Pigalle.

— Pas étonnant que tu m'aies sauté dessus toute la nuit.

Joëlle souriait en croquant dans son petit pain suédois, Pierrette dansait toujours derrière sa chaise.

— Ce matin on va du côté du jardin d'acclimatation, je vois bien Grand-mère se balader par-là dans son fauteuil poussé par une infirmière de sa maison de vieux.

Joëlle tourna la tête vers sa cousine :

— Ou alors poussé par ce beau jeune homme qu'elle paye si bien pour s'occuper d'elle, ne crois-tu pas ?

Pierrette s'arrêta de sautiller.

— Ah oui, c'est vrai qu'elle en parle dans une de ses lettres. Pis je vois que je te raconte tout, on dirait que tu es ma confidente ! ironisa-t-elle.

Joëlle, Pierrette et le soleil gambadaient dans l'allée à la sortie du bois de Boulogne. Une belle journée en perspective, un ciel bleu, une brise fraiche, les arbres, les oiseaux, les fleurs, que du bonheur !

Après avoir payé leurs billets d'entrée, elles flânèrent dans les allées entre le train teuf teuf, les jeux d'eau, les gondoles, le grand carrousel. Au détour d'un feuillage près des souris mécaniques, Pierrette stoppa net, recula un peu pour se cacher, retint sa cousine par le bras. La main devant sa bouche, les yeux écarquillés, elle fixa Joëlle comme si elle la voyait pour la première fois. Elle murmura enfin entre ses doigts :

— Ma sœur !

— Quoi, ta sœur ?

— Ma sœur est là, devant le manège des souris.

Joëlle se pencha en repoussant des branches de saule qui la gênait.

— Oh ! c'est vrai. Mais, mais, elle est ici avec ses trois mioches, ils sont dans le manège. Oh ! Merde !

À son tour de mettre la main devant sa bouche.

— Quoi, qu'est-ce qu'il y a ? demanda Pierrette.

— Devine qui est là aussi.

— Je sais pas, dis voir.

— Ton bel Anglais, Williams.

Pierrette se laissa tomber sur un banc, à l'abri du regard des spectateurs des souris mécaniques. Joëlle vint s'asseoir à côté d'elle.

— Qu'est-ce que ça veut dire ?

— L'autre fois à Banyuls, aujourd'hui au bois de Boulogne à Paris. Il est certain maintenant que Paule cherche aussi Grand-mère. Tu vois, ma sœur pense comme moi, Grand-mère est vivante.

Le regard vers les graviers de l'allée, Pierrette soupira puis reprit :

— Ma sœur fait d'une pierre deux coups, elle recherche Grand-mère, elle en profite pour se taper Williams. Quand je pense que tout le monde au village la prend pour une fille raisonnable, elle cache bien son jeu, celle-là. J'ai bien envie de me lever pour foutre mon scandale devant le manège.

Alors qu'elle levait ses fesses du banc, Joëlle la retint.

— Non, pas de disputes devant les gosses, plus tard. Pour l'instant, on va les surveiller.

— Surveiller qui ? Ils sont ensemble, tu veux savoir quoi de plus ? Voir comment ils s'envoient en l'air dans le plumard.

— Qu'est-ce que tu as, chérie, tu t'énerves parce qu'elle t'a piqué ton beau Williams ?

— Arrête de dire n'importe quoi, c'est de l'histoire ancienne. Tu sais bien que c'est toi que j'aime.

Pierrette déposa un baiser dans le cou de sa chérie, en profita pour se pencher à son tour au bord de la haie afin de vérifier ce que faisait le couple adultère. Les mioches descendaient du manège, Williams prenait le cadet par la main et le posait dans sa poussette. Les deux autres restaient derrière maman, laquelle collait l'épaule du bel Anglais.

— Léon ne serait donc pas là ? demanda Joëlle.

— Ben non, c'est les moissons à Amondans. Tout de même, quelle salope, ma sœur !

— C'est bien la première fois que je t'entends causer ainsi.

Pierrette rageait, les deux poings fermés.

— Y a de quoi, non ! Une fille qui va à la messe tous les dimanches, qui travaille à la ferme sans relâche, qui élève ses gosses en bonne mère de famille, qui fait des mamours à son mari à chaque repas de famille. J't'en foutrais ! Oui c'est une belle salope, ma sœur.

Les deux femmes firent demi-tour pour ne pas être repérées. Elles déjeunèrent sous l'abri d'un snack, reprirent les allées à la recherche, non seulement de Grand-mère, mais aussi de la famille « mère salope ». Tout compte fait, Pierrette voulait en savoir plus, pouvoir suivre sa sœur à distance, vérifier où elle créchait ici à Paris. Sûrement dans le camping du bois de Boulogne comme elles, une famille complète ne couchait pas à l'hôtel, ça coutait trop cher. Mais le soir venu, elles ne trouvèrent ni Grand-mère ni la drôle de famille.

Alors que Joëlle se démaquillait dans la petite salle de bain du bungalow, sa chérie Pierrette, en nuisette bleu nuit, ruminait dans le lit, une main sur l'oreiller, la tête sur sa main, les jambes repliées façon fœtus, ne manquerait plus qu'elle suce son pouce, c'eut été l'image d'une échographie d'un bébé géant. Tout de même, songeait Pierrette, comment ma sœur peut-elle deviner que Grand-mère est en vie ? Voilà des années que je ne parle plus des lettres de Grand-mère.

La jalousie des mots

De deux choses l'une : ou Paule a une clé pour ouvrir mon tiroir à secrets, ou Joëlle lui raconte tout. Ou alors, elle sait carrément plus de choses que les flics et la justice sur la disparition de Grand-mère.

23

Hiver 1995

Service chirurgie, chambre 112, hôpital Minjoz à Besançon.

Toc-toc. Une tête entre la porte et le chambranle.

— Coucou, sœurette, je dérange ?

Depuis plus de cinq ans que les deux sœurs ne s'étaient plus adressées la parole, Paule avait hésité à frapper à la porte de la chambre pour rendre visite à Pierrette, comment allait-elle être reçue ? À croire qu'elle connaissait mal sa petite sœur, une fille adorable toujours prête à pardonner, cependant Pierrette avait eu beau chercher des circonstances atténuantes à Paule, elle n'avait rien trouvé, d'où cette rancœur qu'elle avait gardée tout ce temps, un pardon qu'elle ne parvenait pas à lui offrir. Mais face au pire, devant la souffrance et l'effroi, les deux sœurs s'enlacèrent dans une angoisse pesante. Le lendemain matin Pierrette devait subir une opération qui déciderait de son avenir : soit rester une fille avec son dos fragile et sa déformation de la colonne vertébrale toujours plus accentuée, soit devenir un légume jusqu'à la fin de ses jours. En effet c'était une intervention chirurgicale à quitte ou double. La moelle épinière se contractait dangereusement entre les vertèbres abîmées, et d'après les médecins, encore quelques mois, et Pierrette allait perdre l'usage de ses deux jambes. Mais l'opération restait délicate, une quelconque surprise lors de l'ouverture de la chair, la moindre erreur, et Pierrette pourrait devenir paraplégique. C'est une éventualité bien réelle, lui avait asséné le chirurgien. Mais en accord avec sa chérie, Pierrette avait décidé de l'intervention. Quel que soit l'état final de la santé de son amour, Joëlle serait toujours à ses côtés.

Paule, assise sur une chaise à côté du lit, tenait la main de sa sœur.

— Il est encore temps de revenir sur ta décision. J'ai peur pour toi, sœurette, imagine que ça tourne mal, paraplégique, te rends-tu compte ? Même Joëlle ne pourrait pas s'occuper de toi jour et nuit, que deviendrait ta vie.

Le visage laiteux, Pierrette regardait sa sœur avec des yeux humides.

— Je sais, mais j'ai la bonne intuition, ça ira. Si l'on ne m'opère pas, je vais finir mes jours dans un fauteuil roulant, quelle horreur ! Je suis encore jeune, quarante-cinq ans. Non, je ne veux pas de cet avenir.

— Et l'autre avenir, que serait-il ?

— Je me laisserai mourir, Joëlle m'y aidera.

— Je prierai pour toi, sœurette, je t'aime.

Pierrette ferma les yeux, ne répondit rien. L'aimait-elle, elle aussi, oui sûrement.

Le soir, derrière le toc-toc sur la porte, ce fut la tête du père. Au chevet de sa fille, il lui souhaita bonne chance, il croyait au succès de l'opération, il quitta la chambre, une larme cachée sous sa paupière. Une demi-heure plus tard, Joëlle entra. Une infirmière, blouse blanche, coiffe blanche, piquait une veine de Pierrette. Alors qu'elle rangeait sa trousse médicale sur la petite table à côté du lit, Joëlle s'avança vers sa compagne et l'embrassa sur les lèvres.

— Je t'aime.

L'infirmière se retira discrètement, un sourire sincère orienté vers les deux lesbiennes. Les temps changeaient, les associations LGBT évoquaient l'idée du mariage homosexuel. Rien ne retenait les deux « précurseuses » à s'aimer au grand jour. Même Paule semblait accepter, même le père Petitjacquet. Quant aux parents de Joëlle, il y avait longtemps qu'ils comprenaient cette liaison, certes une union entre deux filles, mais aussi une alliance entre deux cousines, fallait oser tout de même !

Le lendemain :

— Surtout, n'asseyez pas de bouger votre dos. Quoiqu'il en soit, vous êtes dans une coquille, elle vous protège. Je comprends que vous n'êtes pas très à l'aise, mais sachez être patiente. L'opération est une réussite. Voyez, vos bras remuent, vos jambes fonctionneront bientôt, mais n'essayez pas de les déplacer non plus, ceci pourrait perturber la cicatrisation dans votre dos. Merci de nous avoir fait confiance, loin de vous maintenant votre avenir dans un fauteuil roulant.

— Merci docteur, chuchota Pierrette, le visage laiteux.

Joëlle remplaça le chirurgien devant le lit de sa chérie. Elle approcha une chaise, emprisonna la main de sa cousine dans ses longs doigts blancs aux ongles vernis de rouge.

— Je suis heureuse pour toi, et heureuse pour nous. Nous avons pris la bonne décision contre l'avis général. Ton intuition était juste comme toujours.

Pierrette avait plus envie de dormir que de converser :

— Oui, et mon intuition me dit que l'on retrouvera Grand-mère vivante.

Les deux derniers mots s'effaçaient sur les lèvres de Pierrette. Elle s'endormit. Joëlle garda sa main dans la sienne, souriait devant la figure pâle, mais apaisée de sa chérie. Elle resta longtemps ainsi à admirer l'amour.

— Je reviendrai ce soir, mon amour. Tu es belle, douce, gentille, je t'aime comme une folle, murmura-t-elle, sûre que ses paroles s'accrocheraient aux rêves de Pierrette.

Le visage de sa cousine semblait sourire sur le drap blanc.

Pour Noël, Pierrette marchait, certes avec deux béquilles pour soutenir son dos encore fragile, mais elle retrouvait la vie d'avant, la vie que tout le monde souhaite, sans handicap. Un pied qui boite pour sa chérie, un dos blessé pour elle, cela n'était rien, un détail quand on pense aux tétraplégiques, aux paraplégiques, aux maladies graves, à toutes ces saloperies qui existent sur terre, sans parler des injustices, de la pauvreté. Allez, oublions, c'est Noël, faut vivre heureux, Jésus est né pour tous nous sauver ! Pierrette, pourtant agnostique, en deviendrait presque bonne sœur.

La jalousie des mots

En ce mois de février, il tombait de gros flocons depuis déjà longtemps derrière les vitres de la petite maison de pierres au bord de la Loue. Les canards lustraient leurs ailes sur l'eau glacée, les branches des arbustes du jardin se courbaient sous le poids de la neige. Pierrette ne travaillait pas en ce vendredi. En accord avec son patron elle démarrait son labeur doucement dans les bureaux de son usine de micromécanique. Alors, en nuisette, elle rêvait derrière les carreaux, elle admirait les flocons de poésie qui papillonnaient dans l'air frais, se posaient sur le sol blanc du jardin, écrivaient une romance bucolique où la pureté de la nature se mélangeait à l'amour fripouille. La blancheur immaculée tombait partout sans réfléchir, elle montrait que tout pouvait être beau, tant sur les demeures hypocrites que sur les demeures jalouses, pareille sur les maisons polissonnes que sur les maisons innocentes.

Chaussée de pantoufles orange, couverte d'un déshabillé orangé, Pierrette s'avança jusqu'à son piano. Les doigts blancs sur l'ivoire entamèrent une balade sensuelle et emplie d'émotion. Elle aimait le romantisme de Frédéric Chopin.

Puis, sans quitter ses pantoufles, elle piétina jusqu'à la boite aux lettres. Tiens, un courrier de Paule !

Elle s'installa dans le canapé sous les poutres du salon après avoir déposé une buche dans l'insert tout à côté. Elle déchira nerveusement le haut de l'enveloppe. Pourquoi Paule ne venait-elle pas expliquer de vive voix ? Leurs relations, après un bref répit lors de l'opération de Pierrette, se détérioraient à nouveau. Tout cela parce que Paule avait longuement insisté afin que l'intervention chirurgicale n'ait pas lieu, tout cela parce que même après l'opération, Paule continuait de faire la moue comme si elle doutait du sérieux du chirurgien. Cette grande sœur lui voulait-elle donc du mal ?

Elle déplia la lettre :

Amondans le 24 février,

Je t'écris parce que je n'ai pas la force de te parler, j'ai peur d'une réaction imprévue de ta part. Je t'aime comme on aime une petite sœur, mais je sais que nous avons quelques différends. Il est important que tu saches tout sur les mensonges de Joëlle. Si tu reçois des lettres de Grand-mère, comprends que c'est du trucage. Joëlle ne t'aime pas autant que tu le crois. Ta soi-disant chérie allait régulièrement voir sa sœur en prison, lui racontait tout sur ta vie, la sienne, sur vos amours. Carmen en faisait des gorges chaudes, et par méchanceté, persuadée que tout était de ta faute si elle était derrière les barreaux, elle écrivait et t'envoyait ces fausses lettres pour perturber ta vie, c'était juste un jeu, disait-elle, elle appelait cela le jeu de la vengeance. Lors de la déposition que tu as faite à la gendarmerie, tu as déclaré avoir vu la jument galoper dans le pré en direction de la rivière, deux personnes sur son dos. Les flics en ont déduit que c'était Carmen et Williams. Et Grand-mère... pfou... disparue, comme un ange qui rejoint le ciel. Carmen fut inculpée, dix ans de prison, et Williams court toujours, ce garçon que je n'ai pas revu depuis mon séjour à Banyuls. Les parents n'ont jamais voulu te donner des détails sur l'enquête, tu étais à l'hôpital de Rennes pendant ce temps, cette enquête a rebondi lorsque les gendarmes ont retrouvé la lettre du suicide de notre grand-mère et c'est là que tu as su une toute petite partie de la vérité. Je sais que tu reçois toujours des lettres de Grand-mère, je ne comprends pas que Carmen persiste maintenant qu'elle est libre. Elle a disparu pour ne plus nous revoir, mais pourquoi ? Tout ceci m'échappe. Carmen n'a jamais souhaité revenir dans la région, elle a honte de son séjour en prison, de sa culpabilité, elle veut oublier la famille. Je crois qu'elle sort toujours avec Williams et qu'ils vivent à Londres. Même si je ne suis pas d'accord avec ta relation très particulière avec notre cousine Joëlle, j'essaie de mieux comprendre, même si c'est dur de tout accepter, et je te souhaite le meilleur pour ton avenir. Donne le bonjour à ta bien-aimée. Méfie-toi tout de même de ta Joëlle chérie.

Paule.

Pierrette resta perplexe un long moment devant le courrier. Elle relut deux fois la lettre. Il fallait trier le vrai du faux. Pourquoi cet immense mensonge, ne pas avoir revu Williams alors qu'elle avait passé des vacances avec lui à Paris, il y a quatre ans ? Et ce semblant de repentir « j'essaie de mieux comprendre » « donne le bonjour à ta bien-aimée », que cherchait-elle ?

Ce qui l'étonna le plus, c'était cette écriture penchée, serrée, ces mots accrochés à d'autres mots. Cette écriture ressemblait tellement à celle de grand-mère ! Quant aux mensonges de Joëlle, pure invention, elles s'aimaient trop ! À vérifier tout de même.

Trop de neige sur la route, inutile de sortir la Peugeot, de grimper la côte de Fertans et la butte d'Amondans si dangereuses, alors Pierrette décrocha son téléphone.

— Bonjour Léon, c'est Pierrette, peux-tu me passer ma sœur.

— Qu'est-ce que tu lui veux ?

— C'est perso, c'est une affaire entre nous deux, nous sommes sœurs quand même !

— Parfois je me le demande.

— Eh, oh ! tu es mal placé pour donner une leçon de morale, me comprends-tu !

Alors la voix de Léon résonna dans le combiné :

— Paule ! c'est pour toi.

— Salut Pierrette, que se passe-t-il ?

— Tu t'attendais bien à ce que je réponde à ta lettre, non ?

— Quelle lettre ?

— Ben celle que tu m'as envoyée, je l'ai reçue hier par la poste.

— Je ne t'ai pas envoyé de lettre du tout. C'est quoi cette affaire encore ?

Pierrette faillit lâcher le combiné. Après un court instant de réflexion, elle répondit :

— Elle est datée d'il y a trois jours, l'enveloppe tamponnée au bureau de poste d'Amancey.

— Désolée mais cela s'apparente à une mauvaise farce. Et que dit cette lettre ?

La jalousie des mots

— Laisse tomber, Paule. Si tu veux, passe à l'occasion à Scey-en-Varais, je te la montrerai. Par contre, ce qui me surprend, c'est que l'écriture s'apparente à celle de Grand-mère et je crois savoir que la tienne ressemble aussi à celle de Grand-mère.

— Je te dis que je ne t'ai pas écrit. C'est sûrement un farceur ou farceuse qui veut se faire passer pour moi. Sais-tu que Carmen a aussi une écriture identique?

Sans même saluer sa sœur, Pierrette raccrocha avec rage.

Elle s'assit sur le canapé, la tête entre ses mains. Demain, j'irai voir papa.

Sous un ciel nuageux mais un temps plus doux, un léger dégel s'amorça sur la région. Les chemins n'étaient pas encore bien propres, mais c'était praticable, même pour une conductrice pas trop téméraire. Pierrette parvint en milieu de matinée à la ferme familiale d'Amondans. Elle ne venait plus guère dans son village natal. Son père toujours en pleine forme physique flanchait cependant côté psychique, les visites devenaient peu intéressantes d'autant que le père passait son temps à critiquer vertement sa fille sur toutes sortes de sujets. Rien à voir toutefois avec la nature lesbienne de Pierrette, par contre tout était prétexte pour la rabrouer : son style vestimentaire, la couleur de sa Peugeot, son manque de sourire, ou alors trop de sourires. Si le père, âgé de 73 ans, gardait une excellente mémoire, Pierrette ne supportait plus ce côté mesquin jusqu'au moindre détail alors qu'il se fichait comme de l'an 40 de toutes les choses

255

importantes. Il devenait aigri depuis le décès de sa femme.

Lorsque Pierrette claqua la porte de la 205, elle releva la tête pour apercevoir son père qui la guettait derrière les carreaux de la grande cuisine. Plus haut, une épaisse fumée blanche sortait de la cheminée, le vieux venait de charger le poêle à bois.

De l'autre côté de la rue, malgré la fraicheur, la porte de la menuiserie restait ouverte. Cependant, on n'entendait plus le bruit de la scie et des rabots, les copeaux et la sciure n'embarrassaient plus l'entrée, le voisin avait fermé boutique depuis bientôt dix ans. Une grande salle à vivre élargie par une vaste baie vitrée remplaçait désormais la menuiserie. Un brin de nostalgie traversa le cœur de Pierrette en tournant son regard vers ce passé. Elle imaginait le visage et la carrure de l'apprenti Williams lorsqu'il contournait le local de travail pour entrer par la porte latérale. Aujourd'hui celle-ci n'existait plus, à la place un chèvrefeuille s'accrochait à un mur crépi.

Elle détourna son regard de l'ancienne menuiserie et entra dans la grande cuisine de la ferme.

— Bonjour papa.

Un bisou, une joue tendue en retour, rien de plus, pas un mot.

Pierrette approcha une chaise de la table, s'assit en face de son père qui resta debout, le dos face au poêle. Après un silence trop long, elle se décida :

— Papa, j'étais absente lors de l'enquête de police, absente lors de l'incarcération de Carmen, on m'a caché beaucoup de choses à ce sujet. Peux-tu me donner enfin de vraies explications ?

— Chaque fois que tu viens ici, c'est pour faire des histoires. Et pis, t'as vu comme t'es gônée, une chemise débraillée, des baskets comme les garçons, un pantalon de ski comme les gars. Si ta mère te voyait !

— Là n'est pas la question. Que s'est-il véritablement passé lors de ma nuit de noces dans l'écurie avec Pomme ?

— Pomme est mort y a bien longtemps, pis ta mère aussi.

— S'il te plait, papa, que s'est-il passé cette nuit-là, et puis après ?

— Si tu continues à m'enquiquiner, je vais me plaindre vers ta sœur. Elle est là, tout près, dans le logement à côté.

— Je sais, je vais d'ailleurs lui rendre visite tout de suite puisque tu ne veux rien me dire. Tu me déçois, papa, tu te fiches de tout. À part peut-être de savoir comment je m'habille.

— Va donc la voir, de toute façon elle te fichera dehors.

Paule reçut sa sœur, certes plutôt froidement, mais elle écouta les supplications, lut la lettre que lui présenta Pierrette.

— Je te confirme que ce courrier n'est pas de moi. Par contre tout ce qui est écrit semble vrai. La personne qui l'a envoyée est bien informée, mais à mon avis, ce n'est ni Carmen ni Williams. Cet Anglais écrit trop mal le français et notre cousine, je ne vois pas dans quel intérêt.

Pierrette quitta sa sœur aussi vite qu'elle s'était séparée de son père quelques minutes avant, persuadée que Paule lui mentait. Elle n'avait pas évoqué devant elle la présence de sa sœur à Paris avec Williams, alors elle garderait comme un trésor cette discrétion telle une arme qui sortirait de son fourreau pour frapper fort lorsque le moment serait propice.

Elle regagna sa maison de Scey-en-Varais, des questions plein la tête. Il fallait causer sérieux avec Joëlle.

Le lendemain, après une longue discussion stressante, Pierrette en conclut que sa chérie était bel et bien innocente, toutes ces lettres devenaient de plus en plus outrancières, se confondaient dans la méchanceté. Qui en voulait donc tant à leur couple ?

24

Été 2015

Paris, bois de Boulogne, le 14 juillet,
En ce jour de fête nationale, je te souhaite un joyeux anniversaire, Pierrette. Qui aurait cru qu'à 120 ans je serais toujours parmi vous ? Peut-être suis-je la doyenne française, peut-être même de l'humanité ? Mais je ne me suis jamais vantée de mon âge avancé auprès de qui que ce soit, je reste discrète. J'ai bien vu récemment un journaliste un peu trop curieux qui m'a questionné sur ma vie passée, il a souhaité regarder ma carte d'identité. Il n'a rien su, rien vu, à part peut-être ma bouche édentée lorsque je lui ai souri en lui demandant de bien vouloir quitter mon petit appartement. Heureusement que mon homme de peine, debout derrière mon fauteuil roulant, a rabroué ce journaliste prétentieux et l'a brusqué jusqu'à la porte. Il est adorable ce garçon, il s'occupe de moi à merveille. Ce sera mon héritier. Je suis certaine que sous son charme et son bel accent british se cache mon ange gardien. C'est grâce à tout l'amour qu'il me porte que je parviens à m'accrocher à la vie.
Quant à toi, tu poursuis toujours ta vie de débauchée et j'ai beaucoup de mal à t'excuser. Je prie pour toi. Que Dieu te pardonne.
À bientôt de te revoir.
Grand-mère Suzanne.

Depuis quarante-cinq ans, de toutes les lettres envoyées par la grand-mère, ce fut le premier courrier qui faisait allusion à de possibles retrouvailles. Aurait-il fallu encore espérer après toutes ces années ? À l'époque, puisque grand-mère avait franchi le cap des cent ans, Pierrette s'était convaincue de la mort de Suzanne. On imitait bel et bien son écriture.

Pourtant, se dit-elle en lisant cette récente lettre, et si Grand-mère était encore en vie puisqu'elle évoquait une éventuelle rencontre ? Ces dernières années, ces fameuses lettres la poursuivaient toujours parce qu'elle se sentait harcelée par une machiavélique créature, laquelle s'entêtait à perturber son esprit. Âgée maintenant de soixante-cinq ans, elle se regardait devant la glace, voyait ses rides, pas trop prononcées, presque belles, certainement les empreintes d'une vie amoureuse réussie, pensait-elle. Elle avait échangé tant de sourires avec sa cousine chérie que l'épiderme s'approchait avec légèreté de ses beaux yeux bleus, tellement de baisers que la peau se contractait avec délicatesse autour de ses douces lèvres roses. Elle plaisait toujours à Joëlle malgré son dos bossu, mais les premières rides de son cerveau semblaient plus marquées, ces lettres de l'au-delà l'entrainaient à chaque 14 juillet sans cesse plus près du gouffre où sommeillait la folie.

À l'heure des réseaux sociaux, Pierrette décida de s'inscrire sur Facebook, inonda son mur de messages à la recherche de Suzanne Marquet, épouse Petitjacquet, âgée de 120 ans, quelque part à Paris, plus précisément dans les alentours du bois de Boulogne.

Les commentaires fusèrent, et l'on répondait que Pierrette ironisait ou débloquait, beaucoup de retours jouaient sur l'humour : on avait retrouvé Jeanne Calmant sur le grand 8 du jardin d'acclimatation, mais aussi découvert le dernier poilu assis dans un avion de combat d'un manège pour enfant, photos truquées à l'appui. Au fil des mois, devant l'insistance des recherches de Pierrette, on pencha de plus en plus pour la première version, Pierrette déraillait complètement. Sa sœur Paule s'en inquiéta, même Joëlle avec l'amour inconditionnel qu'elle portait à sa chérie, commençait à douter de l'équilibre mental de sa compagne.

Joëlle essayait de vendre son fonds de commerce depuis maintenant deux ans, mais ça ne se bousculait pas au portillon, les affaires se compliquaient, les charges toujours plus lourdes, les banques toujours plus frileuses. Alors elle continuait d'exercer son métier, mais sa cheville folle l'obligea à lever le pied. Elle engagea une fleuriste à plein temps puisque son commerce prospère le lui permettait, ainsi elle passait plus de temps vers sa chérie.

À la terrasse du Pêcheur, l'ombre étroite de cet après-midi de juillet ne parvenait pas à cacher un rayon de soleil qui éclaboussait le visage de Pierrette. Elle porta son verre de bière à la bouche alors que son autre main caressait les doigts de sa copine.

— Pis, crois-tu que nous allons nous aimer encore de longues années ainsi ?

Joëlle retira ses lunettes de soleil, se pencha vers sa chérie, enleva l'autre paire de lunettes fumées du nez de Pierrette. Elle planta son regard dans les yeux bleus de sa chérie.

— Ils sont toujours aussi beaux, ton regard toujours passionné, ton charme est intact.

— Pis toi, tu restes belle et si gentille, je t'aimerai jusqu'au dernier jour.

Elle se pencha à son tour vers Joëlle, l'embrassa à la commissure des lèvres, tant pis pour les gens qui regardaient. Mais les gens du pays connaissaient ce couple heureux. Les mentalités évoluaient, à Ornans aussi, et la population de la petite ville appréciait ces gentilles vieilles dames, ces précurseuses comme elles aimaient le dire, même si cela surprenait encore quelques réacs. Pierrette en avait même écrit une chansonnette que toutes deux fredonnaient parfois entre amis.

De Franche-Comté, nous sommes les précurseuses,
Pas besoin d'hommes, nous manions la perceuse,
Les qu'en-dira-t-on, c'est pour les jaloux
La médisance, on la laisse aux reloux.

Elles riaient de tout, tout le temps, et de leurs amours souvent. Longtemps incomprise, toujours leur passion surprenait, un amour que mille familles du coin leur enviaient secrètement. Le mariage pour tous, elles étaient pour, elles furent les premières lesbiennes à se présenter en mairie de Besançon, ville natale de Joëlle, un couple avec deux robes de cérémonies, pas de traines tout de même.

25

Été 2018

Banyuls le 13 juillet,

Joyeux anniversaire, Pierrette. Me voilà bien vieille et j'ai maintenant 124 ans. Je suis vraisemblablement la doyenne de ce monde. Je suis certaine que Dieu me laisse sur cette terre parce que je suis une bonne chrétienne, il ne m'appellera auprès de lui que le jour où je t'aurai enfin convaincue de quitter ta cousine perverse, où vous arrêterez toutes deux d'afficher au grand jour cette erreur de la nature, cet affront fait au Dieu tout puissant qui refuse cette monstrueuse perversité. Puisque tu ne m'écoutes toujours pas, je te donne rendez-vous pour ton prochain anniversaire à Banyuls où je suis retournée pour y finir ma vie. Dans une future lettre, je te donnerai mon adresse pour que tu puisses m'y retrouver. On causera de vive voix et je pourrai peut-être te convaincre et ainsi tu me laisseras mourir en paix.

Dieu veille à ce que je garde toute ma tête afin de rester à tes côtés pour te soutenir. Tu as certainement de nombreuses années devant toi, tu peux encore de repentir et demander pardon à Dieu, t'éloigner définitivement de ta cousine. À bientôt de te revoir, tu m'as manqué.

Grand-mère Suzanne.

PS Deux surprises t'attendent.

Pierrette rangea la lettre dans le tiroir à secrets. Quelle comédie Grand-mère jouait-elle encore ? « Évidemment que je veux la laisser mourir en paix, mais pas dans ces conditions, rompre ce si bel amour entre Joëlle et moi, impossible ! Je préfère que Grand-mère me pourrisse la vie avec ses lettres débiles plutôt que me noyer dans le chagrin en quittant Joëlle. Ma chérie ne le supporterait pas mieux que moi. Encore un an à patienter et je reverrai donc Grand-mère, est-ce possible ? »

Elle ne voulut pas gamberger plus longtemps, elle franchit la porte de sa chambre, marcha jusqu'au salon, s'installa sur le tabouret devant son piano. Joëlle achevait de lire un roman dans le fauteuil tout à côté. Pierrette approcha ses doigts à peine ridés du clavier, entama une musique jazz pour emporter son esprit loin de ses soucis. Joëlle se leva, posa une main sur l'épaule de sa compagne, embrassa la chevelure grise, ferma les yeux pour partager les rêves de sa chérie et de Duke Ellington.

Après de longues minutes de douce mélodie, Pierrette posa ses mains sur sa robe qui couvrait ses cuisses, laissa grincer le tabouret pour faire face à Joëlle.

— L'été prochain, je t'emmène retrouver Grand-mère à Banyuls.

Joëlle tomba à genoux devant sa chérie, empoigna ses mains, les serra très fort dans les siennes, son regard vers les yeux de son amour.

— Que veux-tu dire ?

— Grand-mère me donne rendez-vous pour mon prochain anniversaire à Banyuls. Il parait que deux surprises m'attendent.

Joëlle se releva, sourit :

— Peut-être un billet de 10 francs.

Pierrette se leva de son tabouret, enlaça sa chérie, enfouit sa tête au creux de son épaule. Joëlle entendit marmonner entre les plis de sa chemise :

— Peut-être deux mauvaises surprises !

Joëlle recula sa tête, caressa le dos déformé.

— Ne te fais pas de mauvais sang. Le dénouement de ces lettres approche, ton intuition semble se vérifier, Grand-mère est encore en vie. Tout de même… 124 ans !

La jalousie des mots

26

Juin, juillet 2019

Banyuls le 12 juin,

Ton anniversaire approche, Pierrette, nous le fêterons ensemble chez moi à Banyuls. Inutile de venir ici avant le 14 juillet, je suis en vacances en Espagne avec mon homme de peine jusqu'à ce jour-là, tu ne me trouveras donc pas sur les lieux avant cette date. Je te donne toutefois mon adresse pour que tu puisses venir au rendez-vous, disons le 14 à 19 h. J'habite place Paul Reig tout près de la mairie. On se rencontrera sur ce rond-point, je serai en fauteuil roulant, mon homme de peine sera à mes côtés. Une très vieille dame accompagnée d'un beau septuagénaire, tu ne peux pas nous louper. Quand je pense que je t'ai quittée en cette nuit de noces... TA NUIT DE NOCES. Honte à toi de t'être dévergondée ainsi en cachette de ton adorable mari en ce jour si solennel ! Je t'attends avec impatience. J'espère que tu n'as pas trop changé de visage et que je te reconnaîtrai, il paraît que tu es très bossue, tu n'as pas dû devenir belle. Tant mieux pour toi si tu as pu éviter le fauteuil roulant jusqu'à ce jour. Tu sais, c'est une véritable galère d'être à la merci des autres. Quoique moi, je ne me plains pas, j'ai les moyens de me payer un bel homme pour s'occuper de moi jour et nuit. Il faut que tu saches aussi que je ne souhaite pas rencontrer ta cousine perverse, ne viens pas avec elle.

Je t'embrasse. À très bientôt.
Grand-mère Suzanne.

La jalousie des mots

PS : Deux surprises t'attendent pour cette soirée de 14 juillet, jour de fête nationale et de ton anniversaire. 70 ans, bel âge pour préparer ton agonie.

Sur ce dernier mot, les doigts de Pierrette tremblèrent et laissèrent glisser la feuille sur le plancher. Des notes de piano montaient jusqu'à sa chambre. Joëlle, avec les leçons assidues de sa chérie, réussissait des merveilles.

Pierrette prit sa tête entre ses mains, resta assise sur le lit.

« Pourquoi Grand-mère est-elle si agressive ? Décidément elle n'accepte pas ma liaison. Pourtant, depuis tant d'années, elle devrait comprendre et me fiche la paix. Et ça veut dire quoi, cette agonie ? Est-elle devenue folle ? »

Brusquement Pierrette douta de la décision à prendre. Était-ce prudent d'aller à ce rendez-vous ?

Elle glissa la lettre dans le tiroir à secrets, descendit l'escalier en bois à la rencontre de sa compagne. Une mélodie d'amour, lente, subtile, gouteuse, envahit tout le corps de Pierrette. Elle arriva doucement dans le dos de sa chérie, posa ses mains sur ses épaules.

— C'est beau.

Joëlle abandonna les touches d'ivoire.

— Je la joue pour toi, je sais que tu es toujours anxieuse lorsque tu reçois du courrier de Grand-mère.

— Viens t'assoir dans le canapé avec moi et serre-moi dans tes bras, j'ai peur.

Pierrette, la tête sur l'épaule de Joëlle, lui lut la lettre et ses phrases assassines, puis elle lâcha un souffle fort. Joëlle soupira à son tour, plus faiblement cependant, tout en murmurant :

— Il faut aller à ce rendez-vous, on doit connaitre la vérité sinon tu ne seras jamais tranquille, et moi non plus d'ailleurs. Elle ne veut pas me voir, OK. D'abord ce n'est pas sympa de la part d'une grand-mère, je ne l'ai pas revue moi non plus depuis plus de cinquante ans, alors je me cacherai pas très loin du rendez-vous. Ainsi elle ne m'apercevra pas et je guetterai pour te venir en aide au cas où. Mais je crois que tu ne crains rien dans l'immédiat. Dis donc, c'est ta grand-mère, elle ne va tout de même pas te tuer parce que tu vis et couches avec moi. Et puis à 124 ans dans un fauteuil roulant, elle ne fera pas le poids, à moins que… que son homme de peine, comme elle dit, à moins… Non, ne crains rien, tu connais cette place tout près de la plage, il y a trop de monde en cet endroit, de plus c'est le 14 juillet, les feux d'artifice et la fête tout à côté, non il ne t'arrivera rien. Cette agonie, ça ne veut rien dire du tout, juste te faire peur. Grand-mère est folle.

Tremblante contre la poitrine de sa chérie, Pierrette écouta les paroles rassurantes, puis au fil des minutes, elle se laissa bercer par le tic-tac de la pendule comtoise. Elle finit par s'endormir.

Le SUV avalait les kilomètres, les deux femmes à l'intérieur papotaient, la passagère sereine, la conductrice plutôt nerveuse. En début d'après-midi, le véhicule sur l'autoroute relativement encombré traversait la garrigue à hauteur de Nîmes.

— Pis je regrette de ne pas avoir prévenu les flics, Grand-mère m'a tout de même menacé de mort dans sa lettre.

— N'exagère pas, Pierrette, je te dis et te répète qu'elle cherche l'intimidation, elle veut juste te stresser comme elle l'a fait tout au long de ces cinquante dernières années, juste parce qu'elle t'en veut pour notre liaison, rien d'autre.

— Il faut donc être bien folle pour faire cela !

Pierrette jeta un œil sur le GPS.

— Nous arriverons vers 17 h si la circulation ne nous retarde pas. Je crains quand même la traversée de Perpignan.

— Dis donc, nous n'avons pas rendez-vous avant 19 h. Cool, chérie !

Plus loin elles découvrirent la Méditerranée du côté de Sète, une étendue brillante qui rejoignait un ciel azur. Le contournement de Perpignan fut long, mais les deux cousines parvinrent à destination vers 17 h 45. Elles prirent le temps de s'installer à leur hôtel, un joli pied-à-terre sur les hauteurs de Banyuls, côté sud, au plus près de Cerbère et de l'Espagne. La terrasse de leur deux pièces dominait le port, les magasins, les caveaux de vignerons et les restaurants qui longeaient la plage, au loin les voiliers, les canots, la mer.

Deux mains ridées lâchèrent la balustrade, s'emparèrent des jumelles. Pierrette chercha la place Paul Reig, elle reconnut bien vite le restaurant sur la gauche, les grands arbres sur le bord de mer, l'immense terrasse aux parasols colorés. Pas encore de fauteuil roulant.

Il avait été convenu que Joëlle se cacherait dans l'impasse tout à côté de la mairie pour surveiller la rencontre de Grand-mère et Pierrette. Les deux mamies vacancières avaient même décidé d'une extrême prudence en posant un micro derrière le col du veston de Pierrette et le récepteur à la ceinture de Joëlle. Les deux inséparables cousines-mamies se voulaient à la pointe du progrès et en souriaient.

18 h 45, il fallait quitter l'hôtel pour rejoindre le lieu de rendez-vous. C'était un bâtiment luxueux avec beaucoup de marbre italien. Le personnel affichait des mains gantées et un sourire commercial tellement vrai qu'on fut certain qu'il était sincère. Ainsi les cousines s'étaient lâchées financièrement pour cette semaine de vacances sur le sol catalan. Il est vrai qu'elles ne manquaient pas d'argent, Joëlle venait de vendre son fonds de commerce et son appartement pour vivre une retraite heureuse auprès de sa chérie à Scey-en-Varais. La petite maison de pierres au bord de la rivière était devenue la propriété de Pierrette. Elle l'avait payée cash avec tout l'argent mis de côté au fil des ans grâce à ses copieux revenus d'ingénieure et sa désormais confortable pension de retraite.

Le temps de se garer, il était pile 19 h.

Pierrette avançait, le dos vouté, vers le centre du rond-point, mais elle ne distingua pas de fauteuil roulant, il y avait tellement de touristes, des enfants devant le glacier, des jeunes, des moins jeunes sur cette place. Les adultes, cachés derrière leurs lunettes de soleil, se prélassaient sur la terrasse d'un bar, bières et verres de rosé sur leurs tables. Tous souriaient, admiraient la mer sous le soleil, tandis qu'une mère de famille grondait son enfant qui s'échappait vers la grand-route, et plus loin, une petite vieille sermonnait son chien qui posait sa crotte sur le trottoir. Un homme criait dans un micro, accompagné d'une musique d'ambiance. On se désaltérait, riait, s'enthousiasmait dans l'attente des sardanes du 14 juillet. Le parquet sur l'esplanade de la plage attendait les premiers danseurs, l'orchestre catalan se préparait sur l'estrade. Les musiciens tiraient sur leurs câbles électriques, accordaient guitares, banjos et mandolines, testaient retours de son et tonalités des voix, ils mangeaient le micro comme l'on déguste une glace. De petits enfants sautillaient sur la piste, criaient, pas besoin de chanson, seuls les accords des instruments à cordes les enflammaient. Tout ce monde rassura Pierrette. C'est sûr, Grand-mère et son homme de peine ne tenteraient rien contre elle. Mais c'était quoi cette parano ? Pourquoi Grand-mère attenterait-elle à sa personne ?

Comme une intuition, comme si elle sentait qu'on la regardait, Pierrette se retourna. Elle aperçut de l'autre côté de la place une vieille dame en fauteuil roulant. Un homme, grand, casquette blanche vissée sur la tête, maillot à manches courtes, poussait le charriot. Ils avançaient vers elles, comme si, depuis là-bas, soixante-dix mètres au moins, la vieille avait repéré sans erreur, d'un coup, sa petite-fille. Pierrette se tenait la plus droite possible, mais la bosse cachée derrière une veste en jersey rouge dévoilait malgré tout son handicap.

La jalousie des mots

Le fauteuil cahota en grimpant la marche du trottoir, poussé fortement par l'homme de peine, joua du gymkhana entre touristes et Catalans. Pierrette le reconnut tout de suite, ses grands yeux bleus, ce sourire ironique, cette mèche sur le front qui dépassait de la casquette, plus guère blonde, mais c'était bien sa mèche à lui. La grand-mère souriait aussi, parfaitement maquillée, deux petits coquillages argentés accrochés aux lobes des oreilles, une coiffure grise rafraichie du matin. Son visage creux, ridé, affichait deux yeux toujours bleus, un brin fanés. Deux pommettes pâles et saillantes émaciaient encore plus le pourtour de sa bouche où les lèvres semblaient se cacher malgré le baume prune. Elle s'était poudrée de fond de teint, plein de fond de teint, cependant tout ce barbouillage ne dissimulait pas les sillons creusés depuis tant d'années. Elle tendit la main à sa petite-fille, une invitation à s'approcher pour l'embrasser. À peine le baiser achevé, Grand-mère bredouilla d'une voix tremblante où l'écho sortait du fond de l'estomac :

— Je t'ai reconnue tout de suite parmi la foule. Ton dos bossu, tu comprends !

Williams se pencha, baisa la main de Pierrette.

— Tu es toujours jolie. Pierrette, certes ton dos ne t'avantage pas, mais ce petit handicap de donne quelque part un certain charme, une envie de te prendre dans les bras, te cajoler, te consoler.

— Toujours aussi dragueur malgré l'âge, à ce que je vois !

Il répondit par un sourire.

Elle aurait aimé lui demander s'il s'y prenait de la même façon avec Paule, mais elle préféra garder le silence, elle avait accepté ce rendez-vous pour revoir Grand-mère, pour vérifier. Elle voulait enfin savoir si Grand-mère vivait encore, ou si c'étaient de perpétuels mauvais canulars.

Grand-mère avait bien changé. Forcément, après plus de cinquante ans d'absence ! Mais toujours ses yeux rieurs, cette expression taquine. Le regard de Suzanne l'ancienne, la très ancienne, fixa les yeux de sa petite fille, on aurait dit qu'elle l'hypnotisait :

— Mon âge te surprend, moi pas. Dans mes prières j'ai demandé à Dieu de me laisser vivre pour que l'on parte au ciel en même temps. Je te prendrai par la main. Nous nous agenouillerons ensemble devant Saint-Pierre. Je serai ta porte-parole afin de demander pardon au patron du paradis pour toutes tes fautes sur cette terre, et bien sûr la plus terrible, ce péché au-delà du mortel, une ignominie qui a blessé à jamais notre famille. Cependant, et je te l'ai écrit souvent, tu peux encore demander pardon toi-même à Dieu. Tu entres dans une église, tu t'agenouilles devant la croix, tu écoutes la pénitence de notre seigneur, puis tu sors du sanctuaire et tu cours vers ta cousine pour lui dire que tu la jettes définitivement hors de ta vie.

Pierrette avait du mal à déglutir, une boule remplaçait sa salive.

— Comment est-ce possible d'avoir 125 ans ? Personne n'a cet âge sur cette terre. Et pourquoi être partie sans rien dire, te cacher pendant cinquante ans, qu'est-ce que ça veut dire ?

Ramassée sur sa chaise, Suzanne grimaça, comme si une douleur traversait tout son corps.

— Je suis toujours en vie, un point c'est tout. Elle affichait cette voix venue du fond de l'œsophage, sûrement pas du cœur, une voix venue d'ailleurs, de l'au-delà, une voix qui angoissait.

Pierrette debout devant le fauteuil questionna encore :

— Qui me dit que tu es bien ma grand-mère, après cinquante années sans te voir, tu as peut-être changé mais n'es-tu pas une étrangère qui usurpe son identité ?

Suzanne grimaça à nouveau, l'Anglais posa sa main sur l'épaule de sa testatrice.

— Veux-tu soulever mon chemisier, Williams ?

Suzanne se pencha pour exhiber le côté de son ventre. Une longue cicatrice barrait la chair de l'aine jusqu'en haut du bassin.

— La reconnais-tu, je te l'ai assez montrée lorsque tu étais jeune, tu m'as si souvent demandé d'où venait cette blessure.

La grand-mère remit sa chemise comme elle put à l'intérieur de sa jupe.

— Ne m'interrompt plus, Pierrette, je suis bien faible à te causer, je vais te dire encore quelques mots puis tu me laisseras :

Pierrette, les yeux fixés sur la balafre, semblait désormais convaincue. La grand-mère ricana, grimaça puis poursuivit :

— Tu dois demander pardon à Dieu et quitter Joëlle. Si rien ne change, nous nous retrouverons chaque année ici à Banyuls au soir de ton anniversaire. C'est là que nous partirons ensemble pour monter au ciel si tu ne m'obéis pas. Et ce sera pour bientôt.

— Tu es complètement folle, Grand-mère !
Mais pourquoi, pourquoi tous ces mystères ?

Grand-mère se tourna comme elle put vers
Williams, et la tête penchée sur le côté, elle tentait de
lever ses petits yeux malins vers l'Anglais.

— Peux-tu prendre le colis sous ma veste, s'il
te plait ?

Williams fouilla sous le tissu, en sortit un
recueil qu'il posa dans la main de Suzanne. Elle tendit
l'ouvrage à sa petite-fille.

— Voici ton cadeau d'anniversaire.

Grand-mère serra la main de Williams toujours
posée sur son épaule. Le fauteuil roulant pivota à cent-
quatre-vingts degrés et l'homme de peine poussa la
charrette de la vieille femme, direction la vielle ville.

Pierrette courut derrière, la bosse suivait avec
peine.

— Mais… mais, Grand-mère, j'ai encore plein
de questions.

Suzanne ne tourna même pas le dos, le fauteuil
non plus :

— Je t'écris l'année prochaine, et sache que je
ne me suis pas suicidée, que l'on ne m'a pas tuée. Tu
sais, on vieillit bien dans la famille, regarde ton père,
bientôt centenaire, ta tante Georgette de Besançon,
97 ans, ta tante de Montbéliard centenaire cette année,
et tous en bonne santé, à part ton père qui déraille du
ciboulot.

La chaise roulante zigzagua entre les gens qui
se pressaient pour s'approcher de la fête et du bal où
les cercles catalans se formaient pour danser la
sardane. Pierrette vit au loin le bras de grand-mère qui

se levait, elle entendit vaguement la voix caverneuse de Suzanne :

— Joyeux anniversaire, Pierrette.

Puis plus rien, le fauteuil, la vieille et l'Anglais s'évanouirent dans la ruelle commerçante parallèle à la route du bord de mer, cachés par le nombreux public qui s'avançait vers l'esplanade. Cette place de Catalogne étalait ses plus belles couleurs.

Pierrette resta ainsi quelques minutes sans rien comprendre, sans même réfléchir, abasourdie par cette rencontre étonnante. Les gens causaient, chantaient autour d'elle, Pierrette ne voyait rien d'autre que ce rendez-vous avec la folie. Joëlle qui venait de la rejoindre dut la secouer pour la ramener sur terre, plus exactement sur l'esplanade où l'orchestre égrainait une mélodie catalane.

— Eh, oh ! T'es là ? On dirait un zombi.

— Oui, oui, mais bon, ça m'a fait un choc.

— De revoir Grand-mère ? Tu sais, je l'ai aperçue aussi avec mes jumelles. Dis donc, elle a bien changé.

— Tu m'étonnes ! 124 ans. Mais c'est pas ça qui m'inquiète pour l'instant. Grand-mère m'a dit que si je ne me sépare pas de toi, je mourrai bientôt avec elle. Elle est complètement cinglée. C'est une histoire de fou. J'en ai mal à la tête, viens, on rentre à l'hôtel.

— Dis donc, que comptes-tu faire ? Me quitter ?

— Ça va pas ! Faut qu'elle arrête de m'agacer comme ça, je vais en parler aux flics dès mon retour en Franche-Comté.

277

Pierrette montra son cadeau d'anniversaire à sa chérie. Un recueil offert par grand-mère, un titre : *La vie autour de Pierrette de 1969 à 2019.*

Le public autour d'elles chantait au son de la sardane, les danses catalanes réjouissaient la foule.

Joëlle feuilleta rapidement le recueil.

— Tu vois, Pierrette, pas la peine de t'inquiéter. Tu vas lire ce bouquin sur la plage et tu découvriras peut-être les mystères et les cachoteries de Grand-mère.

La boiteuse s'avança vers la piste, une canne dans la main gauche et ajouta :

— Tu es sûre de ne pas vouloir rester sur la fête.

— Non, reste si tu veux, moi je rentre à l'hôtel.

— Ah non, pas question de te laisser seule et puis, tu me feras le récit de ton rendez-vous, de ce Williams, je l'ai bien reconnu derrière mes jumelles. En même temps, ce n'était pas un scoop, vu ce que Grand-mère te racontait dans ses dernières lettres, nous savions bien qui était son fameux homme de peine.

De retour à l'hôtel, Pierrette n'eut pas la volonté de commencer la lecture du recueil, elle avait encore mal au crâne malgré son doliprane. Elle se glissa sous les draps, fenêtre ouverte, alors que la fête résonnait à ses oreilles. Joëlle, les coudes sur la balustrade de la terrasse, contemplait les guirlandes de l'esplanade, les étoiles vers le ciel de l'Italie, le cap Bear dans la nuit, la lente rotation du phare dans le noir de la mer.

27

Semaine du 14 au 21 juillet 2019

Le lendemain des sardanes de Banyuls, Pierrette se leva en bien meilleure forme que la veille. Elle n'avait rien oublié de cet étrange rendez-vous avec sa grand-mère, mais elle se voulait optimiste. Joëlle lui avait murmuré de longues minutes sur l'oreiller qu'elle découvrirait une partie, voire la totalité des mystères contenus dans le recueil : *La vie autour de Pierrette de 1969 à 2019.*

Au petit déjeuner dans le restaurant de l'hôtel :

— Je vais passer la journée dans les rues de Banyuls, je te laisse de ton côté avec le livre de Grand-mère pour que tu puisses méditer.

— Oui, je veux bien, je vais rejoindre une crique en bas de l'hôtel, rester à l'ombre des rochers, les pieds dans l'eau, j'ai hâte de lire ces soi-disant secrets.

— Dis donc, j'ai feuilleté quelques pages au hasard hier dans la soirée pendant que tu digérais ton doliprane et que tu sommeillais, je t'assure, il y a des choses intéressantes. Lorsque tu l'auras lu, je veux bien que tu me le prêtes.

Une heure plus tard, Pierrette, maillot de bain une pièce, appuyait son dos déformé contre une roche au bord de la mer, le recueil de sa grand-mère entre les mains.

La vie autour de Pierrette de 1969 à 2019

La jalousie des mots

En cette nuit de noces du 30 août 1969, ça rigolait, ça s'amusait, ça dansait là-haut dans la grange. Dans le fond de l'écurie, Carmen et Williams étendaient de la paille sur les pavés avec une fourche posée là, puis ils s'allongèrent et s'embrassèrent. Tiens donc, Williams, non invité à la noce, s'était incrusté en cachette auprès de la belle Carmen ! Pomme, à quelques sabots de là, zieutait la scène en mâchant du foin, insouciant, tout comme il l'était en regardant les deux cousines qui se roulaient à demi nues dans la paille derrière le râtelier. Pomme, invité aux premières loges, contemplait les amours impolis des deux couples. Celui, tout à côté de lui, semblait logique : un jeune homme et une jeune fille dans la paille sans être mariés, cela paraissait osé, mais somme toute assez habituel. Toutefois, l'autre couple vivait un amour plus pervers : deux jeunes filles nues enlacées, pire, deux cousines germaines bien latines, de surcroit l'une fraichement mariée, si scandaleux pour l'époque, et si inhabituel. Le duo presque normal cherchait le sexe, que le sexe, d'ailleurs ils le trouvèrent. Quant au couple pas du tout normal, il ne tâtait pas forcément du sexe, c'était plutôt des caresses, des caresses osées toutefois.

— Tu entends comme moi, ses soupirs, ses plaintes, là tout à côté, on dirait que ça vient de la remise, murmura Williams.

Carmen, robe de soirée relevée au milieu de son ventre, la culotte sur les chevilles, se souleva sur les avant-bras.

— *Oui, j'entends aussi.*

Elle remonta sa culotte humide et se leva. Elle s'approcha de Pomme, le contourna, une main sur son encolure. Dans la remise légèrement éclairée, elle reconnut sa sœur Joëlle enlacée à demi nue dans les bras de la mariée. Elle posa sa main sur sa bouche, écœurée. Brusquement la faible lumière de l'écurie s'éteignit. Quelques secondes plus tard, elle vit une silhouette immobile vers l'entrée de l'écurie. Dans la nuit, tout semblait trop sombre, mais c'était à n'en pas douter, l'une des deux lesbiennes qui venait de se lever.

Devant l'horreur de la scène précédente, devant l'obscénité de la mariée et la goujaterie de Joëlle, le cerveau de Carmen monta en ébullition en une fraction de seconde. Elle détacha Pomme, l'orienta vers la sortie, piqua le derrière du cheval avec la fourche. L'étalon, surpris par la douleur, s'élança comme l'espérait Carmen vers la porte d'entrée. La silhouette essaya de se serrer contre le chambranle. Trop tard ! La masse noire bouscula tout sur son passage, y compris la grand-mère-silhouette qui se trouvait là, par hasard ou pas, devinant peut-être quelque cochonnerie malsaine dans les sous-sols de la noce.

Les deux filles, dans la paille de la remise, reconnurent avec effroi le galop du cheval. Elles restèrent paralysées de longues minutes, des minutes où Carmen et Williams, stupéfaits devant le corps allongé de la grand-mère, décidèrent, dans l'affolement, de parer au plus pressé.

Carmen, à genoux devant Suzanne, se tourna vers son amant de la nuit.

— *Toi, tu files, faut pas qu'on te voie ici. Je saurai me débrouiller.*

— *Et les filles à côtés, elles ont dû entendre le cheval.*

— *On s'en fout, on verra, file.*

Seule devant la porte de l'étable, Carmen se pencha sur Grand-mère. Le sang coulait sur l'habit de deuil de Suzanne, s'épanchait sur les pavés. Pomme après avoir renversé la grand-mère s'était brusquement arrêté. Il regardait de son œil sombre Grand-mère à ses pieds, Carmen à genoux. La sœur de Joëlle n'hésita pas longtemps. Elle jeta un coup d'œil vers la remise : nuit noire, pas de bruit. Elle prit le corps de Grand-mère dans ses bras, le hissa avec difficulté sur le dos de Pomme. La tête de la pauvre Suzanne retombait sur la nuque du cheval, les pieds dans le vide, elle ressemblait à une amazone qui sommeillait sur la bête. Carmen courut au fond de l'écurie, ramassa de la paille, essuya au mieux le sang de Grand-mère sur les pavés puis elle enfourcha l'étalon. Elle colla son ventre contre le dos de Grand-mère. Cavalière et monture se connaissaient bien. Alors Carmen éperonna la bête. Pomme trottina direction la rivière, les deux formes humaines s'en allaient dans la nuit. Carmen se retourna une dernière fois vers la ferme qui s'éloignait. Elle crut reconnaitre Pierrette sur le pas de porte de l'écurie qui la regardait s'enfuir.

Trois jours plus tard, visage jovial et sévère à la fois, ce qui n'est pas fréquent, tel se présenta Pierre Fléchant, officier de police judiciaire, en face des deux cousines. Fier de son képi rayé noir et blanc, de son écusson petit parachute sur la poche haute, de sa double cordelette blanche qui pendait entre son épaule et son col, il planta devant Pierrette sa stature carrée :

— Alors, racontez-moi, ce serait donc vous qui auriez tout vu ?

— Allons nous assoir à la cuisine, commissaire, nous serons mieux. Joëlle peut venir avec nous ?

— Bien sûr, il faut que je la questionne aussi.

Une fois installés tous les trois autour de la table de ferme, l'officier reposa sa question. Pierrette répondit sans hésiter :

— Le cheval quitta le devant de l'écurie en direction de la rivière, sur son dos deux silhouettes, impossible de les reconnaitre.

Pierre Fléchant se tourna vers Joëlle :

— Et vous, mademoiselle, que faisiez-vous avec votre cousine la mariée à une heure si tardive dans la remise près de l'écurie ?

Joëlle ne rougit même pas :

— Francis, l'époux de la mariée était complètement saoul, je suis venue tenir compagnie à ma cousine qui déprimait seule dans cette remise.

— Drôle de façon de tenir compagnie, d'après ce que j'ai appris.

Pierrette piqua un fard, Joëlle essaya de bafouiller :

— Ce n'est pas... pas ce que...

— Inutile de vous justifier. Je vais vous dire ce qui s'est passé puisque les mots sortent difficilement de votre bouche, mademoiselle. Vous faisiez des choses pas très avouables avec la mariée lorsque madame

Suzanne Petitjacquet née Marquet, votre grand-mère, vous a surprises en pleins ébats. Vous avez tué cette pauvre vieille déprimée parce que vous ne vouliez pas voir éclater un tel scandale. Et vous, Joëlle Pugin, vous avez emporté le cadavre sur le cheval jusqu'à la rivière.

Joëlle se leva brusquement, tapa son poing sur la table :

— Vous pouvez être de la police, vous n'avez pas le droit de dire des mensonges ainsi, nous n'avons pas tué Grand-mère, nous ne l'avons même pas vue, ni à la remise ni à l'écurie. Oui c'est vrai, ce que nous avons fait toutes les deux cette nuit-là n'était pas très joli, mais nous n'avons pas tué Grand-mère, je vous le répète.

Pierrette pleurait, la tête baissée sur la table.

L'officier de police observait tour à tour les deux filles :

— On se reverra très certainement.

Il s'inclina :

— Au revoir Madame, Mademoiselle.

Pierre Fléchant profita de sa journée pour rendre visite aux parents qui patientaient sur le banc devant la ferme. Mais l'officier de police ne glana que peu d'informations, le père et la mère Petitjacquet, à l'heure de l'incident, dansaient sur la piste de la grange au milieu de la noce. Le commissaire sut rester discret quant aux ébats amoureux des deux cousines cette nuit-là. Paule et Léon poireautaient dans leur logement à l'autre bout de la ferme. Ils avaient été prévenus de la visite de l'enquêteur.

Il traversa le jardinet en marchant dans l'allée centrale et entra après avoir frappé à la porte. Le couple de jeunes mariés invita le flic à s'asseoir. Il préféra se tenir debout en face de Paule et Léon qui restèrent assis devant la table. Il fixa Paule dans les yeux.

— Où étiez-vous, Madame, à l'heure de la disparition de votre grand-mère, puisque d'après les divers témoignages vous n'étiez pas à la grange où la noce battait son plein et cela, depuis plusieurs minutes déjà ?

— Quelle idée ! À Minuit Léon et moi quittions la noce pour notre première nuit au lit ensemble comme le veut la tradition, nous étions dans la maison de notre voisin et ami le menuisier.

— Et comment s'est-elle passée, cette première nuit d'amour ?

— Je vous en prie ! s'exclama Léon.

— Je vous pose cette question, Madame, parce que certains témoins de la noce, certes un peu éméchés, disent avoir reconnu Madame vers une heure du matin, heure de l'accident de votre grand-mère à l'écurie. Vous étiez en train de débattre avec un certain Williams, l'ancien apprenti menuisier du village, et la discussion paraissait animée. Est-ce vrai, Madame ?

Paule sembla paniquée, baissa la tête, ses mains tremblaient, ce qui n'échappa pas au commissaire. Ce fut Léon qui répondit.

— Alors que j'étais décidé à honorer ma femme, Paule fut prise de nausées et d'une certaine crainte, elle s'excusa et me demanda à quitter le lit quelques minutes.

— *Pourquoi, Madame, avoir voulu rejoindre la noce seule et laisser votre époux au lit ?*

— *Je n'étais pas bien, je fus angoissée devant mon mari, j'appréhendais qu'il me touche. Un véritable malaise s'est emparé de moi, il fallait que je prenne l'air. Une fois dehors j'ai vu ce Williams qui courait sur la route, il s'est brusquement retrouvé face à moi à quelques dizaines de mètres de notre ferme où se déroulait la noce. Comme il n'avait pas été invité, je me demandais ce qu'il fichait là en pleine nuit, nous nous sommes disputés, puis il s'est sauvé. Prise de panique, j'ai cherché ma sœur. Elle n'était plus au repas de noces, sa cousine Joëlle non plus. Son mari était cuit, j'ai cherché ma sœur partout, je ne l'ai pas trouvée, c'est vrai que je n'ai pas eu l'idée de jeter un œil à la remise et à l'écurie. Qu'aurait-elle d'ailleurs fait là-bas un soir de noce ?*

Le commissaire changea de sujet, le temps d'observer l'attitude du couple.

— *Comment se fait-il que votre cousine Joëlle boite ?*

— *Elle a eu un accident lorsqu'elle était jeune, tombée du pont de grange.*

— *J'en reviens à votre nuit de noces. À quelle heure êtes-vous retournée au lit vers votre époux ?*

— *Vers deux heures du matin, s'exclama le mari.*

— *Vous confirmez, madame ?*

— *Oui, à peu près, un peu plus tôt peut-être.*

Une heure, cela vous laissait le temps de descendre jusqu'à la rivière.

— *Mais non, je n'ai pas bougé du village, que serais-je allée faire à la rivière ?*

L'officier de police retira de sa poche de veste un sac plastique, à l'intérieur une pièce d'étoffe à carreaux.

— *Vous reconnaissez ?*

Paule se leva, s'approcha du commissaire, examina des yeux le morceau de tissu que le gendarme lui interdisait de toucher.

— *Oui, c'est le même tissu que ma chemise en coton. Je l'avais sur les épaules le soir de la noce.*

— *Nous l'avons retrouvé en contrebas du village, au bord de la Loue.*

La jalousie des mots

28

Semaine du 14 au 21 juillet 2019,

Pierrette ferma le livre, le posa sur ses jambes allongées sur les galets. Un jeune couple vint batifoler dans l'eau à ses pieds. Elle porta son regard loin sur la ligne d'horizon, imagina la Corse et l'Italie, là-bas de l'autre côté du ciel et de la mer. « Tout de même, Paule, elle n'est pas très clean, pas étonnant qu'elle ait fait de la préventive. J'ai comme l'idée qu'elle est vraiment coupable, ou tout du moins complice, je dois me méfier de ma sœur, elle me cache encore des choses ».

Pierrette avait besoin de calme. Dans cette crique, à part ce couple un peu bruyant, elle se sentait bien, mais elle aurait préféré un silence total, juste le murmure des vagues qui viendraient mourir sur ses pieds nus, puis ressusciteraient, puis disparaîtraient encore. Elle changea d'endroit. Toujours des touristes au bord de l'eau, elle remonta donc en bordure d'une falaise où la mer tentait des assauts désespérés contre le rocher. Elle appuya son dos cabossé contre un chêne-liège rabougri, cachée des gens. Elle avait besoin de cette sérénité, comme dans une église un après-midi de semaine où le monde avait bien d'autres choses à faire que de méditer devant Dieu. Dieu, elle y pensait en cet instant en contemplant l'immensité, cette mer calme et vivante, ces falaises hautaines, les cris des mouettes et des goélands, le littoral qui se courbait vers Argelès, Barcarès, la côte déchiquetée vers l'Espagne. Elle sortit le recueil du sac à dos. Pas d'auteur, une écriture Time New roman, police numéro 12, un titre sur la couverture :

La vie autour de Pierrette de 1969 à 2019

Au cinquième jour de l'enquête de police, le corps de la grand-mère n'avait toujours pas été retrouvé. Les gendarmes avaient traqué les berges de la Loue depuis la sortie du village de Cléron jusqu'à Rennes-sur-Loue. Des hommes grenouilles intervinrent dans les rares endroits où la rivière affichait quelque hauteur d'eau, et aussi en amont des barrages. On chercha même dans les coins éloignés de la rivière. Le commissaire de police était maintenant sûr de la culpabilité de Paule, laquelle pourtant n'avoua pas le crime de l'écurie ni l'emplacement où elle avait caché la dépouille de Suzanne. Le commissaire restait perplexe quant au corps jeté dans la Loue au pied du belvédère de Gouille Noire entre l'ile d'Orgemont et le bois des serpents. Ses subordonnés avaient retrouvé un fragment de chemise de Paule, là où les nombreuses traces des sabots de Pomme abimaient la berge, là où s'arrêtait la course de l'étalon et de ses cavaliers. Le commissaire décida de faire surveiller les allées et venues de Paule.

Trois jours plus tard, les deux gendarmes désignés suivaient le chemin qui menait à la rivière en contrebas d'Amondans. Cent mètres devant eux, Paule descendait à grandes enjambées la même route. Elle se retournait souvent, méfiante, mais les gendarmes surent se montrer discrets. Parvenue entre l'ile d'Orgemont et le bois des serpents, Paule fouilla minutieusement l'endroit situé entre les traces de sabots pas encore totalement effacées, les souches d'arbres près de la berge. les moindres recoins qu'auraient pu négliger les enquêteurs au lendemain de la disparition de Grand-mère. Après plus d'une demi-heure de recherches infructueuses, elle se décida à rebrousser chemin. Elle tomba presque aussitôt en face des deux flics. Après avoir écouté les incohérences de la jeune femme, ses bégaiements inintelligibles, ils lui passèrent les menottes.

Elle fut emmenée au poste de police à Besançon, mais pendant sa garde à vue elle continua de nier. Tout se compliqua pour elle lorsque le commissaire Fléchant, assis derrière son bureau, se mit en colère :

— En fouillant correctement et pour la troisième fois, l'intérieur de votre véhicule, nous avons retrouvé quelques brins de paille, vraisemblablement de l'écurie de votre ferme, mais surtout du sang séché qui s'était glissé dans une fente sous le tapis du coffre, le sang de votre grand-mère, n'est-ce pas ?

Fléchant se leva, fit le tour du bureau, se planta derrière Paule, posa sa grosse main sur l'épaule de la suspecte.

— Ainsi, vous êtes plus maligne que je ne le pensais. Vous n'avez pas jeté le corps dans la rivière, ce qui nous semblait d'ailleurs assez compliqué puisqu'il n'y a presque pas d'eau, nous l'aurions vite repéré. Je n'ai désormais guère besoin de votre aveu. Les preuves contre vous commencent à peser lourd.

La jalousie des mots

Paule fut inculpée, placée sous les verrous à la prison de La Butte à Besançon dans l'attente de son jugement.

Fin limier, le commissaire Fléchant n'en resta pas là, malgré l'incarcération de Paule. Dix jours plus tard, ayant su par les parents Pugin de Besançon que leur fille Carmen fréquentait cet Anglais trop voyou, il fut interdit à Williams et à Carmen de quitter la région. Il avait en effet appris que le jeune étranger envisageait de rejoindre Londres en compagnie de sa chérie. Quelque chose d'autre ne collait pas. Paule s'était absentée une heure du lit conjugal lors de sa nuit de noces, cela paraissait peu au commissaire, une heure pour tuer Suzanne Petitjacquet, la descendre à cheval jusqu'à la rivière, récupérer sa voiture, et surtout, emporter le corps on ne sait où.

Pierrette reposa le recueil dans son sac de plage, souleva son derrière de la roche où elle était assise depuis plus de deux heures. Elle grignota deux fruits, un biscuit, étendit sa serviette de bain tout au bord des vagues, essaya de dormir.

Les embruns réveillèrent la septuagénaire bossue. Elle reprit son livre :

La vie autour de Pierrette de 1969 à 2019

La troisième semaine de septembre 1969, le commissaire Fléchant doutait de plus en plus de la culpabilité de Paule contrairement au juge d'instruction qui désirait garder Paule sous les verrous. L'officier convoqua Williams, il voulait en savoir plus sur ce garçon, non invité au mariage, mais rôdant autour de la ferme où se déroulait la noce. Assis face à Fléchant dans les bureaux de la police judiciaire de Besançon, l'Anglais confirma qu'il n'avait pu s'empêcher de venir retrouver sa chérie en cachette. Rien de bien concluant toutefois pour le commissaire. Le lendemain il organisa dans les mêmes lieux une confrontation entre Carmen et Williams. Les deux amants s'emmêlèrent les pinceaux devant l'officier de police, si bien que Carmen avoua avoir fait l'amour avec son copain dans le fond de l'écurie la nuit où avait disparu Grand-mère.

Le commissaire se leva de sa chaise, contourna son bureau, se pencha vers Carmen, sa bouche tout près de l'oreille de la nouvelle suspecte :

— Voilà qui change tout, mademoiselle, vous allez donc pouvoir passer aux aveux, n'est-ce pas ?

Alors Carmen expliqua son méfait, la vision des deux lesbiennes de l'autre côté des râteliers, le cheval qu'elle détache, grand-mère bousculée, grand-mère étendue sur le pavé de l'écurie, Williams qui se sauve à sa demande, puis sa fuite jusqu'à la rivière à cheval avec Grand-mère couchée sur le dos de Pomme.

— Et ensuite ?

— Je ne me souviens plus. Après avoir déposé Grand-mère sur la berge, trop angoissée, émue, stressée, je me suis évanouie. Grand-mère n'était pas morte parce que, alors que je tombais dans les pommes, je l'entendais me murmurer : « je veux mourir, laisse-moi mourir, je sers à rien en ce monde ».

Quand je me suis réveillée, le jour se levait. Grand-mère n'était plus là, Pomme non plus.

— Le cheval, vous le savez très bien, est revenu de lui-même à l'écurie dans la nuit. Où quelqu'un l'aurait raccompagné, n'est-ce pas, Mademoiselle ?

— Je vous dis que je ne me souviens de rien. Mais le cheval qui s'est emballé et qui a renversé Grand-mère, c'était un accident, un accident mortel, certes, mais seulement un accident.

Le commissaire se releva, s'assit à nouveau derrière son bureau, fixa Carmen dans les yeux.

— Je ne comprends pas tout, mademoiselle Pugin, vous dites « mortel » et juste avant, vous me dites que votre grand-mère était en vie ?

— Oui, ah ! Quand je dis mortel, je veux dire grave, Grand-mère saignait beaucoup, murmurait faiblement, si je ne m'étais pas évanouie, je l'aurais soignée, j'aurais appelé au secours.

— Ah bon ! Et c'est en galopant sur le dos du cheval avec grand-mère jusqu'à la rivière que vous pensiez crier au secours ?

— Lorsque j'ai vu Grand-mère à terre sur les pavés de l'écurie qui baignait dans son sang, j'ai paniqué, j'ai fait n'importe quoi, je vous l'ai déjà dit.

— Paule vous a bien aidé dans votre cavale, n'est-ce pas ?

— Non. Je vous assure que Paule n'est pas mêlée à cette histoire. Le bout de tissu, soi-disant sa chemise, c'est moi qui l'avais sur le dos ce soir-là, j'avais froid et j'ai pris sa chemise en quittant la noce.

— Pourquoi Paule ne m'a-t-elle rien dit ?

— *Paule est une cousine adorable, pas comme sa trainée de sœur, elle ne voulait pas me trahir.*

— *Donc Paule savait.*

— *Non elle ne savait pas, elle s'est juste doutée que j'étais pour quelque chose dans la disparition de Grand-mère, c'est tout.*

Trois jours après l'interrogatoire, le commissaire perquisitionna l'appartement des parents Pugin, rue des Granges à Besançon, là où logeait Carmen. Il fit une découverte fort intéressante dans le haut d'un placard. Du coup, nouvel interrogatoire l'après-midi même dans les bureaux de la police judiciaire.

— *Pourquoi suis-je encore convoquée, commissaire ?*

— *Mais... je vais vous le dire. Voilà pourquoi vous êtes-là :*

Il ouvrit le tiroir sur sa droite et en sortit un sachet plastique, en retira un échantillon de vêtement.

— *Vous reconnaissez, n'est-ce pas ?*

Carmen s'enferma dans un silence complice.

— *Puisque vous semblez embarrassée, mademoiselle Pugin, je vais vous expliquer. Ce morceau de tissu correspond à la robe de Suzanne Petitjacquet. Mais ce bas de robe est fort intéressant, car dans la couture, il s'y cachait au moins deux lingots d'or. Qu'avez-vous fait de ceux-ci ?*

— *Je n'ai pas volé de lingots, je ne sais pas.*

— *On retrouve un lambeau de robe de Suzanne Petitjacquet chez vous, et comme par hasard, le bas de la robe, là où votre grand-mère gardait constamment cet or, et comme par hasard, la couture est défaite, et comme par hasard les lingots ne sont plus là. Cela fait beaucoup de hasards, n'est-ce pas, mademoiselle Pugin ? Je vous soupçonne donc du meurtre de Suzanne Petitjacquet. Mobile, le vol des lingots.*

Il se caressa le menton puis ajouta :

— J'avoue cependant ne pas avoir de preuves formelles. Je vais néanmoins vous déférer devant le juge d'instruction.

On libéra Paule. Carmen resta libre dans l'attente de son jugement pour le printemps suivant, interdiction toutefois de quitter le département, elle devait pointer à la gendarmerie de Goudimel chaque semaine.

Pierrette replia son recueil, soupira, laissa filer son regard vers la mer au loin, suivit des yeux un voilier s'évanouissant dans l'horizon. Elle songeait à ses parents, à sa sœur Paule, on lui avait donc caché depuis si longtemps une partie de la vérité sur sa cousine Carmen. Joëlle lui avait avoué par le passé que certains secrets de famille ne lui avaient jamais été dévoilés à cause de sa fragilité, elle lui avait révélé l'incarcération de Carmen bien plus tard. Contrairement à ce qu'on lui disait, le jugement définitif de Carmen, ce n'était pas une erreur judiciaire, cette cousine avait tué Grand-mère pour voler les lingots d'or. Ses parents, sa sœur, même l'oncle et la tante de Besançon, quelque part ses beaux-parents, bref toute la famille cachait cette honte. Et puis, ce livre qui donnait une version des faits différente de ce que sa chérie lui avait révélé à Paris en 1991. « Faut que Joëlle m'explique. »

La jalousie des mots

29

Semaine du 14 au 21 juillet 2019,

La chaleur étouffante de cette fin d'après-midi incita Pierrette à remonter à l'hôtel pour profiter de la climatisation. Joëlle n'était toujours pas rentrée de courses. Elle lui envoya un message :

— *Coucou, où es-tu ?*

— *Je reviens de Perpignan, je suis dans le bus.*

Vingt minutes plus tard, Joëlle entra dans le deux-pièces de l'hôtel, chargée de paquets. Elle tendit l'un d'eux à sa compagne.

— Tiens, c'est pour toi.

Revêtue d'une sortie de bain blanc et or, Pierrette se prélassait sur le sofa, les chevilles sur l'accoudoir velours. Elle tendit les bras, s'empara du paquet, tira sur les rubans colorés qui entouraient le papier d'emballage brillant. Elle découvrit la surprise, son cadeau d'anniversaire, une Bose Portable Smart Speaker.

— Oh merci, chérie.

Elle se leva, embrassa sa compagne.

— T'as vu ? Tu peux la contrôler avec la voix.

— C'est gentil. Je vais pouvoir me faire des playlists, surtout jazz cool.

— Oui, mais ce ne sera jamais si bien que lorsque c'est toi qui le joues au piano.

— Arrêtes ! tu vas me faire rougir.

Le sourire aux lèvres devint brusquement moins large.

— Dès que tu auras pris ta douche, tu viendras à côté de moi sur le sofa, je voudrais te parler du recueil de Grand-mère.

— Pas trop longtemps, parce que j'ai réservé dans un restaurant en bord de mer.

L'une en profita pour passer une tenue de soirée pendant que l'autre se douchait et se préparait pour la sortie resto.

Une heure plus tard, il semblait urgent de descendre la côte pour rejoindre le littoral. La réservation pour 19 h 30 dépassait de plus de trois quarts d'heure. Pas le temps de se parler, on verrait au resto.

Chacune devant leur assiette de poissons aux petits légumes, elles causaient peu, dévisageaient les touristes autour d'elles, humaient l'odeur des cuisines, un mélange d'épices, de soleil et de Méditerranée. Entre deux fourchetées de dorade, Pierrette se décida :

— Je suppose que tu savais... pour Carmen... meurtre pour vol de lingots.

Joëlle tournait son regard en tous sens, revenait vers les yeux de sa compagne. Fallait-il se défiler ou ouvrir sa conscience ? Forte de son amour, elle préféra avouer :

— Oui je savais. Mais je t'assure que si la famille ne t'a rien dit et moi non plus, c'était pour te protéger. Tu étais mal en point à l'hôpital de Rennes pendant que l'enquête se poursuivait. La famille, même mes parents pourtant très cools, tout le monde a privilégié le silence. Il était inutile de te perturber avec cette nouvelle, puis tu as reçu ces lettres de Grand-mère, nous n'aurions qu'attisé ta détresse. On espérait toujours découvrir la vérité avant de te parler de cette enquête mal ficelée. Les parents Petitjacquet et Pugin, Paule et moi étions, et sommes encore persuadés que Carmen a payé dix ans de sa vie pour rien. Le meurtre pour vol des lingots, on n'y a jamais cru, d'ailleurs la police n'a jamais pu mettre la main sur cet or. S'il te plait, pardonne-moi, ne prends pas mal cette cachotterie.

Joëlle enserra la main de sa compagne par-dessus la table. Pierrette la retira doucement.

— On s'est tellement aimées que je n'aurais jamais pensé une seule seconde que tu me cacherais la moindre chose. Et que sais-tu encore ?

— Rien ! Si… mais je crois que tu le découvriras dans le livre. C'est Paule qui a trouvé la lettre de Grand-mère qui annonçait son suicide dans ton tiroir à secrets. Elle avait un double des clés. Elle a fait parvenir ce courrier à la gendarmerie, espérant ainsi que ma sœur Carmen serait disculpée. Il n'en a rien été, les gendarmes ont pensé à une machination. Les expertises graphologiques prouvèrent même que l'écriture de cette lettre ressemblait étrangement à celle de Carmen. Quant à celle de Paule, les mots semblaient nerveux, comme une écriture que l'on voulait cacher. Carmen resta donc en prison, et à propos de Paule, le commissaire Fléchant était persuadé que celle-ci était complice, mais le dossier de justice la concernant ne fut pas réouvert. Je te jure que je ne sais rien de plus, je t'ai tout dit, absolument tout. D'ailleurs, je me sens tout de suite mieux, tout ça me pesait depuis trop d'années !

301

— Est-ce que cela t'aurait couté de tout m'avouer plus tôt ?

— J'en ai fait la promesse à toute la famille, voilà pourquoi. Tu connais mes parents, mon père était cool, il tolérait beaucoup de choses, il a pardonné sans broncher notre relation autant lesbienne qu'un tantinet incestueuse. Et ma mère, une femme adorable, gentille, elle a beaucoup pleuré lorsqu'elle a su pour nous deux, mais elle a accepté aussi. Par contre, l'un et l'autre n'ont jamais admis l'incarcération de Carmen, il ne fallait jamais parler de ce meurtre pour vol d'or. Je suis allée voir ma sœur quelquefois en prison.

— Si je te pardonne, Joëlle, c'est bien parce que je t'ai toujours aimée et que je veux mourir en continuant de t'aimer.

Elle tendit sa main à Joëlle qui baisa le bout de ses doigts.

— Une dernière question : ta version qui concerne les indices du meurtre de Carmen diffère de ceux décrits dans ce recueil que je lis. Qui dit vrai ?

— Carmen fut reconnue coupable en grande partie à cause de ces incohérences envers la police et la justice. Elle ne donnait jamais la même version des faits.

Le serveur s'approchait pour débarrasser. Après son départ, Pierrette sourit :

— Demain je passerai le temps qu'il faut, mais je veux finir ce livre. Et puis, je dois vérifier si tu ne me caches rien d'autre. Je ne sais pas qui a écrit ce bouquin, mais cette personne sait beaucoup de choses.

La jalousie des mots

Le lendemain, toujours sous un ciel bleu, une chaleur à peine supportable, Pierrette reprit le chemin de la crique. Elle s'installa sur la même roche, les pieds dans les vagues mourantes. Elle ouvrit son recueil :

La vie autour de Pierrette de 1969 à 2019

En ce mois de juin 1974, Paule causa à ses parents :
— *Au 14 juillet prochain, je pars quelques jours en vacances, j'emmène mon petit Didier. Léon ne viendra pas avec moi, car c'est la saison des foins.*
— *Comment ça ? s'exclama la mère, sans ton mari, tu n'y penses pas.*
— *Si, je veux retrouver Grand-mère, elle est là-bas. Si je peux la rencontrer, ainsi sera réparée l'erreur judiciaire envers cousine Carmen. Toutes ces lettres que reçoit Pierrette, c'est louche.*
Et c'est ainsi que Paule rejoignit Banyuls avec son petit garçon Didier durant la semaine du 14 juillet.
Le surlendemain de la fête nationale, elle profita d'un peu de repos sur la plage, entre deux journées à courir les rues de Banyuls et même de Collioure à la recherche de grand-mère Suzanne. Didier, assis tout près d'elle tapotait le sable pour construire un semblant de château. Une main s'appuya sur son épaule. Elle se retourna. Stupéfaite, elle se leva d'un bond.
— *Mais ! Que fais-tu là, Williams ?*
Le bel Anglais, pectoraux bronzés, sourit à Paule :

La jalousie des mots

— *Peut-être suis-je là comme toi, à rechercher Suzanne, OK? Je sais beaucoup de choses par ta cousine Carmen, vous paraissez tellement complices toutes les deux, il semble que tu lui racontes ta vie.*

— *C'est normal, Carmen a souffert, elle fut emprisonnée à tort, j'ai plein de compassion pour elle. Je vais souvent la voir à La Butte.*

— *Paule, nous allons faire quelque pas, tu es mal installée ici, y a trop de graviers, pas assez de sable, OK.*

Il pointa son doigt sous le viaduc qui longeait la mer.

— *On va s'assoir là-bas. Ton gosse sera mieux, il va pouvoir s'amuser le long de l'allée, ça ressemble à des grottes sur le côté, il va adorer jouer à l'homme préhistorique, OK. Et nous, on pose notre derche sur le béton, on laisse nos jambes se balader au-dessus des vagues, c'est magique.*

Elle sourit :

— *D'accord.*

Installés sous le viaduc, au-dessus de la mer, ils admiraient au loin les bateaux, les planches à voile, le vol des goélands, écoutaient le cri des mouettes. Williams posa sa main sur l'épaule de Paule. La jeune femme repoussa doucement le bras. Il recommença. Elle n'insista pas. Satisfait de cette petite victoire, il glissa son derrière sur le béton pour se coller au postérieur de Paule qui tourna alors la tête vers lui :

— *Dis donc, es-tu vraiment venu pour rechercher Grand-mère ou pour espérer profiter de vacances à ta façon ? Et que fais-tu de ma cousine Carmen dans tout cela ?*

La jalousie des mots

— *Carmen est en tôle. Elle m'autorise à jouir de la vie. Elle me dit souvent que l'on se rattrapera après sa sortie de prison. Et la vie est si courte, alors j'ai envie de savourer les bons moments.*

Paule repoussa une nouvelle fois le bras qui entourait son épaule, s'écarta légèrement du corps de Williams.

— *Je ne sais pas ce que Carmen en pense vraiment, mais moi, je sais ce que je veux : retrouver Grand-mère et rester fidèle à mon époux.*

Williams soupira tout en regardant les orteils de Paule.

— *Cela n'empêche pas notre amitié. Profitons donc de ces quelques jours ensemble. À deux, nous aurons plus de chances pour repérer ta grand-mère, OK. Et d'ailleurs, où crèches-tu ?*

Williams se débrouilla si bien qu'il réussit à s'installer dans le gite de Paule au centre de la vieille ville. Un matelas gonflable dans le salon lui suffit.

Durant le reste de la semaine, chaque jour il essaya de séduire Paule. Elle sut résister, elle aimait Léon et son fils Didier par-dessus tout. Ils passèrent néanmoins un séjour agréable dans les Pyrénées orientales, tellement inséparables qu'on aurait dit un vrai couple. Ils rentrèrent de vacances cependant chacun de leur côté, lui dans son studio de Besançon, elle dans sa ferme d'Amondans, sans avoir retrouvé Grand-mère, sans s'être embrassés sur la bouche.

Pierrette referma son bouquin dans son sac de plage. Elle se leva, tira sur le bas de son maillot de bain, essaya de redresser son dos, avança dans la mer, s'allongea sur l'eau, se baigna durant une demi-heure. Fatiguée, elle regagna sa place sur son petit rocher, les pieds sur les graviers humides. Elle reprit son livre, soupira en contemplant la mer avant de replonger dans la lecture. Tout de même, se dit-elle, moi qui voyais Paule comme une belle salope depuis tant d'années, moi qui étais persuadée qu'elle couchait avec Williams jusqu'à envisager que son deuxième enfant était de lui, n'importe quoi ! Paule que je croyais sournoise est tout simplement une fille gentille, compatissante, fidèle. Et quand je pense à cette fausse lettre de février 1995, je l'accusais bêtement. Elle est innocente de toute cette affaire. Mais qui donc tire les ficelles de cette sale comédie ?

Elle reprit sa lecture :

La vie autour de Pierrette entre 1969 et 2019

En 1990, lors de l'enterrement de la maman de Paule et Pierrette, une étrange vieille dame se courbait sur son fauteuil roulant devant la tombe de Madame Petitjacquet. Toute l'assemblée présente aux funérailles avait quitté le cimetière pour le pot de l'amitié au café du village. La vieille dame discutait avec Carmen, et dans son dos, Williams tenait le charriot et échangeait aussi quelques paroles. La vieille n'avait pas voulu manquer prier sur la tombe de sa belle-fille le jour de l'enterrement. Cependant, les trois personnes quittèrent le cimetière sans passer par le café du village pour retrouver les autres membres de la famille et les amis.

La jalousie des mots

L'année suivante autour du 14 juillet, Paule, qui cherchait toujours à connaitre la vérité, se rendit au bois de Boulogne, puisque sa grand-mère envoyait désormais son courrier depuis là et systématiquement pendant cette période. Et comme le hasard ne fait pas toujours bien les choses, Paule tomba à nouveau sur Williams. Il lui assura qu'il venait là aussi pour enquêter sur Grand-mère Suzanne, mais Paule comprit très vite que ce drôle d'Anglais recherchait plutôt sa compagnie. Comme à Banyuls, elle accepta sa présence, Williams était sympa, bourré d'humour. Mais cela s'arrêtait là. Lui rêvait d'une aventure, mais elle accueillait cette seule amitié. Durant la semaine qu'ils passèrent ensemble à Paris, Williams menait la grande vie, offrait les restaurants les plus chics à Paule et sa marmaille, lui proposait des habits luxueux. Paule se rappelait que c'était déjà le cas à Banyuls lorsque Williams avait passé ses vacances (par hasard) avec elle. Cette fois-ci, il affichait une montre en or signé Quartier à son poignet.

Au jardin d'acclimatation, elle reconnut Joëlle et Pierrette qui se cachaient mal derrière le buis alors qu'elle surveillait ses enfants avec Williams près du manège des souris mécaniques. Elle évita une fois de plus la confrontation avec sa sœur, sachant pourtant sa conscience tranquille.

Pierrette replia le recueil. Il était midi, elle croqua une pomme, savoura deux biscuits et un carré de chocolat, puis décida d'une petite sieste. Elle s'allongea sur sa serviette de bain étendue sur les galets. Joëlle viendrait la retrouver en milieu d'après-midi. « Si je peux éviter une sieste d'une heure soixante, sourit-elle en contemplant le ciel bleu, j'achèverai le lire le recueil avant qu'elle me rejoigne ». Elles pourraient évoquer ensemble toutes les révélations contenues dans le bouquin. Il ne restait qu'une toute petite épaisseur de pages, ça pouvait le faire. Une heure plus tard, après un rapide bain dans la mer, Pierrette reprit sa lecture :

La vie autour de Pierrette de 1969 à 2019

Paule avait remarqué depuis longtemps que Williams menait la grande vie, notamment durant leurs vacances ensemble à Banyuls et surtout à Paris. Elle était désormais convaincue que Williams et Carmen avaient disposé des lingots de sa grand-mère. Elle en avait parlé alors avec son père, ses tantes de Montbéliard et de Besançon, elle cachait cependant ce secret à Pierrette et Joëlle. Pourquoi ne fallait-il rien dire à sa sœur et à sa cousine ? Depuis fort longtemps Paule soupçonnait Joëlle d'être l'instigatrice des lettres de Suzanne. En fait, tant à Banyuls qu'à Paris, elle n'escomptait pas vraiment retrouver Grand-mère, mais plutôt des indices formels qui prouveraient la responsabilité de Joëlle. Elle espérait croiser un ou une complice de Joëlle dans les rues de Banyuls, ou Joëlle elle-même. Ce qui intrigua Paule, c'est que chaque fois, Williams se trouvait sur les lieux. Pas de doute, voilà le responsable de l'envoi des faux courriers, songeait Paule. Mais était-ce lui qui écrivait aussi les lettres ?

Et tout ce qu'imaginait Paule était vrai, car moi qui compose ce recueil, je suis comme un Dieu, je sais toute la vérité. C'était en effet Williams qui postait toutes ces lettres, et ce qui est vrai aussi, c'est que ce bel Anglais n'écrivait pas ce courrier.

Il faut maintenant conclure ce rapide tour d'horizon de l'entourage de Pierrette durant toutes ces années en confirmant cette certitude :

Paule, femme généreuse, compatissante et sérieuse est bien innocente dans cette triste affaire, Williams qui ne pense qu'à s'amuser n'est qu'un intermédiaire dans tout ce chaos. En ce qui concerne Joëlle, elle reste une trainée lesbienne qui trahit sa soi-disant compagne. Quant à Carmen... c'est toute une énigme ?

S'agissant enfin de moi, je ne peux pas signer ce texte, mes mains tremblent trop.

Fin

Pierrette replia le petit livre, ferma les yeux. Comment se fait-il que l'on puisse écrire un recueil en tapant ce texte à l'ordinateur, mais que l'on soit incapable de signer ? songeait-elle. Une énigme de plus. Quoi qu'il en soit, il faut que j'aie une discussion sérieuse avec Joëlle, elle ne me dit pas tout.

La jalousie des mots

30

Été 2020,

Banyuls le 16 juin,
Rendez-vous le 14 juillet au soir, comme l'an passé. Mais cette fois-ci je te laisse mon adresse, je n'ai ni la volonté ni la force de sortir de chez moi.
Puisque tu n'as toujours pas rompu avec Joëlle, il faut que l'on cause.
Grand-mère.
PS Rue Saint-Sébastien à Banyuls
Je ne me rappelle pas du numéro, mais tu trouveras facilement, car il y aura une grosse croix noire sur la porte d'entrée qui donne sur le trottoir.

Dans sa maison de Scey-en-Varais, Pierrette, assise sur son lit, se mit à trembler. La lettre était courte mais saisissante. Cette croix noire… un signe funeste.

Elle ne dormit rien de la nuit, collée contre le corps de Joëlle. Sa compagne non plus ne dormait pas. Toutes deux gambergeaient. Ce n'étaient plus des courriers bon enfant qui pouvaient prêter à rire, car depuis l'an passé les lettres sentaient la menace, comme un danger de mort.

Le lendemain, elles se rendirent à la gendarmerie. Mais on expliqua qu'il n'y avait pas lieu de s'inquiéter, que ces lettres envoyées depuis plus de cinquante ans n'avaient jamais posé problème, que cette histoire de grand-mère de cent vingt-cinq ans, c'était juste risible, que cela n'était qu'une légende, les deux filles pouvaient toutefois déposer une main courante.

La peur au ventre, Pierrette et Joëlle montèrent dans le SUV. Le véhicule s'engagea bientôt sur l'autoroute du soleil, direction l'Espagne. Guère avant la frontière, il rejoignit la grande route qui l'emmenait à Banyuls. 18 h 45, il stationna vers la mairie. Les deux femmes avaient prévu de ne rester qu'une nuit ici. Elles repartiraient le lendemain dans la journée. Elles ne se sentaient pas à l'aise dans cette ville où une vieille folle se risquait à la magie noire.

Pas de sardanes cette année, l'esplanade du bord de mer, les terrasses de café semblaient minables comparées à l'année précédente. Le virus Covid 19 sévissait, beaucoup de touristes portaient des masques, l'ambiance de fête nationale n'était pas là.

Un quart d'heure devant elles pour rejoindre la rue Saint-Sébastien, c'était largement suffisant. Grand-mère n'ayant pas intimé l'ordre à Pierrette de venir seule, Joëlle l'accompagnait dans ces passages étroits et sombres où le soleil ne pénétrait pas. Elles parvinrent en trois minutes à l'entrée de la rue du domicile de leur grand-mère. Cinquante mètres plus loin, elles reconnurent le portail sur leur gauche couleur végétation, un beau vert comme l'herbe à vache d'Amondans, mais la grande croix noire en son centre cassait l'ambiance bucolique.

Malgré un ciel azur qui se dessinait au-dessus de leurs têtes, les deux femmes restèrent dans l'ombre angoissante de la ruelle. En courbant la nuque, les yeux levés vers la maison de ville, on découvrait une façade grise aux fenêtres sans rideaux. Le crépi se fendillait en de nombreux endroits, le chéneau rouillé se détachait du toit. Cette maison vue de l'extérieur ressemblait plus à un taudis qu'à un logement de vieille dame riche.

Pas de sonnette, Pierrette frappa. Il était 19 h pile. Pas de réponse. Elles patientèrent quelques minutes. Des passants frôlaient la bosse de Pierrette, certains en maillot de bain, et serviette sur l'épaule qui revenaient de la plage, d'autres, familles et couples, shorts et tee-shirt léger, flânaient ou rejoignaient plus sûrement un restaurant de la vieille ville ou du bord de mer. Après une nouvelle longue attente, alors que les deux cousines se cassaient la nuque en zieutant les deux ouvertures de l'étage, une fenêtre s'ouvrit enfin. Personne ne s'avança pour autant dans l'encadrement, ni la grand-mère ni Williams ni personne d'autre. Silence à l'étage. À n'y rien comprendre.

— Oh ! oh ! Grand-mère ? C'est moi, c'est Pierrette.

Toujours ce silence de plus en plus inquiétant.

Joëlle se pencha à l'oreille de sa compagne :

— Peut-être qu'elle ne veut pas ouvrir parce que je suis là, ne crois-tu pas ?

— Ah, oui, très juste, faut que tu quittes cette rue, cache-toi plus loin.

Joëlle boita jusqu'à ce qu'elle s'efface au détour du pâté de maisons.

Pierrette appela à nouveau en fixant la fenêtre ouverte. Elle cria. Toujours pas de réponse.

— Oh ! oh ! c'est moi, Pierrette, je suis seule, oh ! oh !

313

Encore un long silence.

Bon sang, s'agaçait Pierrette, je n'ai pas rêvé, cette fenêtre était fermée, et bien ouverte maintenant. À quoi joue donc cette vieille sorcière ?

L'angoisse remplaça l'inquiétude.

Et si elle préparait un mauvais coup, intimant l'ordre à Williams de s'emparer de son fusil, et caché à l'intérieur de la pièce, il allait viser, tirer sur elle. Comme cette idée lui traversait l'esprit, elle se dit qu'elle allait mourir. Elle paniqua, se décida à quitter l'endroit. Alors qu'elle s'éloignait d'un bon pas, brusquement retentit un long ricanement venu de la pénombre, derrière la fenêtre. Une voix rauque, puissante, indéfinissable :

— Ah, ah, ah ! Tu as peur, sale gouine, ah, ah, ah, cours donc rejoindre ta satanée coquine, retourne dans ton pays, va voir ta tante qui va bientôt mourir. Ah, ah, ah !

Là, Pierrette n'allait plus d'un bon pas, elle courut tant qu'elle put, portant ses soixante-neuf ans sur son dos. Elle retrouva Joëlle à l'angle de la rue Saint-Sébastien et de la rue Saint-Pierre. Toute essoufflée :

— T'as entendu ?

Lorsque Joëlle vit l'air effrayé de sa compagne, elle n'en menait guère plus large que sa chérie :

— Qu'est-ce qu'il y a ?

Entre deux respirations Pierrette raconta de sa voix hachée. Puis :

— Sauvons-nous vite, je ne suis pas tranquille.

Elle prit Joëlle par la main puis elles rejoignirent au plus vite l'esplanade du bord de mer, là près des commerces éclairés, vers le monde. Joëlle s'appuyait sur Pierrette, une main sur son épaule, l'autre battait le pavé avec la canne, les pieds suivaient, bancals. Elles parvinrent près du SUV stationné devant la mairie, puis reprirent chacune une grande respiration. On ne les avait pas suivies, on n'avait pas tué Pierrette. Elles ne restèrent pas longtemps à gamberger dans la voiture, elles remontèrent en haut de la ville pour rejoindre leur hôtel. On leur servit un repas dans leur chambre. Elles y goutèrent à peine, radotèrent sur l'incident, Pierrette revenant sans cesse sur la mort à venir d'une de ses tantes. Ce fut seulement là que Joëlle prit conscience que sa mère allait peut-être mourir :

— C'est quoi ce délire ? Comment Grand-mère saurait-elle… pour la mort de ma mère ou de tante Madeleine ? C'est vrai que l'on vient très vieux dans la famille, ma mère a maintenant 98 ans, tante Madeleine, 101 ans, ton père centenaire cette année. Est-ce que Grand-mère va tuer ma mère ou tante Madeleine ? Mais c'est effroyable ! Tout simplement pas possible, faut prévenir la gendarmerie.

— Ne t'affole pas plus que ça, ma chérie, la voix qui hurlait dans cette maison hantée, c'était certainement pour nous faire peur. Tant que l'on ne se sera pas séparées, cette vieille sorcière nous harcèlera. Et puis, les gendarmes, tu sais bien qu'ils se fichent comme de l'an 40 de nos histoires de famille, pis ils ne nous croiraient même pas.

Joëlle laissa couler une larme :

La jalousie des mots

— Mais tu n'y penses pas, chérie, venir à bientôt 70 ans avec un tel amour fusionnel entre nous deux, ne me dis pas que… que tu envisages…

Pierrette l'interrompit en essayant de sourire.

— T'inquiètes, je n'y pense pas une seconde. La folle qui nous harcèle ne nous séparera jamais. Mais il nous faut réagir, on ne peut pas rester dans la peur ainsi.

Elle soupira, leva les yeux vers le plafond :

— Pis si l'on demandait à Paule de nous aider ? Ma sœur est une femme adorable, c'est vrai que je l'ai mal jugée, mais elle doit me pardonner. Il faut qu'elle nous aide, elle connait bien Williams et elle entretient une correspondance avec Carmen qui est à Londres. Qu'est-ce que tu en penses ? Maintenant que l'on peut disculper ma sœur, toutes les trois, on pourra peut-être trouver des indices, des preuves.

— Oui, je suis d'accord.

Le volet roulant de la terrasse restait baissé, la double fenêtre fermée. Pierrette vérifia une énième fois si la porte d'entrée était verrouillée. Elle avala un anti-inflammatoire. Son âge, son dos, ses huit cents kilomètres dans la voiture et sa course folle du soir, tout cela ne faisait pas bon ménage. Pas rassurées, les deux femmes se glissèrent sous la couette, climatisation réglée.

— Laisse la lumière pour cette nuit, s'il te plait.

Joëlle se souleva sur son avant-bras, fixa sa compagne.

— Tout de même, chérie, n'exagère pas, Grand-mère ne va pas nous harceler jusque-là, surtout à son âge.

Pierrette, une joue sur sa main, sa main sur l'oreiller, ironisa sans conviction :

— Qui sait ! Grand-mère est peut-être une vieille sorcière qui peut traverser les murs, et à cheval sur son fauteuil roulant, elle risque de venir nous jeter un sort.

Le réveil fut difficile. Cauchemars chez l'une comme chez l'autre. Tout de même, ouf ! Grand-mère n'était pas venue les transformer en vilains crapauds ou en sombres corbeaux.

Elles reprirent le chemin du retour dès la fin de matinée, elles seraient à Scey-en-Varais dans la soirée, elles appelleraient la maman de Joëlle et tata Madeleine. Les deux cousines voulaient vérifier que les deux tantes allaient bien.

Et les deux tantes allaient bien, juste peut-être la maman de Joëlle qui se plaignait de ses névralgies intercostales. Mais la pauvre vieille connaissait cette maladie depuis l'âge de 65 ans.

Le 20 juillet en fin d'après-midi, le SUV grimpait la côte de Fertans, dehors le temps lourd pesait sur la campagne. Le véhicule, robuste et imposant, se gara devant la ferme familiale. Drôle de véhicule tout de même pour deux petites vieilles lesbiennes ! se disaient les gens du coin.

Joëlle boitait en sortant de la voiture, Pierrette se tenait les reins en marchant le long du jardinet, secouée encore de sa course folle dans les rues de la vieille ville et le long retour sur l'autoroute.

Paule qui avait été prévenue de leur arrivée par un coup de fil de Pierrette embrassa chaleureusement sa sœur et sa cousine.

— Merci de m'avoir téléphoné, sœurette, et de m'avoir éclairée. C'est vrai que l'on ne s'est pas comprises durant tout ce temps. Faut dire que notre milieu familial de pecnot y est pour quelque chose, on n'aime pas s'expliquer, on préfère garder notre rancune, tout cela est ridicule.

— N'y pensons plus. C'est ma faute.

Paule se pencha pour embrasser une nouvelle fois les deux vieilles lesbiennes. J'ai eu beaucoup de mal à accepter votre liaison, mais c'était une autre époque. Avoue quand même qu'il fallait oser. Lesbiennes plus cousines, ce n'est pas rien !

— Que veux-tu, l'amour est plus fort que tout !

Paule allongea le bras ;

— Entrez, il fait plus frais à l'intérieur.

Elles s'installèrent autour de la table de la cuisine. Paule et son époux Léon finiraient leur vie ensemble dans ce logement qu'ils avaient connu juste après leur mariage, là au bout de la ferme. Il était suffisamment vaste, quatre chambres à coucher à l'étage, ce qui avait permis aux trois garçons de vivre leur jeunesse à Amondans, derrière les vaches, dans les prés et les bois, au bord de la Loue aussi. Maintenant que le plus jeune avait bientôt cinquante ans, il y avait belle lurette qu'ils couraient tous trois vers leur destin. Le père, Jules, survivait dans la grande cuisine à l'autre bout de la ferme. Encore sain d'esprit, ne marchant quasiment plus, il débitait cependant toujours plus de bêtises, surtout concernant Pierrette. Il aimait sa fille, mais il marmonnait contre elle comme s'il la haïssait. Il dormait désormais au ré de chaussée. Centenaire, tout de même.

Paule posa chaleureusement sa main sur l'avant-bras de sa sœur.

— Léon est à la traite. Malgré son âge il reste vaillant et courageux. Il sera là dans une petite heure. Nous vous gardons pour dîner, nous allons préparer un barbecue dans le jardin. Il faut bien rattraper le temps perdu, n'est-ce pas, sœurette ?

— Oh ! oui, comme je suis heureuse, ça me fait tout drôle.

La conversation tourna vite autour des questions de Pierrette.

En fait, Paule ne leur serait pas d'une grande utilité pour leur enquête sur la grand-mère, elle ne savait pas grand-chose de plus. Ces passages du recueil sur *la vie autour de Pierrette de 1969 à 2019,* semblaient la vérité. Paule rappela cette fausse lettre que lui avait montrée sa sœur à l'époque, Paule avait nié l'avoir écrite et envoyée, mais elle confirma ce qui était écrit à l'intérieur. Cependant, lorsque Pierrette lui demanda comment elle savait tout cela, entre autres que Joëlle la trahissait, Paule baissa la tête, ne répondit pas tout de suite. Puis :

— Je n'avais toujours pas accepté votre liaison à l'époque. J'avais envie de te faire mal, cette lettre envoyée par je ne sais qui disait des vérités que je connaissais, notamment l'enquête de police, mais la personne qui a rédigé cette lettre expliquant que Joëlle te trompait est une mauvaise âme certainement jalouse.

— Tu penses à qui ?

Paule haussa les épaules.

— Pas la moindre idée. Carmen que l'on a pas revue depuis de nombreuses années, ce pourrait être plausible, mais pourquoi te faire du mal ? Parce que tu vis avec sa sœur ? Non, ça ne tient pas la route, elle s'en fiche, elle me l'a souvent dit dans nos correspondances ou lors de mes visites à la prison. Éduquée comme Joëlle par des parents hyper cools, loin d'elle ce genre de souci. Elle n'aurait jamais fait de mal à sa sœur. Par contre toi, Pierrette, c'est vrai qu'elle ne t'aime pas beaucoup. Pourquoi ? Mystère ? Mais sincèrement, je te le répète, je ne la vois pas te chercher des ennuis aussi terribles.

— Et Williams, il vit bien avec Grand-mère ?

— Là, je ne comprends pas. Il y a longtemps que je n'ai pas revu Williams. Aux dernières nouvelles il vit à Londres avec Carmen. Étonnant que vous l'ayez revu avec Grand-mère à Banyuls. Et puis, ça ne tient pas debout, cette grand-mère de 125 ans. Je veux bien écrire à Carmen pour lui expliquer tout ce qui s'est passé à Banyuls ces deux derniers 14 juillet. Certainement qu'elle sait quelque chose puisque vous m'assurez que Williams était à Banyuls. Je vous tiendrai au courant.

Pierrette but le reste de son verre de Perrier après avoir avalé un nouvel anti-inflammatoire.

— Donne-nous son adresse, on veut bien aller la voir à Londres.

— J'ai bien peur que vous y alliez pour rien. Toi, Pierrette, elle ne te recevra pas. À la limite, peut-être Joëlle. Laissez-moi lui écrire, on verra après. Allez, venez au jardin, on va préparer le barbecue.

La jalousie des mots

Depuis tant d'années, Pierrette revit son beau-frère qui l'avait si souvent draguée, tant avant son mariage, qu'après celui-ci. Drôle de couple qui pourtant laissait couler leur vie ensemble sans véritables anicroches ! Ah, ces hommes ! Jamais satisfait de ce qu'ils ont dans leur lit ! songeait Pierrette tout en l'observant, assise en face d'elle à cette table de terrasse devant le jardinet. Il avait changé, beaucoup grossi, un visage rouge et buriné, un visage de paysan.

— Malgré ta légère déformation dans le dos, tu es toujours jolie, belle-sœur, osa-t-il.

— Merci du compliment, Léon, mais le temps a passé, sois sincère, tu sais bien que je ne suis plus la même, pas mal de rides, et puis ce dos, bien sûr que si, il est vilain, très vilain.

Joëlle se pencha vers sa chérie :

— Léon a raison, tu es toujours belle, et je t'aime ainsi.

Brusquement, Léon jeta un pavé dans la mare. Certes il n'y avait pas de mare autour de la terrasse et du jardinet, mais :

— Moi, j'en sais plus que vous.

Court silence, puis :

— Carmen a bien volé les lingots d'or à Grand-mère.

Après un nouveau silence pesant, Pierrette se décida tout en lorgnant Paule qui semblait tomber du ciel.

— Que sais-tu ?

Léon se râcla la gorge.

— Un an après son incarcération, je suis allé rendre visite à Carmen. D'entrée, elle me murmura un secret qui la rongeait. « J'ai les lingots d'or de Grand-mère, j'ai confiance en toi, mais pas en Paule ni en Joëlle, encore moins en Pierrette. Tu es un homme, tu es fort, intelligent, rien ne te fait peur. Williams reste à Londres, il ne vient donc pas me voir, et pour cause, il craint que les flics français ne le suivent, il a participé à l'affaire. Les lingots ne sont pas en sécurité là où ils sont, il faut que tu t'organises pour les faire passer en Angleterre, Williams saura où les cacher là-bas jusqu'à ce que je sorte de tôle ». Je lui ai dit que je refusais, que c'était trop risqué pour moi et ma famille. Du coup, je n'ai jamais su où était dissimulé l'or, elle s'est vexée, n'a plus rien voulu me dire. Elle m'a juste demandé de garder le secret. Je lui ai juré. Et d'ailleurs je ne souhaitais pas le révéler, la justice aurait réouvert le dossier, Carmen aurait peut-être pris dix ans de plus. Aujourd'hui, avec toutes ces histoires avec votre grand-mère, je vous en parle, des fois que ça vous aide dans vos recherches.

— Tu vois, Paule, déclara Pierrette, faut bien que l'on se rende à Londres afin de démêler cette sale histoire.

— Non, sœurette, laisse-moi lui écrire, j'ai son mail, je lui envoie dès demain. Normalement, elle me répond.

— Que vas-tu lui dire ?

— Je ne sais pas encore, mais laisse-moi faire.

Puis Paule orienta la discussion sur la période des moissons qui battait son plein, du hangar agricole qui allait s'agrandir.

Dès cet instant, Pierrette douta de la sincérité de sa sœur, décidément, Paule jouait un double jeu.

Le lendemain, *21 juillet... 10 h 22 : Cc Carmen. Tu vas bien ? Peut-on se voir, il faut que je te parle de l'affaire de grand-mère ?*

21 juillet... 10 h 43 : Cc Paule, quand tu veux, tu seras bien reçue. Mon adresse en pièce jointe. Fais-moi savoir le jour de ton arrivée.

Le 1er août, Joëlle, Pierrette et Paule prenaient le TGV pour rejoindre Londres. Dans le train, juste avant de s'engager dans le tunnel sous la manche, Paule ordonna une nouvelle fois à sa sœur et sa cousine :

— Surtout, vous me laissez seule avec Carmen, vous seriez mal reçues. Profitez pour voir Bing Ben, en plus c'est pratique, ce n'est pas loin de là où habite Carmen et Williams.

— Bon sang, c'est un quartier chic, ils crèchent par-là ?

— Williams et Carmen sont riches, avoua Paule.

Lorsque Paule sortit de l'appartement de sa cousine après deux heures de conversation, elle retrouva les deux vieilles amoureuses devant l'abbaye de Westminster. Les trois femmes levaient les yeux vers la façade de style gothique, deux tours magistrales, de la dentelle de pierres, une merveille.

— Alors, que sais-tu ?

— En fait, pas grand-chose. Carmen reconnait s'être emparée des lingots lorsqu'elle se pencha vers Grand-mère étendue sur le sol vers la rivière cette fameuse nuit du 30 août 1969. Mais elle jure ne pas l'avoir tuée. Elle est persuadée qu'aujourd'hui elle est morte, 125 ans, c'est absurde, dit-elle. C'est vrai que Grand-mère n'était plus là quand elle s'est réveillée au petit matin de cette nuit-là, a-t-elle ajouté, mais de là à la croire encore en vie, non, ça ne tient pas la route.

Pierrette, nerveuse, tremblait sur ses jambes, les douleurs de son dos se réveillaient.

— Et Williams, tu as questionné Williams ?

— Je fus mal reçue, il m'a juste dit : « Les deux gouines divaguent complètement, et de s'être bouffé le gazon toute leur vie, leurs langues sont tellement usées qu'elles mélangent les mots ». Excusez-moi, mais je préfère vous dire la vérité, et encore, j'ai caché des mots encore plus vulgaires.

Joëlle se recula de quelques mètres, elle voulait lire discrètement un SMS reçu à l'instant de sa tante Madeleine. 101 ans. Quelle santé et quelle vivacité d'esprit !

1er août… 17 h 50… *Bonjour ma nièce. Ta mère vient de partir avec les pompiers à l'hôpital Minjoz à Besançon, crise cardiaque. Sois courageuse.*

31

Été 2021,

Banyuls le 3 juillet,

Joyeux anniversaire, Pierrette, certes un peu en avance, mais que veux-tu, je vieillis, j'ai peur de t'oublier pour le 14 juillet prochain. À ce propos je t'attends pour 19 h au soir. L'an passé, nous nous sommes ratées, mais vu mon âge, je t'avoue que j'étais au fond de mon lit, bien malade. Je délirais et je ne t'ai pas entendue frapper à la porte. Cette année, je serai là, et pour que tu n'angoisses pas, nous nous retrouverons dans un lieu où il y aura du monde, ce sera à la gare de Banyuls. Puisque tu vis toujours avec ta gouine, il faut que l'on cause sérieusement, ça ne peut pas durer. J'ai appris pour Georgette, ta belle-mère, morte si jeune, 98 ans, quand je pense à sa sœur encore en vie à 102 ans, et ton père, 101 ans, sans parler de moi, te rends tu compte ? 126 ans. Dieu me préserve jusqu'à ce que je trouve la solution à ton problème de lesbienne.

Fallait-il se rendre là-bas, se demandait Pierrette, replonger dans l'angoisse avec cette grand-mère si mystérieuse et si diabolique ? Elle ruminait en laissant tomber la lettre à ses pieds. Même plus envie de la ranger dans le tiroir à secrets. « Quand je pense qu'elle avait prédit la mort de Georgette ou de Madeleine, elle ne s'était pas trompée. Quelle est cette magie noire qui nous ensorcèle, Joëlle et moi ? Non, je n'irai plus à ces rendez-vous, oui je continuerai et finirai ma vie avec ma charmante cousine, ma chérie de toujours, mon adorable Joëlle ». Le décès brutal de la maman de Joëlle et Carmen avait surpris les trois filles qui cherchaient la relation entre la prédiction de Grand-mère et cette mort. Pour le reste de la famille, 98 ans semblait un âge normal où Georgette pouvait quitter cette terre. Toutefois, tout ce beau monde reconnut que le médecin s'était trompé. Il diagnostiqua encore les douleurs de la névralgie cervico-brachiale de Georgette alors que c'étaient les prémices de son cœur qui lâchait. On aurait peut-être pu la sauver.

Ce fut Paule qui accompagna sa sœur Pierrette à Banyuls en cette veille de 14 juillet. Joëlle refusa, trop de mauvais souvenirs, disait-elle, cette prophétie machiavélique, là-bas, rue Saint-Sébastien, la mort de sa mère moins d'un mois plus tard. Loin d'elle l'univers de cette ville où vivait cette créature maléfique, une cité pourtant si belle !

Les deux sœurs, après leur nuit d'hôtel, voulurent éviter l'angoisse, montèrent dans la montagne environnante à la recherche d'agréables paysages. Elles ne furent pas déçues : en haut du col des Gascons, elles purent contempler Banyuls, une anse pailletée de soleil avec de minuscules embarcations sur l'eau, des d'éclats d'or et d'argent qui éclaboussaient les devantures, véritables miroirs face au soleil de la Méditerranée. Elles quittèrent le sommet de ces pré-Pyrénées pour rejoindre un autre belvédère, plus discret, plus près de la cité, plus magique et religieux, la chapelle Notre-Dame-de-la-

Salette. De là, on distinguait chaque quartier, mais aussi les voitures et les touristes, tels des fourmis le long de la départementale qui longeait la mer. On reconnaissait la vieille ville, le quartier noir de la rue Saint-Sébastien, puis la gare, leur lieu de rendez-vous à 19 h. Elles déjeunèrent dans un restaurant du bord de mer, profitèrent de la plage. Paule trempa les pieds dans l'eau, Pierrette resta assise sur un banc de l'esplanade, elle ne voulait pas montrer son dos toujours plus déformé, elle le cachait sur le dossier du banc.

18 h 30, elles montèrent jusqu'à la gare, sur la hauteur ouest de la ville, à pied. Sur place, elles furent déçues de remarquer qu'il n'y avait pas un chat ni dans la gare ni sur la place devant celle-ci. Elles approchèrent de la porte d'entrée. Fermée à clé. Brusquement une voix sinistre sortit du haut-parleur de l'édifice, comme si l'on annonçait l'arrivée d'un train pour Dachau :

— Ah, ah, ah ! vous êtes venues pour rien, mes chéries, je ne suis pas là, je vous envoie ce message vocal depuis le ciel. Eh oui ! 126 ans c'était le maximum que m'autorisait le seigneur Dieu. J'ai perdu mon pari, mais toi, Pierrette, tu ne t'en sortiras pas ainsi, tu continueras de souffrir tant que tu vivras avec Joëlle. Cette année, c'est au tour de ton père, Jules ou de ta tante Madeleine de mourir, ah, ah, ah !

Puis plus rien, plus de son dans le haut-parleur, plus de voix venue du ciel, juste un silence pesant. Frappées de stupeur, les deux sœurs restèrent figées sur place.

Mi-septembre, on apprenait le décès de Madeleine, âgée de 102 ans. Paule, Pierrette et Joëlle paniquèrent à l'idée que le surnaturel flottait au-dessus de la famille Petitjacquet. La dépouille de Madeleine fut rapatriée de Montbéliard dans le caveau familial d'Amondans au côté de sa sœur Georgette, de sa belle-sœur Germaine et de son père mort depuis bien longtemps. Quant à sa mère, son corps avait disparu et son âme diabolique flottait dans le ciel de Banyuls. À l'enterrement de Madeleine, comme l'année précédente pour celui de Georgette, Carmen et Williams ne se déplacèrent pas pour les funérailles.

Dès que la dépouille de Madeleine fut inhumée, la tombe couverte de fleurs, embellie d'une croix et d'une bougie, l'entourage s'attabla dans la salle des fêtes du village, où l'on servit le pot de l'amitié. Madeleine, religieuse célibataire, vierge pour la plupart des gens, pas certain pour quelques plaisantins ou médisants, reposait en paix. Pas sûr, se disaient Paule, Pierrette et Joëlle.

À l'intérieur de la salle des fêtes, les visages souriaient parce qu'ils rencontraient d'autres visages qu'ils ne voyaient pas souvent, la famille embrassait la famille, les condoléances fusaient, le café et la brioche étaient les bienvenus, le vin rouge aussi. Jules le centenaire se tenait debout au milieu de tous mais soutenu toutefois par son gendre Léon et son ex-gendre Francis, présent lui aussi. Étaient réunies au centre de la salle quelques bonnes sœurs de la congrégation d'Audincourt près de Montbéliard. Pierrette, Paule et Joëlle semblaient ne plus vouloir se séparer, elles s'installèrent à l'écart en bout de table. Pierrette versa une larme.

Paule passa la pointe de son index sous l'œil humide de sa sœur.

— Tu sais, elle a fait son temps notre pauvre tata. Bonne sœur toute sa vie, elle est heureuse de rejoindre le seigneur, ne soit pas triste.

Pierrette renifla.

— Je sais bien, tu as raison, mais je ne suis pas triste, je pense à Grand-mère, j'ai peur.

Elle se tourna vers Joëlle.

— Je crois que c'est mieux de se séparer, au moins un an, le temps de voir venir les évènements du 14 juillet prochain.

Là, ce fut Joëlle qui craqua, et pas qu'une larme, le paquet de dix mouchoirs jetables suffit à peine.

Léon regardait la scène de loin. Il savait que Joëlle ne pleurait pas Madeleine, mais larmoyait plus sûrement le drame de Banyuls.

La jalousie des mots

32

Été 2022

La séparation fut douloureuse, mais elles tinrent bon. Elles évitèrent de se voir, mais elles ne purent s'empêcher néanmoins de s'envoyer des SMS, de se téléphoner deux à trois fois par semaine.

Banyuls le 8 juillet,

Joyeux anniversaire, Pierrette.
Enfin, tu m'as écoutée. Je suis fière de toi, j'espère que tu résisteras à une nouvelle tentation. N'essaie plus de revoir Joëlle sinon il t'arrivera malheur. À ce propos, on se retrouve donc une dernière fois à Banyuls, même heure. La covid 19 semble s'éloigner, les sardanes de Banyuls ont bien lieu cette année. Ainsi nous pourrons nous rencontrer sur le rond-point de la place Paul Reig comme en 2019, pas de soucis pour toi, pas de magie noire, je serai en chair et en os devant toi. Ce sera ta récompense pour m'avoir obéi. Une autre récompense t'attendra dès ton arrivée. Toi qui te tracasses tant sur le mystère de ta grand-mère disparue durant ta nuit de noces, tu sauras tout. Par contre, un nouveau drame se profile pour l'année à venir : tu vas perdre ton père, mon cher fils Jules. Quoiqu'il en soit, ce ne sera pas une catastrophe, vu son âge, plus que centenaire, il peut bien venir me rejoindre au ciel.

Pierrette, assise au bord de son lit, lâcha la lettre qui papillonna jusque sur le bout de sa chaussure.

Elle laissa tomber sa tête sur sa poitrine. Même pas Joëlle pour la consoler. Sa chérie logeait dans un studio à Ornans depuis près d'un an.

Mais c'est quoi encore ce délire ? criait-elle contre son ventre, qu'elle est cette folle une fois au ciel, une fois en chair et en os sur cette maudite terre ? Elle veut vraiment me rendre cinglée, ça y est, je suis cinglée, oui je suis cinglée, j'ai laissé mon amour me quitter, je sombre de nouveau dans la dépression, j'ai juste envie de mourir, Grand-mère a gagné, elle m'a rendue folle. Oui, j'irai une dernière fois à Banyuls puisque, parait-il, je saurai la vérité, après je me jetterai dans la Baillaury, je veux mourir, et même s'il n'y a plus d'eau, je veux mourir quand même, je me coucherai, le ventre sur les cailloux au milieu de la rivière, ma bosse au soleil tournée vers le ciel et vers Dieu, comme un ultime affront au tout puissant qui a souhaité me cabosser. Comment croire en lui après toutes ces misères ? Je disparaîtrai ainsi, tout près du pont, faudra pas que les gens viennent me sauver, même pas Joëlle, elle ne m'aime plus, Joëlle, elle m'a quittée. Ah ! je deviens folle.

De tant crier, elle n'entendit pas son portable, même pas la vibration dans la poche qui touchait son sein. On rappela quelques minutes plus tard.

— Allo ! c'est Joëlle. Tu sais pas ce qui m'arrive ? Je viens de recevoir une lettre de Grand-mère. C'est bien la première fois que cette cinglée m'écrit.

— Et qu'est-ce qu'elle dit ?

— Oh, une courte lettre. Je te la lis.

La jalousie des mots

Banyuls le 8 juillet,

Ce petit courrier pour te remercier d'avoir enfin rompu avec Pierrette. Maintenant va donc prier pour que ton âme monte au ciel le jour de ta mort, demande pardon pour tous tes péchés et tes goujateries avec ta cousine. Merci encore d'avoir rompu avec cette gouine, et ne reprends surtout pas une relation avec elle, il t'arriverait un grand malheur. Pour te prouver que ce ne sont pas des paroles en l'air, sache que ton oncle Jules mourra cette année. Tu vois, je sais tout de l'avenir, et je peux guider le tien aussi, suivant ta conduite.
Adieu.
Grand-mère.

— Pis je ne crois pas au surnaturel. Il y a quelque chose qui nous échappe. Paule, Carmen, Williams, ces trois-là ne sont pas nets, et même mon beau-frère Léon. Enfin, pas grave, normalement je saurai tout le soir du 14 juillet, enfin j'espère, à moins que la folle m'amuse encore ce soir-là.

— Dis donc, j'ai peur pour toi, Pierrette, ne veux-tu pas que je t'accompagne. Il va t'arriver malheur. Je ne sens pas ce coup-là.

— T'inquiètes, ma chérie, les deux lettres envoyées par Grand-mère confirment qu'elle est heureuse d'avoir gagné. Elle voulait que nous rompions, pourquoi me ferait-elle du mal aujourd'hui ? Et surtout, ne viens pas avec moi, ça pourrait tout foutre en l'air, on perdrait sa confiance.

— Tu me manques. Qu'allons-nous devenir ?

La jalousie des mots

— Patiente encore quelques jours, le soir du 14 je t'appelle. Je t'embrasse, on se rappelle demain.

Assise dans son salon à Scey-en-Varais, elle reprenait un peu de vigueur. Il n'était plus question de se suicider en se noyant dans la Baillaury sans eau. C'était juste une crise de démence passagère, quelque part Pierrette se demandait si, plus tard, elle ne deviendrait pas aussi folle que sa grand-mère.

72 ans, fragile du dos, Pierrette rejoignit Banyuls en deux étapes. Le 13 juillet au soir elle s'arrêta dans un hôtel à hauteur de Nîmes et le lendemain, elle parvint dans la ville de Grand-mère largement avant l'heure du rendez-vous. Elle s'installa à son hôtel habituel dans le quartier sud de la cité qui surplombait le port de plaisance. Sortie de la douche, elle passa ses plus beaux habits, comme s'il fallait plaire à Grand-mère. Est-ce que son homme de peine serait toujours là ? Pierrette avait été tellement amoureuse de ce jeune apprenti menuisier et de son bel accent British qu'elle en aurait bien fait son petit roi. N'était-ce pas plutôt pour lui qu'elle se voulait coquette ? Après une bonne douche, elle se tourna devant le miroir de la chambre, endossa un ensemble de tergal noir des épaules aux chevilles, elle désirait cacher ses jambes où gonflaient trop de varices. Elle montrait néanmoins ses longs bras nus, encore jolis et bronzés. Elle enfila des mocassins couleur or, comme le collier, elle accrocha deux discrètes boucles d'oreilles dorées. Elle essaya un tout petit chapeau tout rond tout noir, presque un béret qu'elle ajusta une

dizaine de fois. Du plus bel effet posé là sur sa chevelure mi-longue, teintée blonde.

Sous le soleil vif de la côte catalane, Pierrette, femme noire et or aux chaussures rouges déambula sur le bord de mer, courbée en avant, la nuque cassée pour bien voir devant elle. Comme il lui restait un peu de temps avant le rendez-vous, elle évita la place, l'esplanade et le monde, s'engagea dans l'impasse à côté de la mairie, rallia la poste, pénétra dans la vieille ville. Elle s'engouffra dans un caveau à l'angle d'une rue, se permit de gouter Collioure et Banyuls, il fallait bien qu'elle se donne une certaine vigueur pour affronter la magie noire. Elle acheta trois bouteilles de Banyuls grand cru, Joëlle adorait ça.

Cinq minutes avant l'heure, elle rejoignit le lieu de rendez-vous, les jambes tremblotantes. En passant devant la supérette, elle vit parmi la foule le fauteuil roulant et la vieille dame, les épaules cachées par un châle malgré la chaleur. Elle reconnut Williams qui se tenait debout derrière le fauteuil, les mains sur les épaules de sa patronne. Il montrait une belle élégance, chemise blanche ouverte, short de coton noir, Adidas rouge, une boucle d'oreille or, toujours ses cheveux courts et blonds, toujours sa mèche rebelle. Tout était blanc, noir et or, mais aussi une touche de rouge aux pieds, comme Pierrette. Elle s'avança, les jambes flageolantes. Williams la reconnut, lui sourit, elle allait déjà mieux. Encore mieux lorsque la grand-mère s'en mêla :

— Bonjour Pierrette, toujours bon goût… dommage pour ta bosse. Y a trop de monde ici, et puis tu ne peux pas rester debout, nous avons une longue discussion devant nous. J'ai réservé une table pour trois à la terrasse de la crêperie en face.

Ils s'installèrent à la seule table libre destinée à leur intention. Ça grouillait de monde tout autour. Cela rassura Pierrette. Grand-mère n'avait pas trop changé depuis leur dernier tête-à-tête trois années en arrière. Si ! l'accueil semblait beaucoup plus agréable : une table réservée pour que Pierrette ne restât pas debout devant le fauteuil à écouter les âneries ou les méchancetés, les faux sourires de Suzanne, les demi-sourires de Williams. Tout se présentait pour le mieux. Elle était assise à côté du distingué Anglais qui n'avait pas encore dit un mot, Grand-mère en face. Elle commanda une glace vanille, comme la grand-mère. Williams se contenta d'une bière blanche. La vieille dissimulait ses cheveux gris sous un foulard bigarré façon espagnole. De ses jambes, on ne voyait rien, une large serviette de lin cachait tout le bas depuis les bras du fauteuil.

— Tu as froid, Grand-mère ? Ton foulard, ton châle, cette toile ?

Comme la vieille dégustait un cône glacé, elle prit le soin de bien lécher la crème, tournant la langue comme une provocation, ses yeux bleus fixés dans ceux de Pierrette.

— À 127 ans, c'est normal que je sois frileuse malgré cette chaude soirée.

Elle continuait de lécher et sucer son cône de façon un peu trop abjecte. Pierrette s'en étonna, Williams en riait. La vieille poursuivit :

— Mais comme je n'ai pas cet âge-là, que je suis beaucoup plus jeune, j'avais peur que tu ne me reconnaisses trop tôt. J'ai encore envie de m'amuser. Eh oui ! je voudrais maintenant que tu devines qui je suis.

Pierrette fronça les sourcils, la vieille tournait sa langue autour du cornet et salivait la crème vanille de telle façon qu'elle en bavait.

— Alors… alors… qui suis-je ? Perdue !

Pierrette n'avait encore rien dit. Cette vieille folle se fichait vraiment d'elle.

— Alors ? Ce petit côté érotique avec ma langue, mes lèvres, ça ne te rappelle rien ?

— Vous voulez dire ce côté obscène.

— Fut-ce une époque où tu me tutoyais, pourtant ta vie de rebelle et de dépravée n'a pas toujours montré de politesse devant le monde. Toujours pas la moindre idée ?

Pierrette cherchait en fixant avec attention la vieille folle, surtout les yeux qui semblaient lui rappeler de vagues souvenirs, oui… non, dans sa tête les quelques milliards de neurones ne parvenaient pas à se mettre d'accord.

— Je suis bon prince… je vais te donner un indice : j'aurais pu être ton amante.

Mon amante, mon amante… réfléchissait Pierrette. Elle en oubliait sa glace où la crème glissait le long de ses doigts, courait sur sa main.

— On voit que tu as perdu depuis belle lurette l'habitude de t'occuper du sexe d'un mec, regarde cette crème qui dégouline ! Moi, au moins, j'ai su quoi en faire.

Tout en achevant sa raillerie, elle fit de l'œil à Williams. Elle ajouta :

La jalousie des mots

— Toujours pas trouvé ? Je vais te donner un nouvel indice : à quatorze ans, on croyait s'aimer.

— Odette !

Les larmes de Pierrette coulèrent aussi vite que son exclamation issue de sa bouche.

Elle sortit un mouchoir de son sac à main posé à ses pieds. Elle fixa à nouveau les yeux de son ancienne camarade du collège Notre-Dame.

— Pourquoi ? Mais pourquoi m'avoir fait tout ce mal, et depuis tant d'années ?

— Je ne suis pas une petite vieille de 127 ans dans un fauteuil roulant. Certes je vieillis, j'ai 72 ans comme toi, mais moi je suis dans ce fauteuil depuis l'âge de 14 ans, depuis le matin où tu m'as expédiée sous un camion qui n'a pas pu m'éviter. Je ne suis pas tout à fait tétraplégique mais presque, je n'ai plus mes jambes, je n'ai qu'une main qui fonctionne. C'est grâce à elle que j'ai pu ruminer ma vengeance. Oh, une vengeance bien molle eu égard à ce que tu m'as fait.

— Mais… mais je tombe des nues ! Que veux-tu dire ?

— Nous étions toutes deux punies à la chapelle, et lorsque je me suis sauvée devant Sœur-Mauvaise qui revenait pour nous surveiller, tu ne m'as pas protégée, tu as fait l'inverse, tu as gueulé « rattrapez-là, ma sœur, elle se sauve ». Alors j'ai couru encore plus vite, j'ai traversé la cour à toute vitesse, j'ai franchi la grille et j'ai loupé le trottoir cinquante mètres plus loin, j'ai rebondi sur la route, le camion…

Pierrette contourna la table pour poser une main sur l'épaule d'Odette.

— Ah ! ne me touche pas, il n'est pas question que je te pardonne.

Pierrette essaya de se justifier entre deux sanglots, penchée vers le fauteuil.

— Mais, mais, si j'ai dit ça, c'est parce que je ne voulais pas que tu me quittes, j'avais peur que tu fasses une bêtise, que le directeur te flanque à la porte, on ne se serait jamais revues. Je t'aimais, Odette, je t'aimais, je ne voulais pas te perdre, oh, pardonne-moi, je t'en prie, pardonne-moi.

Brusquement elle prit conscience de l'énormité du drame.

— Je comprends, une telle situation n'est pas excusable, je regrette infiniment et puis, je n'ai jamais rien su, sinon, comprends-moi, je serais venue te soutenir, peut-être aurions-nous passé notre vie ensemble. Je t'aurais prise telle que tu étais.

Odette rejeta la toile qui recouvrait ses cuisses. Pierrette remarqua les jambes, la peau lisse sans varices, sans vergetures, comme à la première heure, des jambes malheureusement inertes et maigres. Si jeune ! Drôle de vie, je comprends !

Comme si Odette lisait dans le cœur de Pierrette :

— Tu ne peux pas comprendre ma destinée. Heureusement que Williams a toujours été là pour moi. Ma famille aussi, mais surtout Williams.

— Comment vous êtes-vous rencontrés ?

— Par Carmen. Le hasard, Carmen habitait Besançon, moi aussi. Carmen était sous le coup d'une enquête, mais toujours pas emprisonnée. J'avais 19 ans, dans mon fauteuil, je buvais en terrasse de la brasserie Granvelle avec un ami. La table tout à côté, ça bavardait, on évoquait Amondans, j'ai tendu l'oreille, Amondans égale Pierrette pour moi, tu comprends. Ensuite ça causait du mariage de cousines, Paule et Pierrette. Là, je me suis mêlée de la conversation. Je suis une ancienne camarade de classe de Pierrette, que j'dis. Et voilà comment je suis devenue amie avec Carmen. Après, elle a fait de la tôle. C'est à cette époque que j'ai connu Paule, Carmen m'en parlait souvent, c'est là que j'ai bien sûr rencontré Williams, le copain de Carmen, et puis j'ai connu aussi Joëlle.

— Joëlle ?

— Ben oui, quoi, Joëlle. Elle venait voir sa sœur en prison, Carmen m'en a parlé, j'ai voulu la connaitre.

— Elle ne m'a jamais rien dit.

— Normal, je ne lui ai jamais dit qui j'étais. Mais je reconnais avoir appris pas mal de choses grâce à elle. Puis on s'est perdues de vue, mais Carmen savait tout de ta vie, soit par Paule, et un peu par Joëlle, bien involontairement de sa part. Bref, ce fut surtout Carmen qui me raconta ta vie jusqu'en 1980. Une fois sortie de prison, elle a filé en Angleterre avec son chéri, je ne la voyais donc quasiment plus.

— Et toutes ces lettres, était-ce toi, était-ce Carmen ?

— Disons, un peu les deux, du moins de juillet 1970 à 1980, tant que Carmen était en prison, ce fut elle qui écrivit, elle ne t'a jamais pardonné. Elle reste persuadée que tu l'as dénoncée aux flics, c'est toi qui l'as vue se sauver sur le cheval.

— Mais je n'ai pas pu reconnaitre qui était sur le cheval, il faisait nuit.

— Ce n'est pas ce que pense Carmen. Enfin, soit. Après c'est moi qui ai pris la relève, pas question de te laisser tranquille, tu passais une vie heureuse avec ta gouine, j'étais jalouse, je voulais ma vengeance. Moi, je n'ai pas connu l'amour, plus rien ne fonctionne depuis l'âge de 14 ans. Comprends-tu cela, hein ? Heureusement que Williams m'apporte un peu de tendresse, en échange il m'offrait de sa glace vanille, ah ! ah ! C'est la seule chose que je peux faire avec les garçons.

À son tour, Odette versa de vraies larmes. Elle envoya Williams pour régler l'addition à l'intérieur du bar puis elle se tourna vers Pierrette qui avait regagné sa place.

— Je suis fatiguée, Williams va me ramener à l'hôtel.

— Mais j'ai encore plein de questions à te poser, ça bout dans ma tête.

— J'en ai assez de ma vengeance et il y a longtemps que je ne suis plus jalouse, maintenant je te fiche la paix, retourne vers ta Joëlle. Mais sache que moi aussi, je t'aimais vraiment, je ne voyais que toi dans les couloirs de Notre-Dame, dans la classe, dans la cour, au réfectoire, dans le dortoir.

— Je regrette mille fois, Odette.

Alors que Pierrette s'essuyait une énième fois les yeux :

— Ma grand-mère, qu'est-elle devenue ? Mes deux tantes mortes… pourquoi ? Et puis…

— Reste là, attends Williams. Il reviendra vers toi dès qu'il m'aura déposée à l'hôtel, il te racontera.

Le bel anglais avait réglé l'addition. Il s'empara des manches du fauteuil, direction la vieille ville. Il sourit à Pierrette :

— Attends-moi ici, je reviens.

Odette eut le temps d'ajouter :

— Tu sais, Pierrette, à quatorze ans, on ne faisait que jouer à touche pipi.

Pierrette se récria tout en versant de nouvelles larmes :

— Non, ce n'est pas vrai, moi, je t'aimais.

Le fauteuil roula. Odette, le dos tourné, leva son bras vers le ciel.

— Moi aussi, je t'aimais, adieu Pierrette.

Comme promis, Williams revint seul s'asseoir en face de Pierrette. Tout le monde oubliait la covid 19, les sardanes sur l'esplanade commençaient leurs folles rondes catalanes, des robes bariolées, les pantalons des hommes sexys, leurs mains jointes à celles des jeunes filles. La musique, les chants, les bravos caressaient les oreilles de Pierrette qui se sentait bien, tout près de Williams.

— Tu sais, Williams, je t'ai aimé lorsque j'avais quinze ans.

Il soupira.

— Je me le suis souvent demandé. Tu m'évitais, je te parlais, tu ne répondais pas. Alors j'ai perdu patience, j'ai connu ta cousine Carmen. C'est avec elle que je suis sorti, est-ce que je le regrette aujourd'hui ? Je cours sur le crépuscule de ma vie, mais je n'ai pas de remords. J'ai couché avec nombre de filles, Carmen a accepté parce qu'elle en faisant autant de son côté avec les Londoniens. Nous avons passé une vie de patachon, c'est comme ça qu'on dit ici en France ?

— Et tes relations avec Odette, qu'est-ce que ça veut dire ?

Il sourit, semblait fixer amoureusement Pierrette, son regard ne quittait pas les yeux bleus légèrement maquillés.

— Odette fait aussi partie de ma vie de patachon. Je lui apporte beaucoup de tendresse et de services, je lui offre des boules de glace au parfum masculin, de la glace plutôt chaude, mais elle aime ça, et moi aussi. En échange elle m'entretient, c'est une femme riche. De son accident, elle reçut beaucoup d'argent, ses parents milliardaires étaient particulièrement bien assurés, même pour l'assurance vie de leur fille. De surcroît, fille unique, Carmen hérita de l'immense fortune. Au décès de son père en 1990, elle vendit l'ensemble des supermarchés qu'il détenait sur toute la région franc-comtoise à l'un de ses concurrents. C'est moi et Carmen qui aujourd'hui dilapidons allègrement cette fortune. En plus, je n'ai pas eu besoin de trop me forcer, certes Odette était une fille handicapée, mais si jolie. Je caressais ses belles jambes et j'aimais ça, elle me disait qu'elle aimait aussi, je savais pourtant qu'elle ne ressentait rien. Ses cheveux, son visage si fin, ses yeux pétillants, j'admirais et caressais tout cela lorsqu'elle, enfin, tu vois. Je sais que toi aussi tu appréciais cette jeune fille de quatorze ans, n'est-ce pas ?

— Oui, mais elle ? Elle a passé sa vie à me harceler, est-ce cela l'amour ?

— Et toi donc, comment se fait-il que tu te sois mariée avec Francis ?

— Je croyais être bisexuelle, en fait, je fus très vite dégoûtée de mon mec, du coup, des mecs.

Alors que ses derniers mots glissaient aux oreilles de Williams, elle osa lui prendre la main.

— Si j'avais été moins timide, moins conne à quinze ans, crois-tu que nous serions ensemble aujourd'hui ?

— Pas sûr. N'avais-tu pas dans le sang quelque part cette envie de filles, ne m'aurais-tu pas trompé un jour avec ta cousine ou une autre gonzesse ? Et moi, je me connais, je t'aurais certainement aimée, fais l'amour comme un fou, mais mon sang de fripouille t'aurait sans aucun doute joué de mauvais tours. Ne regrettons rien. Tu as une vie heureuse avec Joëlle, ne te plains pas, continuez de vous aimer, votre vie amoureuse est belle.

Elle garda les doigts de Williams dans sa main.

— Pis que sais-tu de la disparition de Grand-mère ?

Il baissa la tête un instant, puis la releva en fixant le public rassemblé sur la place devant eux. Ses yeux ne voyaient pourtant rien, ils se tournaient vers son esprit pour revivre cette nuit du 30 août 1969.

— Tu sais beaucoup de choses puisque tu as lu le recueil écrit par Odette. Mais pour me protéger, elle a caché l'essentiel.

Il soupira à nouveau.

La jalousie des mots

Après l'accident bien involontaire du cheval qui renversa ta grand-mère Suzanne, Carmen a paniqué, et sur le dos de Pomme, elle a galopé avec le corps de la vieille devant elle. Elle voulait le jeter à la rivière. Elle était tellement affolée qu'elle n'avait même pas remarqué que la vieille vivait encore. Elle mourut dans ses bras lorsque je suis arrivé vers elle. J'étais censé me sauver sur la demande de Carmen, mais je n'ai pas pu. Je venais de voir Paule quelques minutes auparavant dans la rue devant la noce, elle m'a demandé où était la grand-mère. À mon tour, je me suis affolé, j'ai dit que je ne savais pas. J'ai couru à la rivière. Carmen et moi avons fait le mauvais choix, nous avons préféré faire disparaitre le cadavre plutôt que d'avouer l'accident. Je sais, c'est con, mais c'est ainsi. J'en ai profité pour piquer les deux lingots.

Pierrette lâcha la main de Williams.

— Qu'est-ce que vous avez fait du cops ?

— Je suis retourné au village, j'ai emprunté la voiture de Paule, tout ça pour perturber l'enquête à venir. Je n'ai même pas pensé que cela pouvait nuire à ta sœur. Nous avons chargé le corps dans le coffre, je suis remonté avec la voiture et le cadavre.

— Remonté où ?

Les lèvres de Williams remuaient sans bruit, peut-être de petits murmures dans la langue de Shakespeare.

— Alors rien. Tout ce que je peux t'avouer, c'est que le corps n'existe plus.

— Tu l'as brûlé ? Mais où ?

Plus aucun son ne sortit de la voix de Williams.

Après un long silence, elle revint à la charge.

345

— Et mes deux tantes mortes, deux prophéties d'Odette qui se sont vérifiées, qu'à-t-elle fait pour ne pas se tromper ?

— Pur hasard, elle voulait toujours vous hanter, Joëlle et toi. Chance pour elle, ça a fonctionné. En même temps, vu l'âge des tantes et de ton père, Odette ne prenait pas de gros risques.

— Mais papa est toujours vivant.

— Attends, l'année n'est pas terminée.

Pierrette se leva brutalement.

— Quand je pense que j'ai failli tomber dans les bras d'un monstre !

En juin 2023, le père Petitjacquet n'était toujours pas mort. Le soir de ses 103 ans, après que Pierrette eut soufflé les bougies à la place de son père trop paumé, elle quitta la table familiale en compagnie de Joëlle.

Pour le jour le plus long de l'année, le soleil ne voulait toujours pas se coucher. Il attendait les deux cousines pour leur proposer un clin d'œil du plus bel orange derrière le feuillage brodé des saules où les deux vieilles amoureuses se cachaient, assises là où elles avaient découvert leurs amours réciproques ?

Pierrette jeta un caillou dans la rivière, comme l'on jetterait un pavé dans une eau vive, une eau qui ne demandait qu'à s'écouler en paix.

FIN

REMERCIEMENTS

Je tiens à exprimer ma profonde gratitude à Véronique, ma correctrice exceptionnelle. Grâce à son œil attentif et à sa rigueur, elle a su transformer mes textes en œuvres sans fautes et d'une fluidité remarquable. Véronique, tes talents de correctrice sont inestimables et ton soutien indéfectible. Merci infiniment pour ton travail et ta patience.

DEDICACES

Je dédie cette fiction à tous les homosexuels qui, par honte et peur du mépris, cachent encore trop souvent leurs sentiments. Puissiez-vous trouver la force et le courage d'être vous-mêmes, et de vivre vos passions au grand jour. Vos vies et vos amours ne méritent ni la honte ni la clandestinité. Que ce livre soit un humble hommage à votre courage et à votre résilience.

Enfin, une pensée particulière pour dénoncer l'hypocrisie, la jalousie et la médisance qui gangrènent trop souvent nos relations humaines. Ces fléaux n'apportent que souffrance et division. Puisse la bienveillance, la tolérance et l'amour triompher dans nos cœurs et dans nos vies.

Avec toute mon affection et mon respect,

Jacky

DU MEME AUTEUR :

Un chemin trop fragile (Librinova)… 2018

Joujou (Librinova)… 2019

Le Sang de l'Hermitage (Librinova)… 2022

Il Joue Elle joue (Librinova)… 2023

Cloche d'Or (BOD)… 2023

Des nouvelles de l'Amour (BOD)… 2024

© Jacky Coulet, 2024
Édition : BoD • Books on Demand GmbH, In de Tarpen
42, 22848 Norderstedt (Allemagne)
Impression : Libri Plureos GmbH, Friedensallee 273,
22763 Hamburg (Allemagne)
ISBN : 978-2-3225-2233-0
Dépôt légal : septembre 2024

WWW. Jackcoulet.fr

Jackycoulet@gmail.com